BASTEI
LÜBBE

Bisher ist im BASTEI-LÜBBE Taschenbuchprogramm von JOAN D. VINGE nachstehender Band erschienen:

23 005 Vermächtnis

Aus der Taschenbuchreihe SCIENCE FICTION SPECIAL sind nachstehende Romane erhältlich. Fragen Sie im Buch- oder Zeitschriftenhandel nach diesen Titeln:

24 031 Lübbes Auswahlband: Fremde aus dem All
24 032 Orson Scott Card Capitol
24 033 D. G. Compton Narrenwelt
24 034 Brian W. Aldiss Dunkler Bruder Zukunft
24 035 Samuel R. Delany Babel-17
24 036 Donald Wollheim (Hg.) World's Best FS 82
24 037 Octavia Butler Als der Seelenmeister starb
24 038 Horst Pukallus (Hg.) Quasar 3 – SF-Stories
24 039 Octavia Butler Der Seelenplan
24 040 F. Paul Wilson Mein Vater starb auf Jebinos
24 041 Lübbes Auswahlband: Aliens und andere Fremde
24 042 Octavia Butler Vom gleichen Blut
24 043 F. Paul Wilson Der Staatsfeind
24 044 Donald A. Wollheim/ Arthur W. Saha (Hg.) World's Best of SF 2
24 045 A. E. van Vogt Das Atom-Imperium
24 046 Piers Anthony Omnivor
24 047 SF-Stories: Brainstorming
24 048 Isaac Asimov Isaac Asimov über Science Fiction
24 049 Brian W. Aldiss Der Moment der Eklipse
24 050 Norman Spinrad Daß mich das große Nichts umfange . . .
24 051 Lübbes Auswahlband: Abenteuer Weltraum 2
24 052 Octavia Butler Alanna
24 053 Samuel R. Delany Das Land Nimmerya
24 054 Festival Almanach
24 056 Brian W. Aldiss Die letzte Runde
24 057 Anne McCaffrey Die Kristall-Sängerin
24 058 Donald A. Wollheim/ Arthur W. Saha (Hg.) World's Best SF 3
24 059 A. A. Attanasio Radix
24 060 Octavia Butler Wilde Saat
24 061 Alpers/Fuchs (Hg.) Bibliothek der besten SF-Stories Die 50er Jahre I

Joan D. Vinge

Die Spur der Schneekönigin

BASTEI LÜBBE

SCIENCE FICTION

BASTEI-LÜBBE-TASCHENBUCH
Science Fiction Special
Band 24 062

Deutsche Lizenzausgabe 1984
Bastei-Verlag Gustav H. Lübbe GmbH & Co., Bergisch Gladbach
Originaltitel: World's End
Ins Deutsche übertragen von Hans Wolf Sommer
Textillustrationen: Ulrike Berkenkopf
Titelillustration: Leo & Diane Dillon
Umschlaggestaltung: Quadro-Grafik,Bensberg
Druck und Verarbeitung:
Elsnerdruck GmbH, Berlin
Printed in Western Germany
ISBN 3-404-24062-6

Der Preis dieses Bandes versteht sich einschließlich
der gesetzlichen Mehrwertsteuer.

Der Geist des Menschen ist zu allem fähig, denn alles ist in ihm enthalten, die ganze Vergangenheit ebenso wie die ganze Zukunft.

Joseph Conrad, *Das Herz der Finsternis*

Nothing of him that doth fade
But doth suffer a sea-change
Into something rich and strange.

William Shakespeare, *The Tempest*

»Soll ich die Gefangenen in Ihr Büro bringen, Inspektor?« fragte ihn die Stimme aus seinem Schreibtischsprechgerät. Und noch einmal, als er nicht antwortete: »Inspektor Gundhalinu?«

Gundhalinu wandte sich schließlich von dem hohen Fenster ab, von dem Anblick Viergatts im Nebel, von dem Schnörkelmuster der Regentropfen auf dem Glas. Er hatte das Pantheon betrachtet; es war von seinem Büro aus gerade noch zu sehen, seine zahlreichen Kuppeln aus Azur- und Goldkeramik halb verdeckt durch neuere, anmutigere Gebäude. Er holte eine antike Uhr aus der Tasche, nahm geistesabwesend die Zeit zur Kenntnis . . ., betrachtete die Uhr an sich, drehte sie hin und her, um das Gefühl ihrer angenehmen Vertrautheit in der Hand zu spüren. Er seufzte. Es wurde spät – aber nicht spät genug, um diese letzte Pflichtaufgabe um einen weiteren Tag verschieben zu können.

Außerdem standen ihm keine Tage mehr zur Verfügung. Die Feierlichkeiten im Pantheon sollten heute bei Sonnenuntergang beginnen, und sie würden sich bis zur zweiten Hälfte des morgigen Tags hinziehen. Schon jetzt versammelten sich dort Menschenmengen; sie versammelten sich von ganz Nummer Vier, um ihn zu sehen. Der Gedanke veranlaßte ihn zu einer Grimasse. Dies waren lediglich die ersten von zu vielen Feierlichkeiten, die er auf dem Weg zu seinem Wunschziel wie Flüsse zu durchwaten haben würde.

Er hatte die bedeutungslosen Würdigungen, die öffentlichen Schaustellungen von Verehrung so lange wie möglich hinausgezögert, seine Wunde und seine Schwäche dabei als Entschuldigung vorschiebend. Aber er hatte den mühsam gewonnenen persönlichen Freiraum seiner Genesung damit ausgefüllt, wie ein Besessener zu arbeiten und zumindest den Versuch zu unternehmen, das zu ordnen, was von seinem Privatleben noch übrig war, bevor er für immer öffentliches Eigentum wurde. Er wußte, was er sehen würde, wenn er sich in einem

Spiegel betrachtete. Seit seiner Entlassung aus dem Krankenhaus war er keinem mehr nahe gekommen. Aber er hatte erst kürzlich viel schlimmere Dinge als sein eigenes Spiegelbild erduldet, als daß es ihn stören oder aufhalten könnte. Es war nicht die Zeit für Schwäche, Schmerz oder Zweifel gewesen . . . Es würde sie nie wieder geben.

Er kehrte zurück zu seinem Schreibtisch. Seine Hand streckte sich schließlich nach dem Sprechgerät aus, zögerte, als weitere Sekunden vergingen. Das Urteil, das er im Begriff war zu fällen, war nur eine Formalität, eine Entscheidung, die vor Wochen getroffen worden war und einen Akt betraf, der schon vor Jahren hätte erledigt werden sollen. Und doch . . . brauchte er noch mehr Zeit.

Er aktivierte das Sprechgerät. »Ossidge, ich prüfe noch immer das Beweismaterial. Ich werde es Sie wissen lassen, wenn ich fertig bin.«

»In Ordnung, Inspektor.«

Es lag keine wahrnehmbare Gemütsregung in der körperlosen Stimme, obwohl sein Sergeant länger als eine Stunde unten im Arresttrakt gewartet hatte. Ossidge war ein phlegmatischer und gleichgültiger Klotz von einem Mann, der keine Fragen stellte. Gundhalinu versuchte sich vorzustellen, was Ossidge aus Weltende machen würde, oder was es aus ihm machen würde. Die unwiderstehliche Kraft und das unverrückbare Objekt. Allerdings konnte er sich nicht vorstellen, daß Ossidge auch nur im Traum daran denken würde, diese Reise zu unternehmen, den ›Großen Fehler‹ zu machen . . .

Er nahm Platz in der verführerischen Weichheit seines Schreibtischsessels, ließ ihn sich seiner Gestalt anpassen. *Nur für einen Augenblick* . . . Nur für einen Augenblick hörte das Adrenalin auf, in seinen Blutkreislauf zu fließen, und er war verwundbar. Wenn er doch nur in der Lage wäre, seine Augen zu schließen, seinen Geist zu leeren und zu meditieren, einen ununterbrochenen Augenblick Frieden zu haben, bevor . . . Wütend riß er sich aus seinem Sitz hoch, aufstöhnend, als die ruckartige Bewegung die halb verheilte Wunde an seiner Seite schmerzen ließ. Er verbannte den Schmerz aus seinem Bewußtsein, wie er es während des vergangenen Monats wieder und wieder getan hatte.

Er *brauchte* diese Zeit, diese letzte gestohlene Stunde, für etwas, das wichtiger war als Ruhe. So vieles hatte sich in seinem Leben geändert und würde sich noch weiter ändern. Er brauchte Zeit, um sich darauf zu besinnen, wer er war.

Er berührte seine Gürtelschnalle, drückte den verborgenen Sprechknopf des eingebauten Rekorders. Der Rekorder verfügte über eine unmittelbare Gedächtnisaufnahme, die er während der Führung des Tagebuchs benutzt hatte – um es privat zu halten, mit all seinen bedeutungslosen gedanklichen Abschweifungen. Aber jetzt ließ er den Rekorder auf STIMME und lauschte, wie er seine eigenen Worte nachäffte, deren Laute vertraut, aber doch verzerrt genug waren, um fast unpersönlich zu erscheinen . . .

Die Stimme sagte: »Heute kam ich in Weltende an . . .«

Er wandte sich wieder dem Fenster zu, betrachtete mit gerunzelter Stirn die Regenspuren auf der Scheibe. *Wieder Regen. Hört er niemals auf?* Aber er wußte die Antwort. *Ebensowenig wie die Zeit.* Er setzte sich auf die niedrige Fensterbank, lehnte seine Stirn gegen das Glas, ließ sich durch die völlige Erschöpfung von Körper und Geist dort festhalten. Er sah zu, wie sich sein Atem zu Nebel verdichtete und die Gegenwart auslöschte, und spürte, wie sich der leere Raum hinter ihm mit Geistern füllte.

1. Tag

Heute kam ich in Weltende an. Es ist noch immer schwierig für mich, auch nur zu glauben, daß ich diese Worte denke. Aber ich habe beschlossen, alles, was ich hier erlebe, so vollständig wie möglich festzuhalten. Die Notizen eines einigermaßen objektiven Beobachters können gegenüber der Menge von gräßlichen Fehlinformationen über diesen Ort nur eine Verbesserung sein. Und falls irgend etwas passieren sollte – aber lassen wir das . . .

Die Shuttlereise von Viergatt war ereignislos bis zum Punkt der Langweiligkeit. Ich hätte beinahe glauben können, daß ich ganz einfach ein weiterer Tourist war, der eine fremdartige Welt besichtigte – abgesehen davon, daß an dem Flug nur noch zwei andere Leute teilnahmen, von denen keiner glücklich über den Bestimmungsort aussah. Ich redete nicht mit ihnen, und sie taten mir denselben Gefallen. Der Himmel war fast während der ganzen Reise bewölkt; ich sah nichts von der Welt so tief unter mir. Statt einen halben Planeten zu bewältigen, hätten wir genausogut zwei Stunden über Viergatt herumkreisen können.

Als wir landeten, stellte sich der Flughafen als genauso heraus wie ein halbes Dutzend anderer, die ich hier auf Nummer Vier schon gesehen habe – ein Meisterwerk der Banalität, die auf dieser Welt als modern gilt. Die planetenweite Hafenbehörde führt ihre Niederlassungen überall mit der gleichen gedankenlosen Effektivität – selbst am Ende der Welt.

Als ich die unsichtbare Barriere der Klimakontrolle überschritt, die den Flughafen von der Außenwelt trennte, begann ich mir endlich klar darüber zu werden, daß ich nach Weltende gekommen war . . . Ich hatte tatsächlich den Großen Fehler gemacht.

Die Hitze war zum Ersticken. Die Luft war so mit Feuchtigkeit und fremdartigen Gerüchen gesättigt, daß das Atmen an sich schwierig war. Ich stellte das Gepäck ab, das die wenigen mitgebrachten Habseligkeiten enthielt, und blickte mich nach irgendeiner Transportmöglichkeit um. Wenn es etwas gab, wenn auch nur ein Bodenfahrzeug, dann war es nicht in Betrieb. Die beiden Einheimischen, die mit mir geflogen waren, gingen wortlos an mir vorbei und begannen, einen Schlackenweg hinunterzuschreiten. Ich glaubte, in der Ferne irgendwelche Gebäude ausmachen zu können, von denen ich annahm, daß sie die Stadt waren. Ein Dschungel von krank aussehenden Pflanzen rückte gegen die Straße und den Flughafen vor. Es gab schwarze Brandspuren, wo die Flora in jüngster Zeit an den Straßenrändern versengt worden war. Ich zog mein schweres Jackett aus, nahm meine Habseligkeiten hoch und marschierte los.

Ich blieb wieder stehen, als ich einen Durchgang am Rand der Stadt erreichte.

WILLKOMMEN IN WELTENDE

hatte jemand auf die abgeblätterte Mauer gekritzelt, zusammen mit den offiziellen Siegeln.

AM ARSCH DER HEGEMONIE

Es traf mich wie ein Schlag ins Gesicht, eine groteske Schmähung. Ich starrte darauf, bis mein Gesicht unter der Anspannung der zusammengepreßten Kiefer schmerzte – und mich daran erinnerte, wer ich nicht war, hier. »Es ist nicht dein Problem«, sagte ich selbst zu mir.

Ich blickte durch das Tor und hatte das Gefühl, daß mich jemand beobachtete. Aber die abweisende Helle der Straße war leer; die Gebäude lagen betäubt in der unerträglichen Feuchtigkeit des frühen Nachmittags. Ich blieb noch eine Weile stehen und spürte, wie mir der Schweiß unter dem rauhen Stoff meines lockeren blauen Hemds die Brust hinunterkroch. Plötzlich sehnte ich mich nach der Sicherheit einer Uniform. Mein Kopf begann im stummen Rhythmus der Hitze zu pulsieren, und auf einmal schien das Weiß der Straße zu schimmern und die Gestalt von endlosen Schneefeldern anzunehmen. Eine

Luftspiegelung, eine Halluzination – ich habe sie schon hundertmal gesehen. Man sollte meinen, daß ein geistig gesunder Mann imstande sein müßte, es aus seinem Bewußtsein zu verbannen, nach so langer Zeit . . . Ich krümmte die Schultern und spürte einen Kälteschauder, als ich durch das Tor schritt.

Das erste, was ich in der Stadt tat, war einen Sonnenhelm und ein Glas kaltes Wasser kaufen – es gibt hier nichts umsonst, nicht einmal Wasser. Dies ist die Stadt der Gesellschaft, wie mich der Ladenbesitzer informierte, kein Urlaubsort. Das Konglomerat, das Weltende kontrolliert, ist in Viergatt als Allgemeiner Verarbeitungs-Konzern bekannt. Aber hier draußen ist es nur die Gesellschaft, die einzige, und sie ist durch ihre monopolistische Ausbeuterei aufgebläht und korrupt geworden. Wenn man die Straßen entlanggeht, ist ihre Gegenwart überall spürbar – auf Schildern, auf den Lippen der Menschen, auf ihren traurigen, uniformartigen Overalls. Niemand hier sieht einen anderen länger an, als er muß, aber ich hatte noch immer das Gefühl, als würden mir ständig verborgene Augen folgen.

Diese Stadt scheint keinen Namen zu haben. Mit Sicherheit hat sie keine individuelle Identität. Sie existiert, um der Gesellschaft zu dienen, als Ausrüstungszentrum und als Sammelstelle für die zahllosen Glücksjäger, die es Jahr für Jahr nach Weltende zieht – alle davon überzeugt, daß sie diejenigen sind, die den großen Treffer landen. Die Gesellschaft toleriert eine begrenzte Anzahl von unabhängigen Prospektoren, die die Wildnis erforschen wollen, die bereit sind, Risiken auf sich zu nehmen, die nicht einmal die Gesellschaft bei der Suche nach Rohstoffquellen eingeht. Sie übernimmt keine Verantwortung für ihr Schicksal, aber sie übernimmt die Hälfte ihrer Profite, wenn es welche gibt. Sie bekommen ihre Genehmigung hier; ich denke, daß ich darüber Erkundigungen einholen muß.

Weltende ist eine fixe Idee für zu viele von ihnen, diese Dummköpfe. Verdientermaßen, ja, angebrachterweise würde ich meinen, Weltende ist ein Krebsgeschwür im Herzen des größten Kontinents von Nummer Vier, Millionen von Kilometern Gelände, das selbst noch nach jahrhundertelanger hegemonialer Kontrolle im wahrsten Sinne des Wortes unbekannt ist. Es gibt gute Gründe, es zu erforschen und an die Geschichten von gewinnbaren Reichtümern zu glauben – die Gesellschaft ist Beweis genug dafür. Die aus dem Ödland gezogenen Profite haben den Allgemeinen Verarbeitungs-Konzern auf Nummer Vier mächtiger gemacht als alles andere, abgesehen vom Planetarischen Rat. Üppige Erzlager liegen dort draußen verborgen, Adern von wertvollen Mineralien, faustgroße Edelsteine – unvorstellbare Schätze.

Aber obwohl die Ödgebiete ihre Schätze zur Schau stellen, setzen sie den menschlichen Bemühungen, sie voll auszubeuten, Widerstand entgegen. Selbst die Gesellschaft ist am Ende machtlos, hier in Weltende. Im Zentrum des Ödgebiets liegt der Feuersee, ein riesiger See aus geschmolzenem Gestein, das aus dem Kern des Planeten emporsickert wie Blut aus einer Wunde. Offizielle Verlautbarungen wollen einem weismachen, daß es sich um nicht mehr als eine brüchige Stelle in der Planetenkruste handelt. Aber sie erklären nicht – weil sie es nicht erklären können – die bizarren elektromagnetischen Phänomene, die von Feuersee ausgehen: Verzerrungen, die instrumentelle Meßanzeigen durcheinanderbringen und deren sorgfältig gesammelten Daten in puren Unsinn verwandeln. Es gibt auch ein halbes Hundert von inoffiziellen Erklärungen, in denen behauptet wird, daß sich in Feuersee alles verbirgt – angefangen von einem Schwarzen Loch in Atomgröße bis hin zum Tor der Hölle.

Keine dieser Erklärungen befriedigt mich mehr, als überhaupt keine Erklärung zu haben. Seit ich auf Nummer Vier bin, habe ich die Ansicht vertreten, daß sie der Wahrheit auf die Spur kommen würden, wenn sie die beste Ausrüstung einsetzen – und Kharemoughi-Techniker, um sie richtig zu bedienen. Die Gesellschaft hat ein Vermögen in die Lösung gesteckt und nicht das geringste erreicht. Selbst die Sibyllen konnten ihnen keine Antwort geben – und Sibyllen sollten eigentlich in der Lage sein, jede Frage zu beantworten. Vermutlich haben sie nur nicht die richtigen gestellt.

Wenn eine vernünftige Antwort existierte, würde es kein Mysterium geben, um die Gesellschaft zu verwirren oder einen endlosen Strom von irregeleiteten armen Teufeln anzulocken und mit Haut und Haaren zu verschlingen. Hunderte von Leuten verschwinden jedes Jahr hier draußen, und man hört nie wieder etwas von ihnen . . .

Wenn eine vernünftige Antwort existierte, würde ich nicht hier sein und darauf warten, ihnen zu folgen. Ich gehöre nicht in dieses schwüle Loch mit seinen vielen blutigen Idioten und Fanatikern, die alle nach einem Fluchtweg aus der Vergangenheit oder der Verantwortung suchen, nach einer Gebrauchsanweisung des Schicksals, nach Antworten ohne Fragen. Ich bin nicht wie sie. Vielmehr bleibt mir keine Wahl, Pflicht und Familienehre verlangen es.

Meine Brüder sind die irregeleiteten Narren. Seit einem guten Jahr werden sie dort draußen vermißt. Schwer zu glauben, wenn es erst wie gestern erscheint, daß ich aufblickte und sie wie unerwartete Geister vor mir stehen sah. Ich kann noch immer ihre Stimmen hören, jedes Wort der Ungläubigkeit, das zwischen ihnen hin und her ging, als sie die Narben an meinen Handgelenken sahen. *»Schlitzer, Schlitzer . . .«*, flüsterten sie, den verhaßten Namen wiederholend, den ich tatsächlich verdiente.

Ich wandte ihnen den Rücken zu, blickte durch die Fenster meines Büros auf die Stadt hinaus und wartete, bis ihre Stimmen vor Scham erstarben.

Sie wollten mich nicht nach dem Grund für die Narben fragen, warum ich sie noch immer hatte, warum ich noch immer lebte. Nichts im Kodex unserer Klasse sagt ihnen, wie man fragt. So trat ich ihnen schließlich wieder gegenüber und fragte sie, was sie hier auf Nummer Vier taten, Jahre entfernt von den Familienbesitztümern auf Kharemough. »Und was wollt ihr von mir?«

»Müssen wir etwas wollen, außer dich nach so langer Zeit wiederzusehen?« fragte HK lahm.

»Ja«, sagte ich.

Und so sagte SB: »Wir sind gekommen, um unser Glück zu machen. Hier ist jedenfalls nur eine Zwischenstation. Wir sind auf dem Weg nach Weltende.« Meine Mißbilligung voraussehend, versuchte er, mich mit seinem Blick einzuschüchtern, immer noch der hitzköpfige Despot.

Seit ich von zu Hause weg bin, habe ich vielen solchen Blicken standgehalten. »Versuch nicht, mir was vorzumachen, SB«, sagte ich zu ihm. »Ein paar von uns werden erwachsen.«

Seine blassen Sommersprossen röteten sich. »Ich hatte vergessen, was für ein selbstgerechter kleiner Langweiler du immer warst.«

Ich hatte nichts vergessen. Ich behielt den Schreibtischterminal als Barriere zwischen uns bei. »Ihr solltet wissen, daß sie hier einen Namen für das haben, was ihr plant. Sie nennen es den Großen Fehler.« Ich wandte mich HK zu, immer noch überrascht, über diesem vertrauten, genußsüchtigen Gesicht grau werdendes Haar zu sehen. Die auffallende, glänzende Robe, die er trug, war nicht gerade schmeichelhaft für seinen offensichtlichen Bauchansatz. Ich fragte mich, warum er nicht die traditionelle Uniform trug, die für ihn als Oberhaupt der Familie die angemessene Kleidung war. »Ich hätte erwartet, daß er einen so großen Fehler macht. Aber ich dachte nie, dich die halbe Galaxis weit von unseren Ahnen oder den . . . deinen Besitztümern anzutreffen.« Ich räusperte mich. »Die Dinge müssen besser stehen, als ich mich erinnere, wenn du dein Geschäft für so lange führerlos zurücklassen kannst. Oder hast du inzwischen eine Gattin und einen Erben?« Die Reise mit Unterlichtgeschwindigkeit von und zu den Schwarzen Pforten summierten sich zu mehreren Jahren, die zu Hause vergingen, bevor sie zurückkehren konnten. Ich versuche, die relativistischen Zeitverzögerungen, die mich von meiner Vergangenheit trennen, nicht nachzuhalten – es wird zu leicht eine masochistische Übung daraus –, aber ich wußte, daß nahezu zwei Jahrzehnte auf Kharemough vergangen waren, seit ich zuletzt an unserem Familienschrein gebetet hatte. Seit ich zuletzt meinen Vater lebend gesehen hatte . . . Die Erinnerung traf mich mit plötzlicher Heimtücke, zeigte mir ein Gesicht – das Gesicht einer Frau, Haut und Haar so fahl wie das Mondlicht, die Kleeblattätowierung einer Sibylle am Hals. Das Gesicht, das ich immer sah, wenn ich versuchte, das Gesicht meines Vaters zu sehen, immer seit Tiamat. Ich blickte zu meinen Brüdern hoch, wobei mein eigenes Gesicht glühte.

Aber HK starrte auf seine Handrücken, als ob sie einem Fremden gehörten. »Kein Erbe . . . und keine Besitztümer.«

»Was?« flüsterte ich. Aber ein Blick in ihre Gesichter, und ich wußte Bescheid. Ich stützte mich auf den Schreibtisch und beugte mich nach vorne. »*Nein.*«

». . . habe sie verloren . . . schlechte Investitionen . . . konnte nicht ahnen . . . SBs Partner . . .«

Ich konnte mich kaum auf HKs Worte konzentrieren. Die Sturzflut seiner Entschuldigungen sagte mir nichts – und alles. Bilder von Kharemough füllten mein Bewußtsein aus: meine Welt, die einzige Welt, das einzige Leben, das lebenswert war. Das Leben, das ich wegen meiner Narben für immer aufgegeben hatte. Ich hatte mit seinem Verlust nur leben können, weil ich glaubte, daß, gleichgültig welche Schande ich über mich selbst gebracht hatte, der Ruf meiner Familie unangetastet, das Angedenken meiner Ahnen unbefleckt blieb, solange ich mich fernhielt. Ihre Fortdauer und ihre Asche lagen sicher in dem Land, das meiner Familie seit den Zeiten des Empires gehört hatte – Wahrzeichen unseres Intellekts und unserer Ehre. Aber jetzt, nach so vielen Jahrhunderten, gehörten unsere Besitztümer jemand anderem – und das galt auch für unser Erbe. Irgendwelche emporgekommenen Niedriggeborenen mit Geld, um sich Ehre kaufen zu können, verbrannten Weihrauch vor meinen Ahnen, beanspruchten meine Familie mit allen ihren Leistungen für sich selbst. Die Tradition eines Jahrtausends, in einem Augenblick vernichtet. Und das alles wegen mir.

». . . hatten kaum genug Kapital, um diese Reise zu finanzieren . . . Weltende . . . einzige Hoffnung, das Vermögen der Familie jemals zurückzuerlangen . . . Hilf uns, den Besitz wiederzugewinnen – und die Ehre . . .«

Ein silberhelles Läuten unterbrach HKs Worte, brachte ihn zum Schweigen. Zerstreut griff er in die Tasche seines Ärmels und holte die Uhr hervor. Die Erbuhr, ein Relikt des Alten Empires, die meine Mutter restauriert und meinem Vater als Hochzeitsgeschenk gegeben hatte. Sie mußte schon eine anachronistische Kuriosität gewesen sein, als sie neu war – ein in der Hand zu haltender Zeitmesser, der nichts anderes tat, als die Zeit anzugeben. Selbst meine Mutter war sich nicht sicher gewesen, wie alt sie tatsächlich war. Als Kind hatte ich endlos damit gespielt, besessen von allem, für das sie stand. Ich konnte noch immer jede der fremden Kreaturen sehen, die auf ihrer goldenen Oberfläche eingraviert waren, konnte noch immer die subtilen Formen von Gliedmaßen und Juwelenaugen unter der liebevollen Berührung meiner Finger spüren. Die Uhr war das einzige Erinnerungsstück, das mein Vater in seinem Testament speziell mir vermacht hatte. Aber HK hatte sie für sich behalten.

»Raus mit euch.« Ich zügelte meine Stimme irgendwie, als ich den Terminal berührte und die Tür hinter ihnen öffnete. »Raus hier mit euch, bevor ich . . .« Die Worte versagten mir. »Fahrt auf eure Weise zur Hölle! Wie ihr das macht, ist mir gleich.«

HK zog sich hoch wie ein gestrandeter Clabbah, um Würde bemüht. »Ich hätte wissen sollen, daß es keinen Zweck hat, an deine Ehre zu appellieren.« Die Würde mißlang ihm, und die Ironie auch.

SB nahm HKs Arm und zog ihn zur offenen Tür. Einmal blickte er sich um und spuckte nach mir. *»Schlitzer.«*

Und danach hörte ich nichts wieder von ihnen. Gut, daß ich sie los bin, sagte ich zu mir selbst.

Aber anstatt sie zu vergessen, bin ich ihnen nach Weltende gefolgt. Ich kann nicht glauben, daß ich es getan habe . . . Der Gedanke, auch nur eine einzige Nacht in dieser erbärmlichen Stadt zu verbringen, reicht aus, um jeden vernünftigen Menschen zu veranlassen, den nächsten Shuttle zurück zur Zivilisation zu nehmen. Und es ist nicht so, als ob sie nur eine Woche Urlaub machten und dabei die Zeit vergaßen. Sie verschwanden – in einer kartographisch nicht erfaßten Wildnis! Sie waren für das, was sie taten, völlig unvorbereitet – keiner von ihnen hatte zuvor jemals etwas Gefährlicheres auf sich genommen, als den ganzen Tag in den Bädern zu verbringen. Wenn das Ödland sie nicht umbrachte, taten dies vermutlich die menschlichen Tiere, die es bewohnen, und ließen nur die Knochen übrig. Gehe ich wirklich nach da draußen, damit mir dasselbe passiert . . .?

Als ich ein kleiner Junge war, erzählte mir mein Kindermädchen Geschichten über den Kinderdieb, der hochgeborene Babies stahl und sie durch plebejische Unklassifizierte ersetzte.

Jahrelang war ich mir sicher, daß dies mit HK und SB geschehen sein mußte . . . Sie erwählten sich ihr Schicksal, und wenn Weltende sie verschluckte, ohne eine Spur zu hinterlassen, dann bekamen sie, was sie verdienten. Sie ließen nichts und niemanden zurück, außer mir . . . Sie ließen mich zurück mit nichts anderem als Erinnerungen.

Aber seit sie gegangen sind, bin ich jetzt das Familienoberhaupt – ein Titel, der ebenso hohl wie unerwartet ist. Und sie sind noch immer meine Brüder. Das macht es mir zur Pflicht, nach ihnen zu suchen. Es ist meine Verantwortung gegenüber allen unseren Ahnen, die für immer meine Ahnen bleiben werden, welche Fremden auch immer meine Familienehre verletzen und mein Blut als ihr eigenes beanspruchen. Dennoch, wenn es nicht für Vater wäre, für das, was ich ihm schulde . . .

Wenn es nicht für mich wäre, hätte sich nichts dergleichen ereignet.

Aber selbst wenn ich ein Versager bin, so bin ich doch kein Dummkopf. Ich habe eine Ausbildung, die HK und SB niemals hatten, ich habe die Erfahrung, die mir hilft, nach ihnen zu suchen. Es ist nicht unmöglich . . .

Außerdem, wenn ich hier jetzt wieder wegginge, zu was würde ich zurückkehren? Zu meinem Job? Nicht einmal den kann ich mehr kompetent tun. Sie wollen mein Gesicht in Viergatt nicht wiedersehen, bis ich meine Pflichten wieder wahrnehmen kann. Seit meine Brüder auf diese Welt kamen, habe ich mich stets so gefühlt, als ob ich die Kontrolle über mein Leben verloren hätte.

Ich muß mir selbst genug Zeit für diese Suche geben – Zeit, um herauszufinden, was ich verloren habe und wie ich es zurückbekommen kann. Um herauszufinden, ob es überhaupt eine Rolle spielt.

7. Tag

Götter, kann es schon eine Woche her sein, daß ich hierher kam? Es kommt mir wie ewig und gleichzeitig erst wie gestern vor, daß ich meinen ersten Ausflug zum Genehmigungsbüro machte.

Ich wurde durch die schlampige Frau, die mir mein vor Ungeziefer wimmlendes Zimmer vermietete, darüber informiert, daß ich Genehmigungen brauchen würde. Selbst um hier in der Stadt länger als für eine Nacht zu bleiben, würde ich eine Genehmigung der Gesellschaft haben müssen. Und um Weltende betreten zu können, würde ich ein halbes Dutzend weiterer brauchen. Als ich diese Auskunft bekam, war ich erfreut, denn mir wurde klar, daß meine Brüder dasselbe gemacht haben mußten und daß es irgendwelche Aufzeichnungen darüber geben mußte, wann und wie sie hier aufgebrochen waren. Ich dachte wirklich, daß dies eine ganz einfache Sache sein würde.

Am Morgen ging ich ins Zentrum der Stadt. Aber in dem Moment, in dem ich die Schwelle des Genehmigungsbüros auf dem Stadtplatz überquerte, begriff ich, daß meine Annahmen, irgend etwas hier würde vernünftig und einfach sein, Phantastereien waren. Das Büro besaß keine Tür; die Hitze war drinnen schlimmer als draußen, obwohl ich nicht geglaubt hätte, daß dies möglich war. Es gab keine Stühle, keine Schalter, nur eine durchsichtige Wand, die den einzigen Raum in zwei unterteilte.

Auf der anderen Seite der Wand sah ich drei Leute in dem eigentlichen Büro, das primitiv, aber funktionell aussah, stehen beziehungsweise sitzen. Ich durchquerte den Raum bis zu der Wand und klopfte dagegen. Nur eine der Angestellten hielt es überhaupt für nötig, zu mir hochzublicken; niemand trat an die Wand heran. Als ich erkannte, daß sie mich ignorierten, klopfte ich abermals an die Wand, kräftiger. Sie winkte abweisend mit der Hand, so als ob sie mit etwas Wichtigem beschäftigt war. Soweit ich erkennen konnte, tat sie jedoch überhaupt nichts.

Ein anderer, offensichtlich von draußen kommender Mann

betrat das Büro und stellte sich neben mich vor die Wand, wobei er eine Kreditmarke hochhielt. Er rief irgend etwas, das sich wie »Idiot« anhörte. Einer der Angestellten, ein alter Mann mit einem Gesicht wie eine Scheibe Trockenbrot, durchquerte den Raum, um zu uns herüberzukommen. Er hämmerte irgend etwas gegen die Wand, und ich hörte, wie ein Ton anschlug. Abrupt erschien vor dem anderen Mann ein offenes Fenster. Ein Hauch von kühler, trockener Luft berührte mein Gesicht.

»Entschuldigen Sie«, sagte ich, »aber ich war zuerst hier.«

»Warten Sie, bis Sie dran sind«, fuhr mich der Angestellte an. Der andere Mann grinste und blieb stehen, wo er stand, als der Angestellte seine Marke nahm.

Ich wartete und versuchte meinen Zorn darüber zu zügeln, daß ich wie der niedrigste Unklassifizierte zu Hause auf Kharemough behandelt wurde. Der andere Mann kam schließlich mit seiner Sache zu Ende, und ich machte einen Satz, um seinen Platz einzunehmen, bevor der Angestellte das Fenster wieder schließen konnte.

»Ich brauche . . . ich brauche einige Informationen«, platzte ich heraus. »Ich suche meine Brüder . . .«

Der Angestellte hob anmaßend den Kopf. »Hier drin sind sie nicht, Junge. Gehen Sie dahin zurück, wo Sie hergekommen sind, und Sie werden all die Brüder finden, die Sie sich wünschen.« Er schnaufte amüsiert.

Ich holte Luft und sagte so ruhig, wie ich konnte: »Meine Brüder . . . waren ungefähr vor einem Jahr hier. Ich glaube, sie gingen nach Weltende. Sie kamen nicht zurück. Ich bin hier, um sie zu suchen. Wie ich erfuhr, brauche ich irgendwelche Genehmigungen, um das zu tun. Ich möchte um diese nachsuchen.«

Er wandte sich wortlos vom Fenster ab. Aber es blieb offen, und so wartete ich. Er kam zurück mit einer Handvoll von Vordrucken. »Füllen Sie die aus.« Er schob sie mir hindurch und schloß das Fenster.

»Sie meinen, ich soll darauf schreiben? Mit der *Hand?«* Aber ich sprach bereits zu seinem Rücken. Ich blickte mich in dem leeren Büro um und suchte vergeblich nach einem Sitz oder einem Tisch. Der Raum hatte keinen auf wunderbare Weise hervorgebracht, und so lehnte ich mich gegen die Wand und füllte eine Stunde lang Formulare in vierfacher Ausfertigung mit einem abgebrochenen Stift aus, den ich in einer Ecke auf dem Boden gefunden hatte. Zu dem Zeitpunkt, als ich damit fertig war, mein Geschäft darzulegen, Genehmigungen zu erbitten, meine Zahlungsfähigkeit und Zurechnungsfähigkeit zu beschwören und Details meiner körperlichen und geistigen Verfassung zu enthüllen, die nicht einmal einen Arzt etwas angingen, war ich langsam zu der Überlegung gekommen, daß die Gesellschaft ein furchtbarerer Gegner war als jeder, den ich jemals in Weltende treffen würde. Zum hundertstenmal wischte ich mir den Schweiß aus den Augen. Es gab noch immer freie Stellen, die ich auf einem halben Dutzend Blätter offengelassen hatte, nicht beigebrachte eidesstattliche Versicherungen, unbestätige Daten.

Ich ging zurück zur Wand. »Idiot!« rief ich. Der Angestellte reagierte dieses Mal fast sofort. Er nahm meine Papiere, runzelte die Stirn und schüttelte den Kopf. »Die sind nicht vollständig.«

»Ich weiß das«, sagte ich gerade noch in zivilem Ton. »Es ist unmöglich. Ich könnte nicht alles zusammenkriegen, was Sie da wollen, wenn ich einen ganzen Monat in Viergatt damit verbringen würde . . . Ich würde mich mit Kharemough in Verbindung setzen müssen«! Ich kann nicht Jahre warten . . .«

Er zuckte die Achseln, fummelte an den Wurzeln seiner Fingernägel herum. Die Formulare raschelten. Ich konnte ihn riechen, einen leicht muffigen Geruch, der in der kühlen Luft hing. »Hätten besser vorbereitet kommen sollen.« Er blickte zu mir hoch, als ob er etwas zu sehen erwartete, das nicht in meinem Gesicht war. Als er es nicht fand, schob er wieder die Papiere hin und her. »Nun . . ., man könnte einige dieser Sachen umgehen . . . wäre einiges, was wir für Sie erledigen könnten . . . wären ein paar Punkte, die wir übersehen könnten . . .« Er blickte abermals zu mir hoch, erwartungsvoll.

Ich antwortete nicht, verstand nicht, was er wollte.

Schließlich sagte er: »Es wird sie was kosten.«

Ich versteifte mich. »Sie meinen ein Bestechungsgeld? Sie erwarten von mir, daß ich Ihnen dafür etwas zukommen lasse – ist es das, was Sie meinen? Ich möchte mit Ihrem Vorgesetzten sprechen, Idiot.«

»Vidion«, sagte er kalt. »Ich habe hier zu sagen. Und Ihre Art gefällt mir nicht. Die Gesellschaft muß überhaupt nichts für Sie tun, verstehen Sie? Niemand braucht Sie hier. Ihre Sorte ist so billig wie Dreck. Wir lassen Sie in unserer Großzügigkeit Gesellschaftsterritorium erforschen, und wenn Sie nicht gewillt sind, sich ein bißchen zu revanchieren, können Sie gleich den nächsten Shuttle nehmen, der Sie von hier wegbringt.«

Die Ironie traf mich so hart, daß ich beinahe gelacht hätte. Glücklicherweise tat ich es nicht. »Wie hoch ist Ihr . . . Honorar?« fragte ich säuerlich.

»Zehn für die Aufenthaltsgenehmigung hier in der Stadt, gültig für die erste Woche.«

»Zehn?«

»Fünfzehn für jede Woche danach.« Er sah mich an. Diesmal hielt ich meinen Mund.

»Die Autorisationen und Genehmigungen für Sie, um Weltende tatsächlich zum Schürfen zu betreten – oder zu den Zwecken, die Sie hier angeben –, sind komplizierter. Sie brauchen Zeit, sie müssen durch viele Hände gehen . . . Einige von den Leuten des Sicherheitsdienstes könnten Sie persönlich interviewen wollen . . .« Er hob die Augenbrauen vielsagend. Ich biß mich auf die Zunge. »Mit all den Daten, die bei Ihnen fehlen, kostet es Sie fünfzig, um schon mal anfangen zu können.« Er streckte seine Hand aus.

Meine eigene Hand verkrampfte sich um meine Kreditmarke. »Wenn das so ist, will ich, bevor ich Ihnen etwas zahle, wenigstens den Beweis dafür, daß meine Brüder tatsächlich nach Weltende gegangen sind. Ich gehe davon aus, daß Sie das in ihren Datenbänken feststellen können.«

»Es ist nicht erlaubt . . .«

»Gegen Honorar.« Ich hielt ihm meine Marke vors Gesicht.

»Ich könnte wohl eine Ausnahme machen. Namen?«

Ich nannte ihm ihre Namen und gab ihm meine Kreditmarke, und er ging wieder weg. Nach einer weiteren endlosen Warterei kehrte er zurück. Er schob mir einen Ausdruck durch, als ob er wüßte, daß ich nur etwas Schriftliches akzeptieren würde.

Die Daten sagten mir, daß meine Brüder ihre Genehmigungen von der Gesellschaft bekommen hatten, und ihre Autorisationen und ihre Ausrüstung. Wieviel sie das gekostet hatte, war nicht aufgelistet. Sie waren einen Monat nach dem Treffen mit mir nach Weltende gegangen. Das war alles.

»Ist das wirklich alles, was Sie haben? Können Sie mir nicht sagen, wie sie losgezogen sind oder wenigstens, welche Richtung sie eingeschlagen haben?«

Er schüttelte den Kopf. »Sie haben das bekommen, worum Sie gebeten haben.« Er gab mir meine Kreditmarke zurück.

Ich warf einen Blick auf den Saldo und zog eine Grimasse. »Da haben Sie wohl recht.«

Er runzelte die Stirn. Wenigstens war ihm mein Sarkasmus nicht entgangen.

»Wann kann ich mit meiner Genehmigung rechnen?«

»Kommen Sie in ein paar Tagen wieder. Vielleicht ist bis dahin schon etwas da. Dann wird ein weiteres Honorar fällig.« Er bedachte mich mit einem langen Blick. »Aber wenn ich Sie wäre, würde ich nicht damit rechnen, hier bald wegzukommen.« Er schloß das Fenster mit einem erneuten kristallhellen Ton und entfernte sich.

Und jedes Mal, wenn ich hingehe, sagt Morang zu mir: »Kommen Sie in ein paar Tagen wieder.« Es kostet immer wieder Honorar, aber es kommt nichts Konkretes dabei heraus. Und jedesmal, wenn ich hineingehe, lacht er sich ins Fäustchen. Ich bin ein gezeichneter Mann. Ich weiß, daß ich dieses Spiel nicht richtig spiele, aber, verflucht noch mal, ich bin nicht zum Speichellecken und Bestechen geboren, so wie es bei jedermann in dieser Stadt der Fall zu sein scheint!

Wenn es nur einen anderen Weg nach Weltende gäbe – aber die Gesellschaft überwacht ihr Gebiet gründlicher, als es die meisten rechtmäßigen Regierungen tun. Dies ist der einzig vernünftige Weg.

Meine Brüder sind diesen Weg gegangen und dem bürokratischen Irrgarten schließlich entflogen. Es muß für mich einen Weg geben, ihre Spur von hier aus zu finden und ihr zu folgen. Geduld, das ist alles, was ich brauche. Beharrlichkeit. Logik.

Und Insektenspray!

14. Tag

Der heutige Tag begann wie der gestrige und der Tag davor. Wieder einmal huldigte ich dem bürokratischen Ritual und versuchte, meine Genehmigungen zu bekommen, bekam aber außer Hitzeschlag und Durst nichts. Danach machte ich mich auf den Rückweg zu C'uarrs Lokal im Viertel, ein weiteres Ritual, auf das meine Füße inzwischen einprogrammiert sind. Ich schwor mir, heute nicht zu C'uarr zu gehen, redete mir ein, daß mir speiübel werden würde, wenn ich nur ein Glas von seinem elenden Fusel sah. Aber ich ging trotzdem hin.

Die plötzliche Dunkelheit der Bar macht genauso blind wie die Straße. Ich mache immer im Eingang halt, schiebe den Sonnenschild meines Helms zurück und blinzele, bis meine Augen das Gruppenbild der Stammgäste aufnehmen können. Die Handvoll Außenseiter in ihren fremden Kleidern hebt sich von den Arbeitern der Gesellschaft ab wie Splitter aus farbigem Glas in einem Bett aus glatten weißen Steinen. Immer die gleichen Fremden – wie ich gefangen in diesem Fegefeuer, das ich in Gedanken die Wartehalle nenne.

»Immer noch hier, Pilger?« fragte mich ein klobiger Gesellschaftswachmann, als er mich vom Eingang wegdrängte. Er stoppte, grinste über meine Verärgerung, die ich nicht ganz verbergen konnte. Ein ganzes Leben würde nicht ausreichen, mich daran zu gewöhnen, die Beleidigungen von Unterlingen beiläufig hinzunehmen. »Wie lange dauert es bei Ihnen schon?« fragte er. Als ich nicht antwortete, sagte er: »Nun, vielleicht morgen. Oder auch nicht.« Er lachte und zeigte dabei gelbe Zähne.

Ich stellte mich außer Reichweite seiner Fleischerhakenhände. Vor ein paar Tagen sah ich zwei Wachmänner wie beiläufig sämtliche Finger eines Schürfers brechen, von dem sie behaupteten, daß er bei Fünf-und-Zwanzig betrügen würde. Die Gesellschaft ist ihr eigenes Gesetz, wenn man Weltende erreicht, und das Gesetz ändert sich aus einer Laune oder einer

Stimmung heraus. Das allgemeingültige Gesetz der Hegemonie ist hier nur eine Erinnerung.

Der Wachmann bewegte sich weiter, und ich ging zur Bar. Zu laut bestellte ich einen Drink und mußte C'uarrs von einem aufgesetzten Lächeln begleitete Zeitlupenreaktion ertragen. C'uarr, der Einäugige, ist so bitter und ätzend wie sein giftiger Schnaps. Er ist kein Einheimischer – von Samathe vermutlich, dem Namen nach zu urteilen. Ich pflegte mich zu fragen, was ihn hier hielt, wo er diese Stadt und das, was er tut, eindeutig genauso haßt wie jeden, der in dieses Lokal kommt. Als die Tage vergingen und die Stagnation langsam von mir Besitz ergriff, wuchs in mir die Überzeugung, daß er ein Parasit war, der mehr vom Elend der Wartehalle lebte als von irgendwelchem Geld, das diese ihm einbrachte. Heute kam mir der Gedanke, daß er ganz einfach aus Trägheit blieb.

C'uarr knallte das massive Glas auf die schmutzige Theke. Tropfen von rotem Schnaps färbten seine Hand blutig. Seine Hand streckte sich aus, die Innenseite wie immer nach oben. Ich warf ihm eine Marke zu.

»Was gehört?« fragte ich, als ich nach meinem Drink griff. Ich hatte ihn bezahlt, damit er sich nach meinen Brüdern umhörte. Aber die Frage war inzwischen rhetorisch. Ich wandte mich schon ab, bevor ich seine Antwort hörte. Sie lautete immer *nein*. Ich fühlte, wie mir C'uarrs starrender Blick folgte, voller Spott und dunkler Spekulation. Er ist wie ein Tier – er spürt, daß ich nicht so bin wie die anderen. Ich weiß es, wenn er mich ansieht.

Der Raum mit seiner niedrigen Decke stinkt nach Schimmel und Feshstäbchen. Niemand macht sich die Mühe hochzublicken, als ich mir den Weg zu einer Bank an einem leeren Ecktisch bahne. Ich bin mit dem Hintergrund verschmolzen, genauso wie sie es sind. *Pilger* nennen die Arbeiter der Gesellschaft sie und lachen dabei. Sie machen ihre Pilgerfahrt zu diesem Ort von überall auf diesem Planeten aus, von überall in der Hegemonie – Sucher nach legendärem Reichtum, nach verborgenen Schätzen, alle Gläubige derselben Religion, Habgier. Die meisten von ihnen landen statt dessen in dieser Falle, gefangen wie Käfer in einer Flasche, während C'uarr und die Gesellschaft ihnen das Blut aussaugen.

Ich verbrachte den Rest des Nachmittags damit, dazusitzen, in die Gegend zu starren und mich an dem einen Drink festzuhalten, bis C'uarr drohte, mich rauszuschmeißen. Ich bestellte noch einen, gestattete mir aber nicht, ihn auszutrinken. Der billige, rubinrote einheimische Schnaps wird aus irgendeiner Pilzart fermentiert. Er wird *Ouvung* genannt. Ein toter Wurm treibt in jeder Flasche. Als ich das erste Mal einen Schluck davon nahm, würgte ich – und fragte mich, ob der Wurm nicht nur da war, um als Zeugnis für den Stumpfsinn seiner Trinker zu dienen. Ich gewöhnte mich daran, wie sie es alle tun.

Schließlich begann der Himmel jenseits des Eingangs dunkel zu werden. Ich nahm eine weitere billige, abstoßende Mahlzeit zu mir und kehrte zurück zu meinem insektenverseuchten Zimmer, um die Nacht im Schlaf zu verbringen. Seit ich hier bin, habe ich mehr für Insektenspray und Summer ausgegeben als fürs Essen. Aber ich muß etwas schlafen . . . damit ich aufstehen und wieder in diese sinnlose Runde gehen kann, morgen und übermorgen und an dem Tag danach . . .

Manchmal glaube ich, daß ich verrückt sein muß, hier zu bleiben, wenn ich mir so die Chancen ausrechne, die Spur meiner Brüder in der Weite dieses Nichts, in der Weite von Weltende zu finden. Keiner von denen, die ich gefragt habe, kann sich erinnern, sie auch nur gesehen zu haben. Warum im Namen von hundert Ahnen konnte HK nicht geziemend geheiratet und ein halbes Dutzend Erben gehabt haben? Vielleicht wäre einer von ihnen halbwegs intelligent gewesen . . . SB redete es ihm aus, behaupte ich, so wie er ihm jeden anderen vernünftigen Gedanken ausredete, den er jemals hatte. Allerdings, welche Frau hätte einen von den beiden haben wollen? Selbst unsere eigene Mutter . . .

Du Idiot – wenn du je die Genehmigung der Gesellschaft bekommst, Weltende zu betreten, was, zur Hölle, willst du damit anfangen?

21. Tag

Drei Wochen.

Drei Wochen in diesem Schuppen, und schon mehr Geld verschwendet, als ich in einem halben Jahr verdiene. Götter, sogar Tiamat war besser als das hier. Also feierte ich heute – mit einer ganzen Flasche von C'uarrs Fusel, die mir Gesellschaft leistete. Er muß mich dazu überredet haben. Er betrog mich allerdings dabei. Ich zahlte für eine ganze Flasche, aber er gab mir diese leere, sogar ohne Wurm . . .

Verdammt, ich weiß, daß ich nur ein paar hatte . . . Ich bin kein Trunkenbold. Ich rühre Schnaps nie an. Betrunkenheit widert mich an. Es ist ein Zeichen für einen schwachen Charakter. Ich hasse Betrunkene. Das sollte ich auch. Die Götter wissen, daß ich mit genug von ihnen umgehen muß . . . mußte. Nicht mehr.

Nicht seit einem Monat . . . Er sollte schon Jahre früher passiert sein. Die Nachricht des Chefinspektors auf meinem Schirm. Als ich sie sah, wollte ich weglaufen wie ein Kind, weil ich wußte, daß es nur einen Grund gab, aus dem er mich bat, persönlich zu ihm zu kommen. Aber mein Körper stand hinter meinem Schreibtisch auf und brachte mich zu ihm; Er salutierte korrekt, als ob mein Gesicht mich nicht mit einem Ausdruck verriet, der schuldbewußter war als der eines Missetäters.

Chefinspektor Savanne ist kein Mann, dem man unbefangen gegenübertritt, nicht einmal auf dem Bildschirm. Er erwiderte meinen Salut, betrachtete mich mit einer Ungewißheit, die schwerer zu ertragen war als die kalte Mißbilligung, die ich erwartet hatte.

»Sir . . .«, begann ich und stoppte die Flut von Entschuldigungen, die mir auf der Zunge lagen. Ich blickte an der ganzen blauen Länge meiner Uniform vorbei auf meine Stiefel. Ich sah einen Heuchler und Verräter, der die Kleidung eines ehrlichen Mannes trug. Ich bin sicher, daß der Chefinspektor dasselbe sah. *Tiamat*. Das Wort, die Welt – sie waren plötzlich alles, an das ich denken konnte. *Tiamat, Tiamat, Tiamat* ...

»Inspektor.« Er nickte, aber alles, was er sagte, war: »Ich glaube, wir sind uns beide darüber im klaren, daß ihre Arbeit in den letzten Monaten nicht dem Standard entsprochen hat.« Er kam sofort zur Sache, wie gewohnt.

Ich stellte mich ein bißchen aufrechter und zwang mich dazu, seinem Blick standzuhalten. »Ja, Sir.«

Er ließ seine Fingerspitzen über die Tastatur seines Terminals wandern und warf Zufallsmeldungen auf den Schirm, wie er es manchmal tat, wenn er zerstreut war. Aber vielleicht waren die Meldungen auch nicht zufällig. »Sie haben Ihren Dienst auf Tiamat offenkundig sehr kompetent versehen, da Sie in so kurzer Zeit bis zum Rang eines Inspektors aufgestiegen sind. Aber das überrascht mich nicht, weil sie ein Techniker des zweiten Rangs waren ...« Er war ebenfalls ein Kharemoughi, wie die meisten hohen Offiziere in der Truppe.

Waren. Ich schluckte das Wort wie einen Brocken trockenen Brots. Meine Hände bewegten sich hinter dem Rücken. Ich berührte meine vernarbten Handgelenke. Ich konnte meine Familie vor Schande bewahren, indem ich von zu Hause wegblieb. Aber ich war nie in der Lage gewesen, mein Versagen zu vergessen, weil mein Volk es niemals vergessen würde, und seine Leute waren überall, wo ich hinging.

Er blickte hoch und runzelte wegen meiner verstohlenen Bewegungen leicht die Stirn. »Inspektor, ich weiß, daß Sie einige unangenehme Erinnerungen von Ihrem Dienst auf Tiamat mitgebracht haben ... Ich weiß, daß Sie noch immer die Narben tragen.« Er schlug die Augen wieder nieder, so als ob es ihn schon verlegen machte, es nur zu erwähnen. »Ich will nicht wissen, was Ihnen dort zugestoßen ist oder warum Sie die Narben nicht haben entfernen lassen. Aber ich möchte nicht, daß Sie denken, ich würde Ihnen das, was Sie getan haben, vorwerfen ...«

Oder das, was ich nicht getan habe. Die bloße Tatsache, daß er es überhaupt erwähnte, sagte mir alles. Ich antwortete nichts. Ich spürte, wie sich mein Gesicht rötete.

»Sie haben hier auf Nummer Vier nahezu fünf Standards

lang Dienst getan, und in der meisten Zeit haben Sie das, was Ihnen Kummer bereitet, für sich behalten. Vielleicht zu viel für sich . . .«

Ich wußte, daß einige der anderen Offiziere der Ansicht waren, ich sei verschlossen und ungesellig – und ich wußte, daß sie recht hatten. Aber es hatte keine Rolle gespielt, denn seit Tiamat schien für mich nichts eine große Rolle gespielt zu haben. Ich spürte, wie die Kälte eines lange zurückliegenden Winters wieder in meine Glieder kroch, als ich abwartend dastand. Ich versuchte, mich an ein Gesicht zu erinnern . . . versuchte, mich nicht mehr daran zu erinnern.

»Bis vor kurzem haben Sie eine bewunderungswürdige Selbstdisziplin an den Tag gelegt. Aber nach der Sache mit den Wendroe-Brüdern . . . Ich bin sicher, ich brauche Ihnen nicht zu sagen, daß sie sehr schlecht erledigt wurde. Der Gouverneurgeneral hat sich persönlich bei mir darüber beschwert.«

Und die Polizei mußte den guten Willen der Hegemonie demonstrieren. Meine Augenlider zuckten mit dem Bedürfnis, mit dem Sehen aufhören zu dürfen. Aber ich hielt seinem Blick stand. »Ich verstehe, Sir. Ich trug die Verantwortung. Meine Anschuldigungen gegen den Oberherrn der Brüder waren unentschuldbar.« *Sogar, obwohl sie wahr waren.* Aber die Wahrheit war immer das erste Opfer in unserer Beziehung zu einer Planetenregierung. Kharemough hielt die Hegemonie durch ein löchriges Netz ökonomischer Sanktionen und selbstinteressierter Manipulation zusammen, denn ohne einen Hyperlichtantrieb war eine größere Zentralisierung unmöglich. Die sieben anderen Welten der Hegemonie waren technisch autonom – Kharemough kultivierte ihre Ergebenheit mit heuchlerisch kunstvoller Fürsorge. Ich wußte das so gut wie jederman, ich hatte es auf Tiamat gelernt. »Ich hätte Ihnen sofort meinen Rücktritt anbieten sollen. Ich habe in den letzten Monaten Schwierigkeiten mit . . . der Familie gehabt. Meine Brüder sind verlorengegangen – verlorengegangen in Weltende.« Ich spürte, wie mir das Blut wieder ins Gesicht stieg, und fuhr hastig fort: »Ich sage das nicht als Entschuldigung, sondern nur zur Erklärung.« Der Chefinspektor sah mich an, als ob dies nichts erklärte. Ich konnte nicht einmal mir selbst die Träume erklären, die meinen Schlaf seit dem Kommen meiner Brüder fortwährend ruiniert hatten: die Geister von tausend ihres Besitzes beraubter Ahnen, das Gesicht meines Vaters, das sich in das Gesicht eines Mädchens, weiß wie Schnee, verwandelte, endlose Schneefelder . . . Ich pflegte zitternd aufzuwachen, als ob ich erfrieren würde. »Ich biete Ihnen jetzt meinen Rücktritt an, Sir.« Meine Stimme brach nicht.

Der Chefinspektor schüttelte den Kopf. »Das ist nicht nötig. Nicht, wenn Sie gewillt sind, die Alternative einer vorübergehenden Rangrückstufung und eines Zwangsurlaubs zu akzeptieren, bis der Gouverneurgeneral diesen Vorfall vergessen hat. Und bis Ihre . . . Gemütsverfassung wieder einigermaßen ins Gleichgewicht gekommen ist.«

Wenn ich die Vergangenheit nur so einfach vergessen könnte, wie der Gouverneurgeneral mich vergessen wird! Ich sagte nur mit leiser Stimme: »Ich danke Ihnen, Sir. Sie nehmen mehr Rücksicht auf mich, als ich verdiene.«

»Sie sind ein guter Offizier gewesen. Sie verdienen so viel Zeit, wie Sie brauchen, um Ihre Probleme zu lösen – wie auch immer Sie es machen«, sagte er unbehaglich. »Ruhen Sie sich aus, genießen Sie diese Befreiung von ihren Verantwortlichkeiten. Versuchen Sie, sich auf dieser Welt zu Hause zu fühlen.« Er sah mich an, sah die Narben an meinen Handgelenken an. »Oder vielleicht . . . wäre es hilfreich für Sie, dem Verschwinden Ihrer Brüder in Weltende nachzuspüren.«

Für einen Augenblick überkam mich ein jähes Schwindelgefühl, als ob ich fallen würde . . . Ich schüttelte den Kopf, sah ein flüchtiges Zucken über das Gesicht des Chefinspektors huschen.

»Kommen Sie zurück zur Truppe, Gundhalinu«, meinte er leise. »Aber nur, wenn Sie ohne Narben zurückkommen können.«

Ohne Narben . . . ohne die Vergangenheit. Welchen Zweck hätte es, die Narben entfernen zu lassen? Es würde nur ein weiterer Akt der Heuchelei sein. Ich würde sie noch immer sehen. Und er ebenfalls. Das Leben versieht uns durch seine Zufälligkeiten mit Narben. Nur der Tod ist makellos.

22. Tag

Götter, ich kann nicht glauben, was ich mir gestern antat. Wie konnte ich nur so etwas Törichtes getan haben? Die halbe Nacht war ich krank. Ich bin noch niemals so betrunken gewesen. Es ist dieser Ort. Er muß es sein.

Diesen Morgen schwor ich mir selbst, daß ich diesen Irrsinn aufgeben würde, wenn sich heute nichts änderte. Ich werde niemals wissen, ob ich es diesmal wirklich ernst meinte oder nicht, denn endlich passierte etwas.

Ich war wieder in C'uarras Lokal, wie üblich. Ein Einheimischer kam zu dem Tisch herüber, an dem ich saß und mich mit meinem Drink und meinem flauen Magen beschäftigte. Schließlich begriff ich, daß er sich für mich interessierte, und blickte zu ihm hoch. Er war groß und schwergewichtig, näherte sich seinen mittleren Jahren und hatte eine lederfarbene Haut und glattes schwarzes Haar. Ein Mann von der Gesellschaft, dachte ich – ein ehemaliger Mann von der Gesellschaft. Sein schäbiger Coverall hatte keine Insignien oder Identifikationsmerkmale, nur weiße Flecken, die anzeigten, daß sie einmal da gewesen waren. Eine mattgewordene religiöse Medaille baumelte vor seiner Brust. Bittere Linien säumten seinen Mund.

»Sind Sie Schlitzer?« fragte er.

Ich stellte fest, daß sich meine Kiefer vor Ärger verkrampften. Ich hatte mich zu sehr an dieses erzwungene Alleinsein gewöhnt. Ich löste meine Zunge und sagte: »Ja.« Ich gehe hier als Schlitzer durch. Es ist mir lieber als mein eigener Name, und es schützt meine Identität vor zufälligen Begegnungen. Meine wahre Identität ist an Orten wie diesen eine Belastung . . . und, abgesehen davon, bedeutungslos.

Der Mann setzte sich, ohne eine Einladung abzuwarten. Ich runzelte die Stirn, sagte aber nichts. Er starrte mich an, schätzte mich seinerseits ab. Sein Blick hatte etwas Irritierendes an sich. »Ich habe gehört, daß Sie ein Kharemoughi sind. Ein Tech?«

Ich nickte. »Ich war es einmal.«

Die verhüllten Augen senkten sich zu den Narben an meinen Handgelenken. »Was ist passiert?«

Ich drehte meine Hände um, legte die Innenseiten auf die feuchte Tischplatte. »Ich wurde in Blau verwickelt.« Die Standardredensart für Ärger mit der Polizei. Ich sah, wie sich sein Mund kräuselte.

»Was tun Sie hier?« fragte er.

»Warten.«

»Lange genug?«

Ich spürte, wie meine Haut prickelte. Ich hatte fast aufgehört daran zu glauben, jemals die Genehmigung zum Betreten Weltendes zu bekommen, jemals die Rituale von Launenhaftigkeit und Bestechlichkeit zu beherrschen, die mich die ganze Zeit meines Hierseins verwirrt haben. Und jetzt schien mir dieser Fremde die Erlaubnis auf einem silbernen Tablett zu servieren. »Was wollen Sie?«

Er sagte: »Ich will schürfen gehen. Mein Vehikel ist ein ausgemustertes Gesellschaftsfahrzeug. Sie glauben nicht, daß es repariert werden kann. Ich glaube, alles was es braucht, ist jemand, der seinen Hintern von einer Buchse unterscheiden kann. Ich habe gehört, ihr Techs könnt alles in Ordnung bringen. Wenn Sie das Fahrzeug in Ordnung bringen, werden wir zusammengehen.«

Das war alles, was er wollte. Ich gestattete mir ein Auflachen. »Wenn ich es nicht in Ordnung bringen kann, dann kann es keiner.« Ich bot ihm meine Hand. Der Fremde schlug nach einheimischer Sitte ein. Ich fragte: »Wie nenne ich Sie?«

»Ang«, sagte er.

Ich trank meinen Drink aus, aus Gewohnheit, und wir verließen zusammen die Wartehalle.

23. Tag

Ich konnte mein Glück kaum glauben, als Ang an diesem Morgen tatsächlich mit jeder Genehmigung, die ich zum Betreten Weltendes benötigte, in meinem Zimmer auftauchte. Nach so vielen Wochen irrsinniger Bürokratie war es so, als würde man aus dem Gefängnis entlassen. Ich gab mir nicht die Mühe, ihn zu fragen, wie er es gemacht hatte – es gibt nur einen Weg. Egal, es erschien mir wie ein Wunder.

Ich hätte wissen sollen, daß mein Glück zu vollkommen war, um wahr zu sein. An diesem Nachmittag brachte mich Ang zu dem Vehikel – einem triphibischen Rover in üblem Zustand, aber nicht in einem unmöglichen, wenn er mir die Ersatzteile besorgen kann, die ich brauchen werde. Das ist nicht das Problem. Da Problem ist, daß wir zu dritt sind, nicht zu zweit. Heute traf ich den dritten Mann.

Er schien ungefähr genauso überrascht zu sein, mich zu sehen, wie ich es war, obwohl er mich offensichtlich erwartet hatte. Er wartete auf einem Schrottplatz, als ich mit Ang ankam, und trat nach den Pilzgewächsen, die in dem Meer aus Altmetall hochwucherten.

Ang lachte grunzend, als er den Mann treten und fluchen sah, so als ob Fassungslosigkeit im Umgang mit der abstoßenden Flora dieses Orts irgendwie amüsant gewesen wäre. »Es wird morgen wieder da sein«, sagte er zu niemandem.

»Wer ist das?« fragte ich. Der andere Mann lugte unter der breiten Krempe seines Sonnenhelms hervor. Seine Haut und sein Haar waren teigfarben, so als ob er niemals freiwillig nach draußen ging. Sein klobiger, muskulöser Körper glänzte vor Sonnenschutzlotion und Schweiß. Ich mißtraute ihm auf Anhieb.

»Spadrin«, sagte oder vielmehr rief Ang. »Das ist unser Mechaniker.«

»Sie meinen, er ist ein Partner?« fragte ich. Ich war mehr als ein bißchen irritiert. Ang hatte keinen dritten Partner erwähnt, weder an diesem Morgen noch als er mich bat, mit ihm zusammenzugehen. Er hatte mir den gleichen Anteil von allem angeboten, was wir fanden, aber er hatte nie erwähnt, daß wir durch drei teilen müßten.

Ang gab sich nicht die Mühe, mir zu antworten, jetzt da die Antwort offenkundig war. Und Spadrin starrte mich in einer Weise an, die mich Angs Versäumnis vergessen ließ.

»Das ist Schlitzer«, sagte Ang zu ihm.

Spadrin war sichtlich überrascht, als er den Namen hörte, aber dann kam sein Stirnrunzeln zurück. »Du hast einen Kharemoughi genommen? Du sagtest, wir würden einen Helfer von der Gesellschaft bekommen . . .« Er unterbrach sich. »Warum?«

»Er war der beste, den ich finden konnte.« Ang zuckte die Achseln, aber es war keine leichtfertige Bewegung. Ich fragte mich, ob seine Bemerkung ein Kompliment war. Seine Hände ballten sich in den Taschen seines Coveralls zu Fäusten.

Spadrin starrte Ang an, mit blankem Unglauben im Gesicht. Dann musterte er mich eingehend von oben bis unten, als ob ich ein unbelebtes Objekt wäre.

Ich starrte zurück und fand meinen ersten Eindruck bestätigt. Er paßte nicht an diesen Ort. Seine Kleider waren aus einem glänzenden, seidenartigen Stoff gemacht und mochten in einer klimakontrollierten Metropole als modische Sommerkleidung durchgegangen sein, aber sie waren hier auf absurde Weise unpraktisch. Die Tätowierungen auf seinen nackten Armen sagten mir eine Menge mehr, obwohl ich nur einige wenige der Muster und Symbole erkannte. Sie alle haben ihre spezielle Bedeutung: Sie illustrieren die Lebensgeschichte eines Mannes in der Unterwelt der Hegemonie. Spadrin war ein professioneller Krimineller.

»Was machen Sie hier draußen?« fragte er mich.

»Dasselbe wie Sie«, sagte ich.

Er glaubte es nicht, genausowenig wie ich es tat. Er sah Ang an. »Ich will ihn nicht.«

»Aber ich.« Ang wandte sich abrupt ab. »Schlitzer«, sagte er zu mir und zeigte auf die rostige Metallhülle, die neben uns hochragte. »Sehen Sie es sich an. Sagen Sie mir, was Sie brauchen.«

Wachsam ging ich an Spadrin vorbei und fing an, das Vehikel zu inspizieren. Ich hörte die beiden hinter mir diskutieren, als ob ich sie nicht hören könnte. Ich lauschte, während ich versuchte, so zu erscheinen, als würde ich nicht lauschen. Spadrin gebrauchte die Weltsprache von Nummer Vier mit überraschender Flüssigkeit. Jeder kann eine Sprache mit einem Verstärker schnell lernen, aber nur jemand mit einiger Intelligenz wird sie gut sprechen können. Spadrin ist nicht dumm, und ich werde das nicht vergessen. Schließlich drehte er sich um und ging fluchend weg, und ich brachte meine Inspektion in Ruhe zu Ende.

»Nun?« sagte Ang, als ich aus dem Wagen kletterte.

»Es ist nicht hoffnungslos.« Ich lehnte mich gegen die verbeulte Seite des Rovers und wischte mir den Rost von den Händen. »Der Motorteil ist in Ordnung. Sie sagten, Sie können mir Werkzeuge und Ersatzteile besorgen?«

Er nickte.

»Es wird nicht billig sein . . .«

»Ich habe Verbindungen bei der Gesellschaft. Ich kann alles bekommen, was Sie brauchen.« Letzteres hörte sich mehr nach Arroganz als nach Selbstvertrauen an.

»Gut denn. Wieviel verstehen Sie von der Funktionsweise eines Rovers?«

»Verdammt viel mehr als die meisten Leute«, schnappte er. »Ich habe Sie schon gesteuert, als Sie noch ein rotznäsiger Bengel waren.« Als ob ich das irgendwie hätte wissen müssen. »Sagen Sie mir bloß, was Sie wollen.«

Ich nickte. »Dann will ich ganz präzise sein.« Ich gab ihm meine Anfangsliste, wobei ich technisch so akkurat wie möglich war, und beobachtete ihn, um Anzeichen des Verstehens erkennen zu können. ». . . und zum Schluß, aber am dringendsten, werde ich ein neues Rückstoßgitter brauchen, wenn Sie wollen, daß dieses Ding fliegt.«

Das löste eine Reaktion aus. »Ein Gitter? Das Gitter ist kaputt?«

Ich nickte. »Es ist völlig verrottet. Glauben Sie mir, Sie würden das Risiko, damit zu fliegen, nicht auf sich nehmen wollen.«

»Beim Aurant!« Seine Enttäuschung war groß. Ein Gitter würde den Unterschied zwischen schnellem, bequemem Reisen in der Luft und einer endlosen, mühevollen Landtour ausmachen. Ein gewaltiger Unterschied. Aber er grunzte nur. »Ich werde sehen, was ich tun kann.« Er langte in eine Tasche seines Coveralls, holte einen Feshstab hervor und schob sich das mit Narkotika getränkte Wurzelstück in den Mund.

»Ang . . .«

Er blickte scharf hoch, so als ob er wüßte, was ich sagen wollte.

»Warum haben Sie mir nichts von Spadrin erzählt?«

Er schlug die Augen wieder nieder, zündete den Fesh an und zuckte die Achseln.

»Hören Sie zu, Ang . . .« Ich holte tief Luft, versuchte die Geduld zu bewahren. »Dies ist ein Zwei-Personen-Fahrzeug. Drei von uns machen einen langen Aufenthalt darin verdammt unbequem. Ich weiß, warum Sie mich auf dieser Reise brauchen. Aber warum ihn?«

»Zum Schutz.«

»Schutz!« Das war das letzte, was ich von ihm zu hören erwartet hatte. Beinahe sagte ich ihm, daß ich Polizeitraining besaß, daß ich ihm besseren und sicheren Schutz anbieten konnte als Spadrin, aber ich wollte ihn nicht dazu bringen, Fragen nach meinen statt nach Spadrins Motiven zu stellen. »Götter, Mann!« Ich schüttelte den Kopf. »Wissen Sie nicht, was Spadrin ist?« Ich war mir sicher, daß Ang niemals in Viergatt gewesen war, geschweige denn auf einer anderen Welt. Aber da er sein ganzes Leben in diesem Grenzland verbracht hatte, mußte er Hunderten von Spadrins auf der Durchreise begegnet sein: auf der Flucht vor dem Gesetz oder auf der Suche nach leichten Opfern.

»Er ist ein Außenweltler.« Ang sagte es so, als ob *Außenweltler* und *letzter Dreck* dasselbe wären. »Er kam genau wie Sie nach Weltende. Sagte, er sei in Viergatt gestrandet und brauche einen Gewinn, um zu seiner Heimatwelt zurückzukommen.«

»Er ist mehr als das.« Ich konnte nicht verhindern, daß sich meine Stimme hob. »Wissen Sie, was seine Tätowierungen bedeuten? Er hat mehr Leute getötet, als Sie Finger zum Nachzählen haben. Er wird auf den meisten Welten der Hegemonie wegen Verbrechen gesucht. Wenn er hier gestrandet ist, dann vermutlich weil er Ärger mit seiner eigenen Sorte hat. Und er braucht einen Ort, um Gras darüber wachsen zu lassen, genauso dringend, wie er einen Gewinn braucht . . . Er geht nach Weltende, um frisches Fleisch zu jagen, und Sie werden der erste sein . . .«

»Wieso wissen Sie eigentlich so verdammt viel darüber?« fragte Ang mürrisch.

Ich zögerte, machte mir klar, daß ich bereits zu viel gesagt hatte. Aber er fuhr fort, bevor ich antworten mußte: »Er ist nicht schlimmer als die Räuber und Kidnapper, die wir da draußen treffen werden – und er wird auf unserer Seite sein.«

»Auf unserer Seite?« echote ich ungläubig. »Er ist auf keiner Seite außer seiner eigenen. Er ist ein Krimineller, Ang! Sie schützen sich nicht, Sie machen sich zur Zielscheibe.«

»Ich bin nicht blöde.« Seine Kiefer preßten sich stur zusammen. »Ich weiß, was ich tue. Er wird keinen Ärger machen.«

»Es gibt eine Redensart, daß ein Mann, der sich mit Dieben zum Schlafen niederlegt, froh sein kann, wenn er jemals wieder aufwacht.«

»Sie müssen nicht mit uns gehen.« Er deutete mit dem Daumen zurück zur Stadt. »Sie können hierbleiben.«

Mein Mund preßte sich zusammen. »Ich komme mit«, sagte ich. *Aber ich werde mit offenen Augen schlafen.*

»Sie kommen also mit.« Seine Mundwinkel zogen sich nach oben. »Wie alle anderen auch.«

32. Tag

Während der vergangenen Woche habe ich versucht, Angs toten Rover Stück für Stück wiederzubeleben, mit allen Ersatzteilen, die er erbetteln, borgen oder stehlen kann. Er ist ein ehemaliger Gesellschaftsangehöriger, wie ich mir schon gedacht hatte, und er muß eine Menge Gefallen in Anspruch nehmen. Er ist den größten Teil jedes Tages unterwegs, um weitere Ersatzteile heranzuschaffen – oder vielleicht auch nur, um uns aus dem Weg zu gehen, ich weiß es nicht. Ich glaube nicht, daß er sich viel aus Spadrin oder mir macht. Vermutlich wünschte er sich, uns nicht zu brauchen. Das beruht auf Gegenseitigkeit. Aber früher oder später taucht alles, wonach ich frage, auf dem Schrottplatz auf, wo der Rover wie ein riesiger toter Käfer liegt. Jedesmal wenn ich in der Schlafkabine über Materialien stolpere, versuche ich mir vorzustellen, wie es sein wird, dieses Vehikel mit zwei anderen Leuten zu teilen, selbst nur für ein paar Tage. Einer wird auf dem Boden schlafen müssen, aber ich werde es nicht sein.

Nach dem langen Herumsitzen in C'uarrs Lokal ist die Arbeit an dem Rover beinahe ein Vergnügen. Wenn mir allerdings jemand vor zehn Jahren gesagt hätte, daß es mir einmal Spaß machen würde, auf dem Rücken im Dreck zu liegen und mir Schmieröl in die Augen tröpfeln zu lassen, schwitzend und voller Blasen wie ein gemeiner Arbeiter, hätte ich Selbstmord begangen.

Ich . . . Alles im Rahmen der Pflichterfüllung, wie man sagt. Es gibt schlimmere Dinge als körperliche Arbeit, und ich habe in dieser Beziehung einiges auf mich genommen, alles im Rahmen der Pflichterfüllung.

Nicht daß der heutige Tag wegen seiner harten Arbeit einzigartig war. Mehr wegen der Langeweile, die aufkam, während ich auf das Ersatzgitter wartete, das ich brauche, um den Rover zum Fliegen zu bringen. Ich verbrachte den Morgen damit, noch einmal die letzten Informationsbänder durchzuarbeiten, die ich in dem armseligen örtlichen Datenzentrum ausgraben konnte. Ich mußte mich mit dem Vehikel auf die harte Art und Weise vertraut machen. Sie haben hier draußen vom Lesen kaum etwas gehört, ganz zu schweigen von Gedächtnisverstärkungen. Ich war schließlich mit allem fertig und ließ mich im Schatten des Rovers zu einer Adhani-Meditation nieder. Dann kam Spadrin an. Er trat mich gegen den Schenkel und sagte: »Wach auf, du fauler Scheißhaufen.«

Ich sprang auf die Füße, wobei meine Reflexe fast meine Ausbildung verraten hätten, als sich meine Hand nach der Waffe ausstreckte, die ich nicht länger trage.

Spadrin trat zurück, und ich erstarrte, als ich Metall sah. Die Messerklinge verschwand in der Scheide, die in seinem Ärmel verborgen war. Er grinste leicht, als ob er etwas bewiesen hätte.

Ihn zu sehen läßt mich immer an giftige Insekten denken, die unter umgedrehten Steinen zum Vorschein kommen. Diesmal trug er die locker gewebte Kleidung, Hemd und Hose, die zu kaufen Ang ihn aus praktischen Gründen gezwungen hatte. Wie üblich hatte er eine halbleere Flasche Ouvung in der Faust. Er stieß den Bandleser an, den ich studiert hatte, und sagte belegt: »Ihr gottverdammten Kharemoughis macht mich krank. Ihr glaubt, das Universum hat nichts Besseres zu tun, als darauf zu warten, daß ihr euch bereit fühlt, es zu reparieren.«

Ich brachte meinen verwickelten Instrumentengürtel wieder in Ordnung. Meine Hände schmerzten aus dem Bedürfnis, sich zu Fäusten zu ballen. Er war betrunken – ich hätte ihn in Sekunden entwaffnen und auf den Rücken werfen können, aber ich kann es mir nicht erlauben, mein Polizeitraining zu verraten. Es würde ihn mir gegenüber nur noch mißtrauischer machen, und dadurch würde es noch schwerer werden, die Kooperation zu bekommen, die ich von Ang brauche. Ich sagte nur: »Ang weiß genau, daß ich mit der Arbeit nicht eher fertig werde, bis er mir das Rückstoßgitter besorgt. Ich habe nie behauptet, Wunder wirken zu können.«

»Dann sind Sie der erste Tech, denk ich treffe, der das nicht getan hat.« Er machte Anstalten, sich abzuwenden.

»Spadrin«, sagte ich und beobachtete, wie er sich wieder umdrehte. »Fassen Sie mich nie wieder an.«

Er grinste und spuckte die Iestaschote, auf der er herumgekaut hatte, auf meinen Stiefel.

Ich fing an zu zittern, als ich ihn gehen sah. Die Emotion war so stark, daß ich sie schmecken konnte, wie Erbrochenes. Ich wollte . . . Götter, was stimmt mit mir nicht, daß ich es zulasse, von einem verkommenen Kerl wie diesem auf sein Niveau hinuntergezogen zu werden.

Ang muß blind sein.

33. Tag

Heute geschah etwas, und ich weiß nicht, was ich damit anfangen soll – abgesehen von meinem Wunsch, ihm eine Bedeutung geben zu können.

An diesem Morgen hörte ich Spadrins Stimme am Rand des Schrottplatzes. Ich blickte aus der Kabine des Rovers hinaus, weil ich befürchtete, daß er kam, um mich abermals zu belästigen. Aber er sprach mit jemand anderem – ich sah zwei Gestalten in der erhitzten Luft schwimmen. Die andere Person war eine Frau. Ich beobachtete, wie er sie plötzlich wegstieß, so hart, daß sie stürzte. Er verschwand in dem gelbgrünen Dschungel.

Ich überquerte das Feld aus rostendem Metall und fleischigem Unkraut, um der Frau aufzuhelfen. Als ich ihr Gesicht sah, wurde mir klar, daß ich sie schon einmal gesehen hatte. Letzte Nacht kam sie an die Tür von Angs Quartier im Viertel, während wir die Ausrüstungslisten durchgingen. Ang hatte sie ärgerlich weggeschickt, ohne sich die Mühe zu machen, uns irgend etwas zu erklären.

»Ich bin schon in Ordnung . . . danke«, sagte sie, offensichtlich erschüttert. Sie entsprach in keiner Weise dem, was ich erwartet hatte – eine kleine ordentliche Frau in dem üblichen locker sitzenden weißen Gesellschaftscoverall. Ihr Gesicht war entblößt, ihr dunkles, ergrauendes Haar kurzgeschnitten. Sie war nicht jung, wenn auch vermutlich jünger, als sie aussah. Sie hatte einen untypischen Hauch von Vornehmheit und Würde an sich. Ich wußte, was sie nicht war, aber ich hatte keine Ahnung, was sie war. Sie begegnete meinem Blick mit ihrem eigenen und sagte: »Sie sind sehr freundlich.« Die Worte waren wie ein Urteil oder eine Segnung. »Mein Name ist Hahn, Tiras rankells Hahn.« Zuname zuerst, nach einheimischer Sitte. »Kann ich mit Ihnen sprechen?« Sie klang so, als würde sie nicht erwarten, daß ich ja sagte.

Aber ich sagte: »Nennen Sie mich Schlitzer« und bot ihr meinen

Arm an. Sie schien dankbar für die Hilfe zu sein, als ich sie in den Schatten des Rovers zurückführte. Sie schlürfte kaltes Wasser aus meiner Feldflasche, spielte auf Zeit, bis sie bereit war, mir zu sagen, was sie wollte. Ich lauschte den Geräuschen des Tages – dem Trommeln einer Million von der Hitze berauschter Tarkas, dem Wispern des Dschungels, dem Klirren und Malmen der Gesellschaftsraffinerie, die hinter hohen grauen Mauern zu unserer Linken verborgen lag. Ich entwurzelte eine fette Kriechpflanze, die sich seit gestern an der Seite des Rovers emporgearbeitet hatte – ich habe nie einen Ort gekannt, an dem die Flora mit so übernatürlicher Schnelligkeit wächst. Ich warf die Pflanze weg und wischte mir die Hände an der hoffnungslos verschmutzten Hose ab. Selbst wenn ich so lange lebe, um das Millenium mitzufeiern, werde ich möglicherweise das Gefühl dieses Ortes immer noch nicht losgeworden sein.

»Es ist erschreckend, nicht wahr?« sagte sie.

»Was?« fragte ich.

»Wie unsicher wir auf der Oberfläche des Lebens treiben.«

Ich grunzte, blickte zum Dschungel hinüber. »Ein funktionierendes Rückstoßgitter würde dieses Problem lösen. Was wollten Sie von Ang?«

»Seine Hilfe. Irgend jemandes Hilfe . . .« Sie rieb über ihr Gesicht. Meine Tochter Song . . . ist verschwunden. Mein einziges Kind.«

»Haben Sie Anzeige . . .«

»Sie verstehen mich nicht!« Sie schüttelte den Kopf. »Sie ist zum Feuersee gegangen.«

Ich lachte. »Verzeihen Sie mir«, sagte ich dann beim Anblick ihres Gesichts. »Sie konnten es nicht wissen. Sie haben gerade einen Nerv getroffen: Ich bin hierher gekommen, um meine Brüder zu finden. Es ist fast ein Jahr her, seit sie nach Weltende gegangen sind. Ich weiß nicht, was mit ihnen passiert ist. Ich weiß nicht einmal, ob sie tot sind oder noch leben. Aber sie sind die ganze Familie, die mir geblieben ist. Ich muß sie finden, selbst wenn ich in die Hölle selbst gehen und sie herauszerren muß . . .« Ich brach ab, von plötzlichem Ärger erfüllt.

»Ja«, murmelte sie. »Ja. Sie verstehen.« Ihre schwieligen

Hände klammerten sich an ihre Ärmel. »Das Bedürfnis nach einem *Beweis.*«

Aufgrund ihrer eigenartigen Wortwahl runzelte ich die Stirn. »Was wollen Sie beweisen? Ob es ihr gutgeht? Ob sie tot ist?«

Sie sah mich an. Sie schüttelte wieder den Kopf. »Daß ich sie liebe.«

Ich fühlte, wie mein Gesicht leer wurde. Ich beugte mich nach unten, regulierte sinnlos einen Knopf an einem meiner Instrumente. Ich blickte erst wieder auf, als ich mir meines Ausdrucks sicher war. Und, sie anblickend, fragte ich mich, was ihre Tochter wohl nach Weltende gezogen oder getrieben haben mochte.

»Sie ist nicht tot. Ich habe Nachrichten von ihr erhalten. Aber sie . . . sie ist nicht in Ordnung. Ihr Verstand . . .« Hahns Hand beschrieb vage Kreise, und ihr Mund wurde verkniffen. »Sie sagt, daß der Feuersee zu ihr spricht, durch sie. Ich kann das Wissen nicht ertragen, daß sie da draußen ist, hilflos . . .« Ihre Augen waren voller Schmerz – und voll des anderen Gefühls, das ich immer erkannte. Schuld. »Ich wünsche mir, daß sie zu mir zurückkommt, wenn sie veranlaßt werden kann, zu kommen.«

Ich seufzte. »Warum sind Sie ihr nicht selbst nachgegangen?«

Sie blickte weg. »Ich kann nicht. Ich werde hier gebraucht. Die Gesellschaft braucht mich. Sie würden mich nicht nach da draußen gehen lassen. Und abgesehen davon, niemand will mich mitnehmen.«

Angst, dachte ich. »Was ist mit dem Vater?«

»Ihr Vater ist tot.« Sie blickte nach unten, und für einen Augenblick wurde ihr Gesicht von Erinnerungen bewölkt. »Er ähnelte ihr so sehr. Keiner von beiden hat jemals verstanden . . . Ich bin eine Sibylle, Schlitzer. Und sie ist es auch.« Hahn öffnete den hohen Kragen ihres Coveralls und zeigte mir ihre Kleeblatt-Tätowierung.

Der Schock des Wiedererkennens raubte mir für einen Moment die Sprache. Ich bin nicht in der Nähe einer Sibylle gewesen sei . . . seit ich von . . .

Die Erinnerung an ein anderes Gesicht, ein junges, glänzendes Gesicht über derselben Tätowierung, durchbohrte mich.

Schnee, Sterne, die wimmelenden Straßen einer Stadt zur Festivalzeit – eine andere Welt erschien vor meinen Augen. Tiamat. Eine gestohlene Nacht auf einer Welt, die ich niemals wiedersehen würde, kehrte in einem quälenden Augenblick voller Verlust und Sehnen zu mir zurück. Und als ich mich erinnerte, spürte ich den süßen, sehensuchtsvollen Körper Monds, die so rein und unberührbar war wie ihr Name, gegen den meinen gepreßt. Sie gehörte einem anderen Mann, ich gehörte einer anderen Welt – und doch hatte in jener Nacht unser Verlangen unsere voneinander getrennten Welten und Leben zu einer Einheit verschmolzen . . .

Als ich die Kontrolle über mich zurückgewann, blickte mich Hahn mit offener Anteilnahme an. Ich erinnere mich, etwas gemurmelt zu haben, wandte mich ab, um das plötzliche Aufwallen der Begierde zu verbergen, die die Erinnerung in mir erweckt hatte.

Ihre Hand streckte sich nach mir aus, zog sich wieder zurück, so als ob sie Angst hatte, daß ich ihre Berührung fürchtete. Jeder weiß, daß es gegen den künstlichen Virus des Alten Empire, der das Gehirn einer Sibylle in ein biologisches Computerterminal verwandelt, keine Heilung gibt. Und jeder weiß, daß die Infektion einen ungeeigneten Träger in den Wahnsinn treiben kann.

»Schon in Ordnung . . . Ich habe keine Angst«, flüsterte ich. Nur ihr Blut oder ihr Speichel in einer offenen Wunde konnte mich infizieren. Aber ich verstand plötzlich, warum Spadrin so heftig reagiert hatte – aus abergläubischer Furcht. Und ich sah Hahn durch andere Augen, jetzt, da ich wußte, daß die ewige Sibyllen-Maschinerie des Alten Empires sie unter allen anderen wegen ihrer Menschlichkeit und Willensstärke ausgewählt hatte. Sie war nicht wie andere menschliche Wesen. Wenn sie Angst hatte, ihrer Tochter zu folgen, dann nicht aus den Gründen, an die ich zuerst gedacht hatte.

»Sie wissen, wo Ihre Tochter da draußen ist?« fragte ich schließlich, denn ich mußte etwas sagen.

Hahn nickte. Erleichterung spiegelte sich in ihrem Gesicht, als sie erkannte, daß ich sie nicht abwies. »Es gibt einen . . .

einen Ort, eine Trümmerstadt am Feuersee, die Freistatt genannt wird. Sie ist dort.«

»Es gibt sie wirklich?« Ich hatte über die verlorene Stadt gelesen, genauso wie ich über den Feuersee selbst gelesen hatte – ein Gebilde, das am Rande der Realität schimmerte und im Dunst der Legende verloren war. Mutmaßlich war die Stadt ein Hort für Kriminelle und Entwurzelte, die vor dem Gesetz der Hegemonie flohen und Jagd auf erfolgreiche Glücksucher machten.

Hahn nickte wiederum. »Ich habe sie gesehen, durch ihre Augen, im . . . im Transfer. Da war ein eigenartiges Zögern, als ob sie etwas ungesagt ließ. Alles, was sie über Weltende sagen, ist wahr: Dort zu lange zu bleiben bedeutet, sich selbst für immer zu verlieren.« Sie blickte auf den Boden.

Ich hatte gehört, daß Strahlung oder vielleicht auch die dortige Fremdartigkeit körperlichen und geistigen Verfall bei Leuten verursachte, die zuviel Zeit dort draußen verbrachten. »Zum Feuersee gegangen« bedeutete auf Nummer Vier »verrückt geworden«.

Ich schüttelte den Kopf. »Ich weiß nicht, wie ich Ihnen helfen kann. Ich bin gekommen, um meine Brüder zu suchen, und ich weiß noch nicht einmal, wie ich das machen soll. Die ganze Zeit, die ich habe, und noch mehr, wird dafür draufgehen, allein ihre Spur in diesem Ödland aufzunehmen. Es tut mir leid, Sibylle.«

Ich schämte mich, sie anzusehen, schämte mich, einer Sibylle etwas zu verweigern, obwohl im logischen Sinn für mich kein Grund für Schuldgefühle vorlag. Sibyllen sind die Sprachrohre der erhalten gebliebenen Weisheit des Alten Empires, die selbstlosen Träger einer künstlichen Intelligenz, die ihre Wege auf seltsame Weise leitet. Man sagt, es ist »tödlich, eine Sibylle zu töten, tödlich, eine Sibylle zu lieben, tödlich, eine Sibylle zu sein . . .«

Die Erinnerung an eine andere Zeit hing noch immer wie Spinnengewebe vor meinem geistigen Auge: die Erinnerung eines anderen Gesichts, das mich mit Augen ansah, die die Farbe von Achatmoos hatten. Das Kleeblattzeichen wie ein Stern auf ihrer elfenbeinfarbenen Haut . . . Die Stärke und die

Weisheit, die jeden veränderten, der von ihr berührt wurde . . .

Als ich ihr zuerst begegnete, sah ich in ihr lediglich ein unwissendes Barbarenmädchen. Aber sie war das Kind einer Königin, im Begriff, selbst eine Königin zu werden, war eine Sibylle, vorbestimmt für ein Schicksal, das viel größer war als mein eigenes. Ich war derjenige gewesen, der unwürdig war.

Ich zwang mein Bewußtsein zurück in die Gegenwart und beobachtete, wie Hahn versuchte, ihre Enttäuschung unter Kontrolle zu bingen. Nach einem Augenblick fragte sie: »Haben Sie ein Bild Ihrer Brüder? Ich könnte sie vielleicht irgendwo in der Stadt gesehen haben.«

Ich holte das Holo hervor, das ich bei mir trage, und gab es ihr. »Sie sehen darauf jünger aus. Es ist ein altes Bild.« Einst war es ein Bild von uns drei gewesen. Ich hatte mein eigenes Konterfei entfernen lassen.

Sie studierte es und nickte. »Ja . . . ja. Ich habe sie gesehen. Ich sprach mit ihnen über meine Tochter. Sie waren . . .« Sie blickte verlegen weg.

Ich spürte, wie ich errötete, als ich mir vorstellte, wie SBs Reaktion ausgefallen sein mußte. »Ich entschuldige mich für ihr Benehmen, Sibylle. Sie haben schon genug Schande über meine Familie gebracht, um die Schatten unserer Ahnen Blut weinen zu lassen.« Ich schlug die Augen nieder, hielt meine vernarbten Handgelenke an die Seiten.

»Es gibt noch etwas über sie zu sagen.« Sie hielt das Holo hoch, drehte es im Licht. »Ja . . . Ich habe sie seitdem noch einmal gesehen, anderswo.« Sie schloß die Augen, wobei Konzentrationsfalten auf ihre Stirn traten. »Im Transfer . . . in Freistatt.«

Durch die Augen ihrer Tochter, im Transfer der Sibylle – das war es, was sie meinte. *Eine Spur,* dachte ich, *endlich eine richtige Spur!* Ich stieß die Luft aus, begriff dann, daß ich den Atem angehalten hatte. Ein Teil meines Verstands wehrte sich, sagte mir, daß dies zu einfach war, daß sie aus Selbstinteresse lügen mochte, daß auch Sibyllen menschliche Wesen waren, keine Maschinen. Ich hatte viele Gesichter gesehen, die so offen waren wie das ihre und doch alle Arten von Lügen verbargen . . .

Aber es war der einzige Fingerzeig, den ich hatte, echt oder nicht. Es war etwas, ein Anfang – der Zielpunkt, den ich so dringend für meine Suche brauchte. Dankbarkeit und Hoffnung schrien meine Zweifel nieder. Ich spürte, wie sich mein Mund zum erstenmal seit Tagen zu einem Lächeln entspannte. »Danke«, sagte ich. »Ich werde zum Feuersee gehen, ich werde die Stadt finden. Ich werde mich nach Ihrer Tochter umsehen und sie zu Ihnen zurückbringen, wenn ich kann . . .« Verlegen blickte ich zur Seite. »Eine andere Sibylle . . . half mir einmal. Vielleicht ist es an der Zeit, daß ich meine Schuld begleiche.«

»Weiß Ang, daß Sie noch nach etwas anderem als nach Schätzen suchen?« fragte Hahn.

Ich schüttelte den Kopf. »Noch nicht. Es ist schwierig, mit ihm zu reden.« Ihm die Wahrheit erklären zu wollen, war mir bisher ungünstig erschienen. Ich hatte beschlossen, auf einen besseren Zeitpunkt zu warten.

»Wie werden Sie sie dazu bringen, nach dem zu suchen, was Sie finden wollen?

Ich lachte. »Darüber werde ich mir Gedanken machen, wenn ich dieses verdammte Ding ans Laufen gebracht habe.« Ich blickte auf den Rover, dann wieder auf sie. »Bei der Gelegenheit, was ist mit Ang?«

»Was meinen Sie?«

»Sie kamen letzte Nacht zu seinem Quartier. Sie kennen ihn?«

»Wir haben lediglich zusammen gearbeitet.« Sie schien plötzlich in Abwehrhaltung zu gehen. »Ich dachte . . . Er versprach mir, daß er mir helfen würde, wenn er von der Gesellschaft frei war. Er hat es so viele Male gesagt. Aber es ist nicht die Gesellschaft, der er in all den Jahren gehörte, es ist Weltende. Weltende hat ihn vergiftet, genauso wie . . .« Ihr Mund zitterte. »Verlassen Sie sich nicht auf ihn. Und lassen Sie es nicht mit sich geschehen. Was Sie auch tun, verlieren Sie sich nicht in Weltende.«

Ich lächelte abermals. »Ich habe nicht die Absicht.«

Sie blickte mich für einen Augenblick seltsam an, bevor sie in den mit Perlen besetzten Beutel griff, den sie an ihrem Gürtel trug. Sie brachte zwei Gegenstände zum Vorschein und gab sie mir. Der eine war das Holo eines Frauengesichts – ihre Tochter Song. Der andere war der Kleeblattanhänger einer Sibylle, das uralte Angelhakensymbol biologischer Verseuchung, das der Tätowierung an ihrer Kehle entsprach. Ich hatte nie den Anhänger einer Sibylle in der Hand gehabt, und aus irgendeinem Grund hatte ich beinahe Angst, ihn jetzt zu berühren. Ich dachte plötzlich an den ein halbes Leben zurückliegenden Tag, an dem mich mein Vater zu einer der Wahlstätten des Alten Empires geschickt hatte. Allein vor der Stätte zu stehen, wo irgendein uralter Automat darüber urteilte, ob sich die Jugend der Zukunft dazu eignete, Sibyllen zu werden, hatte mich gelähmt. Ich war nach Hause zurückgekehrt, ohne die Stätte auch nur zu betreten, und hatte meinem Vater erzählt, daß ich bei dem Test durchgefallen sei . . .

Hahn stand abwartend da, hielt mir noch immer das Kleeblatt hin. Ich nahm es behutsam entgegen, ließ es an seiner Kette zwischen meinen Fingern baumeln. Ein Gefühl des Ungehörigen, der Entweihung, überkam mich, als ich es anfaßte. Ich hatte kein Recht, dieses Objekt zu besitzen.

»Sie wollen, daß ich es habe? Warum?«

»Als Talisman.« Sie lächelte, ein bißchen unsicher. »Und als Beweis. Zeigen Sie es meiner Tochter, wenn Sie sie finden. Dann wird sie wissen, daß Sie von mir kommen.« Sie ergriff plötzlich meine Hände. »Danke«, flüsterte sie. »Was Sie auch tun, ich danke Ihnen so sehr dafür.« Tränen füllten ihre Augen. »Ich liebe meine Tochter, Schlitzer, auch wenn sie es nicht glauben kann. Ich fühle ihr Leiden, jeden Tag, und ich bin nicht in der Lage, es zu beenden. Warum habe ich jemals . . .« Sie schloß die Augen, während Tränen ihre Wangen hinunterliefen.

»Warum ist sie gegangen?« fragte ich, als ich mir plötzlich darüber klar wurde, daß es noch einiges gab, was sie mir nicht gesagt hatte.

Aber sie schüttelte nur den Kopf und wandte sich ab. »Ich weiß es nicht«, murmelte sie. »Bitte, helfen Sie ihr . . .« Ihre Stimme wurde zu einem Schluchzen. Sie ging schnell weg von mir, unkontrolliert weinend, als ob ihre Erleichterung, jemanden gefunden zu haben, der ihre Bürde übernahm, ihr die letzte Kraft genommen hätte, sich gegen ihren Gram zur Wehr zu setzen.

Ich sah ihr nach, bis sie außer Sichtweite war, und spürte einen Kloß unerwarteter Gefühlsaufwallung in meiner Kehle. Ich blickte auf das Bild und das Kleeblatt in meinen Händen und wußte, daß es ihr nicht leicht gefallen war, diese Dinge einem Fremden zu geben. Sie hatte mir die Wahrheit gesagt. Sie hatte ihr Kind verloren, und ihr Leid war echt genug. Ich weiß, was ein Verlust ist . . .

Das Kleeblatt warf Stacheln von reflektiertem Licht in meine Augen, ließ sie tränen. Ich erinnerte mich plötzlich, wie an dem Tag, an dem ich meinem Vater gesagt hatte, daß ich von zu Hause wegging, Tränen in meine Augen getreten waren, obwohl ich da noch nicht daran gedacht hatte, daß es für immer sein würde. Hätte ich es gewußt, wäre ich genauso zusammengebrochen wie Hahn . . .

Es war schwer genug, die Fassung zu bewahren, als ich sein Gesicht sah. »Wieviel . . . wieviel Zeit kannst du noch mit uns verbringen, bevor du gehen mußt?« fragte er mich. Er stand in der Hohen Halle, aufrecht und würdig in der Uniform, die er selbst zu Hause trug, das Symbol seines Stolzes als Oberhaupt einer Familie, die so alt und ehrwürdig war wie nur irgendeine auf Kharemough. Aber seine Stimme klang seltsam schwach, als er die Frage stellte.

»Etwas mehr als einen Monat.« Ich lächelte, als ich antwortete, und versuchte zu glauben, daß es eine lange Zeit war. Der klare Kontrapunkt eines Choralwerks von Tithane füllte das Schweigen zwischen uns aus und milderte den Schmerz in meiner Kehle. Ich blickte aus den breiten Fenstern auf den Himmel. Die Röte der Luftverschmutzung beeinträchtigte das perfekte Blau, eine ständige Erinnerung an Kharemoughs überstrapazierte Orbitalindustrien – der Preis, den wir für unsere Führungsrolle in der Hegemonie zahlten.

»Wir müssen deine Mutter benachrichtigen. Sie wird sicherlich wünschen, dich noch einmal zu sehen – wenn ihre Arbeit es gestattet.«

Ich antwortete nicht, weil ich fürchtete, daß alles, was ich sagte, das Falsche sein würde. Plötzlich tat mir die Brust weh. Ich rezitierte im stillen einen Adhani. Mutter hatte genug von uns allen gehabt, als ich erst fünf war. Ich konnte an den

Fingern meiner Hände abzählen, wie oft ich sie seitdem gesehen hatte. Sie verbrachte ihr Zeit auf einem anderen Kontinent, halb um die Welt herum, und leitete archäologische Ausgrabungen von Ruinen des Alten Empires . . . Als Kind hatte ich oft genug gehört, daß ich nicht die Schuld daran trug. Darum war ich mir sicher, daß es irgendwie mein Fehler gewesen sein mußte. Sie kam nicht nach Hause, bevor ich Kharemough verließ.

»Bist du sicher, daß dies der richtige Weg ist? Letzten Endes bist du noch ein Junge . . .« Ich sah das Zittern seiner Hände, die er normalerweise so gut unter Kontrolle hatte.

»Vater, ich bin fast zwanzig Standards. Ich besitze schon mehr akademische Grade als HK und SB zusammen. Ich kann nicht den Rest meines Lebens mit dem Studieren verbringen und mich auf etwas vorbereiten . . .« *Auf etwas, das ich niemals haben würde.* »Ich bin ein erwachsener Mann. Und ich bin nicht Ihr Erbe. Es wäre unehrenhaft für mich, hier noch länger zu leben.« Aber mehr als das war das Zusammenleben mit meinen Brüdern letztlich unerträglich geworden.

»Gelehrsamkeit an sich ist eine geachtete Profession. Du könntest wenigstens hier auf Kharemough bleiben und Schüler . . .«

»Nein.« Ich biß mich auf die Lippen, als ich den Schmerz in seinen Augen sah. Aber der Schmerz des Bleibens würde noch viel schlimmer sein.

»Du weißt . . .« Sein Mund leistete den Worten Widerstand. »Du weißt, daß ich nicht mehr jung bin. Es ist wahr, daß du der letzte in der Erbfolge bist. Aber Kharemough zu verlassen . . . Falls deinen Brüdern etwas zustößt . . .«

»Nichts wird ihnen zustoßen, Vater.« *Wenn es nur so wäre!* Die Heftigkeit des Gedankens machte mich fast blind. Ich blinzelte und blickte zur Seite, weil ich fürchtete, daß er in meinen Augen lesen . . . und wissen würde . . . »Was könnte ihnen hier schon zustoßen?« Mit maliziöser Boshaftigkeit zeigte mir mein Bewußtsein ein halbes Dutzend fataler Möglichkeiten auf.

Er schüttelte den Kopf, lehnte sich gegen den uralten Kaminsims unterhalt des Bildschirms. »Was, in der Tat! Ein Schwächling und ein Schmarotzer, die die Kontrolle über unser Vermögen übernehmen, wenn ich gegangen bin.« Seine Hand wurde zur Faust. »Deine Mutter hat kein Interesse an ihren Verantwortlichkeiten hier. Und ohne dich zur Überwachung . . .«

»Sie würden nicht auf mich hören, wenn HK Oberhaupt der Familie ist. Es ist besser, wenn . . . wenn ich gehe, besser für die Familie.«

Er seufzte. »Wenn nur SB an deiner Stelle gegangen wäre, wie er es schon vor Jahren hätte tun sollen. Wenn er nur mit deinem Ehrgefühl geboren worden wäre, oder HK mit deiner Intelligenz . . .« Er sah mich an. »Oder wenn du als erster geboren worden wärst.« Seine Augen hielten die meinen fest, forschend.

Ich holte tief Luft und fand plötzlich den Mut, das zu sagen, was ich zuvor nie zu sagen gewagt hatte. »Vater, ich verstehe die Weisheit der Gesetze. Sie sind dazu da, die Gesellschaft unter der Kontrolle derjenigen zu halten, die am besten befähigt sind, sie gut zu führen. Aber . . . aber hier in unserer Familie scheinen sie nicht . . . scheinen sie nicht . . .« Ich fuhr überstürzt fort: »Bei unseren geheiligten Ahnen, Vater, können Sie sie nicht enterben? Es wäre gerecht . . .«

»Genug!« Er stieß sich von dem Sims ab, steif vor Ärger. »Du hast genug gesagt! Es liegt nicht in meinen Händen. Du wirst es nicht wieder erwähnen.«

Sein plötzlicher Gefühlsausbruch schmerzte wie eine Ohrfeige. »Vergeben Sie mir, Vater.« Ich machte eine Verbeugung, flüsterte: »Ich hatte kein Recht . . .« Ich hielt mein brennendes Gesicht abgewendet. »Darf ich . . . Ihre Erlaubnis zum Gehen haben?«

»Nein.«

Ich war verblüfft, als ich seine Hände auf meinen Schultern spürte. Ich blickte in seine dunklen Augen, die so klar wie Granat waren. Er war ein alter Mann gewesen, als ich geboren wurde, aber jetzt *sah* ich zum erstenmal in meinem Leben, daß er alt war.

»Du bist das einzige, was ich habe, das mich stolz macht«, sagte er und umarmte mich – das erste Mal seit meiner Kindheit. Ich war so überrascht, daß ich beinahe zurückgewichen wäre. »Ich würde mit Freude mein Leben für dich hingeben . . . aber ich kann nicht das Gesetz übertreten.« Und doch flehten mich seine Augen an, noch etwas zu verstehen – etwas, das außerhalb seiner Macht lag, aber nicht außerhalb der meinen.

»Ich weiß«, sagte ich, nur seine Worte beantwortend. Ich blickte zu Boden. Ich fühlte noch immer seine Berührung, als seine Hände schon herabgesunken waren. Ich blickte aus dem Fenster auf das schroffe graue Gestein der Felsenspitze, auf der das Haupthaus stand. Ich spürte, wie mich die überwältigende Last einer tausendjährigen Tradition niederdrückte und bewegungsunfähig machte. »Ich . . . ich würde jetzt gerne zu den Stätten unserer Ahnen hinuntergehen und meditieren.«

Er nickte, sein Gesicht starr vor Enttäuschung. Er wandte sich von mir ab, lehnte sich schwer gegen den Sims. »Ja. Sprich ein Gebet für uns alle.«

Ich machte mich auf den Weg zur Tür. Plötzlich rief er: »Wo wirst du stationiert sein?«

»Tiamat.«

»Tiamat!« Er war wieder er selbst, als ich auf ihn zurückblickte. »Die Menschen dort sind wenig mehr als Barbaren. Ich kann dir eine bessere Mission verschaffen, eine, wo du wenigstens mit zivilisierten Bürgern zu tun haben wirst. . . .«

Ich schüttelte den Kopf. »Nein, Vater. Ich habe es mir selbst ausgesucht.« Weil es mir am exotischsten, am fremdartigsten unter den Wahlmöglichkeiten erschienen war, die ich hatte: eine Welt wie aus einer der Romanzen des Alten Empires, die ich ständig las.

Tiamat war eine Welt aus Wasser und Eis, deren geringe Bevölkerung überwiegend in einem Stadium ländlicher Rückständigkeit lebte. Auf der gesamten Welt gab es nur eine einzige größere Stadt, eine weithin bekannte Touristenattraktion, ein phantastisches Relikt des Alten Empire mit dem Namen Karbunkel, »weil es sowohl ein Juwel als auch eine Eiterbeule war«. Die Hegemonie kontrollierte Tiamat jeweils für hundertundfünfzig Jahre hintereinander direkt und ließ die Eingeborenen dann ein Jahrhundert lang für sich selbst sorgen, wenn die Zwillingssonen Tiamats in die Periapse ihrer Orbits um das Schwarze Loch eintraten, das die Sternenpforte des

Planeten war. Dann schlossen Gravitaionsinstabilitäten die Pforte für den interstellaren Schiffsverkehr ein ganzes Jahrhundert lang, und jeder, der zurückblieb, sah sich einem lebenslangen Exil ausgesetzt. Auch die Hälfte der Planetenbevölkerung wurde zu Vertriebenen, da sie in höher gelegene Gebiete umsiedeln mußte, um der verstärkten Strahlung ihrer Sonnen zu entfliehen. Und beim Ritual der Veränderung wurde die Schneekönigin, die für hundertfünfzig Jahre regiert hatte, der von den Tiamatiern verehrten See geopfert.

Die Hegemonie wollte Tiamat nur aus einem einzigen Grund vollkommen unter ihrer Kontrolle haben: wegen des Wassers des Lebens. Die Lebensverlängerungsdroge wurde aus dem Blut der Mers destilliert, biologisch manipulierten Kreaturen des Alten Empires, die allein in den Meeren Tiamats überlebten. Die Droge war äußerst selten und so teuer, daß sie selbst für jemanden wie meinen Vater nur ein Traum blieb. Sie machte Tiamat erhaltenswert und gab mir die Chance, eine lebende Stadt des Empires kennenzulernen. »Es ist meine einzige Chance, die Welt zu sehen, auf der man das Wasser des Lebens findet, bevor ihre Pforte sich schließt. Und wenn sie sich schließt, werde ich versetzt . . . Es ist nicht so, daß ich für den Rest meines Lebens dableiben werde. Ich werde im Urlaub nach Hause zurückkehren . . .«

Er lächelte, um mich zum Schweigen zu bringen. »Ich weiß, daß du deinen Dienst ehrenvoll versehen wirst, wo auch immer du hingehst.« Das Läuten seiner antiken Uhr veranlaßte ihn, nach unten zu blicken. Sein Lächeln wurde zu einem Ausdruck, den ich nicht deuten konnte. Er holte die Uhr aus der Tasche in seiner Schärpe, wo er sie stets aufbewahrte. Und das war das letzte Mal, daß ich sie sah, bis zu dem Tag, an dem ich sie in der Hand meines Bruders erblickte. . . .

Der Schrottplatz, der Lärm und die Hitze holten mich in die Gegenwart zurück – ich hieß sie fast willkommen. Ich steckte das Kleeblatt zusammen mit dem Bild meiner Brüder in meine Gürteltasche. Ich betrachtete das Holo von Song. Ich sah eine Kindfrau mit dem vertrauten Sibyllenzeichen, mit dunklen Augen und einer Flut schwarzen Haars. Irgendwie hatte ich nicht erwartet, daß es schwarz war. Ich starrte das Bildnis einen langen Augenblick an und versuchte, etwas in ihrem Gesicht zu finden, was mir sagte, warum sie das getan hatte, was sie getan hatte. Ihre Augen waren irritierend lebendig, als ob selbst ihr Bild in andere Welten blicken konnte. Als ob eine andere Frau, eine andere Sibylle mit Haar von der Farbe des Mondlichts, durch ihre Augen nach mir Ausschau halten könnte. Ich stopfte das Holo in meine Tasche.

Ich weiß nicht, was ich mit all dem anfangen soll. Die Dinge fallen mir in die Hände, während sie mir durch die Finger zu rutschen scheinen. Gerade wenn alles hoffnungslos erscheint, bekomme ich das, was ich brauche – genau wie es auf Tiamat der Fall war. Und gerade wenn ich glaube, sicher zu sein, erinnere ich mich an Tiamat.

Ich erinnere mich an jene Nacht, als ob es letzte Nacht wäre. Ich habe seit Jahren nicht mehr daran gedacht. ich wünschte mir so sehr zu vergessen, daß ich wirklich glaubte, es wäre mir gelungen. Ich habe mir seitdem nicht einmal eine Frau gewünscht . . . Aber heute nacht, Götter, ich sehne mich mit Schmerzen nach dem Gefühl ihres Körpers an dem meinen.

Verdammt sei alles! Vielleicht bin ich verrückt.

37. Tag

Wir haben unsere Reise endlich angetreten, auf Gedeih und Verderb. Seit nahezu vier Tagen sind wir jetzt flußaufwärts in das Innere von Weltende unterwegs.

Trotz seiner Versicherungen war Ang nicht in der Lage, das Gitter zu erbetteln, zu borgen oder zu stehlen, das ich brauchte, um das Antigravaggregat des Rovers ans Arbeiten zu bringen. Das hätte alles verdammt einfacher gemacht . . . Aber warum sollte irgend etwas einfach sein, wenn alles von der Gesellschaft abhängt? Am Ende schien Ang ganz einfach die Geduld zu verlieren, so als ob er endlich aufbrechen *müßte,* als ob er zurück in die Wildnis müßte, egal wie.

Wir haben den ersten Teil der Reise zu Wasser zurückgelegt, unsere einzige andere Alternative. Ich hatte wenigstens dafür sorgen können, daß dieser alte Kasten wasserdicht war. Dank den Göttern hielt er zusammen – ich war nicht in der Stimmung, Wasser herauszuschöpfen, geschweige denn ein Bad in dieser fauligen gelben Brühe zu nehmen. Der Gestank war ekelerregend: Der Luftreiniger muß noch überholt werden. Spadrin wurde durch den Geruch und die Bewegung auf dem Wasser tatsächlich krank im Magen. Ang hingegen schien nichts etwas auszumachen – nicht einmal der Dschungel, der auf beiden Seiten die Uferbänke hinunterkriecht und in einer Art wilder Gier in den Fluß hineinwuchert, als versuche er, uns zu erreichen. Er treibt auf der Wasseroberfläche, verrottend und stinkend und grau wie das Fleisch von Leichen. Letzte Nacht träumte ich, daß ich sterben wollte, es aber nicht konnte – ein alter, alter Traum. Ich wachte auf und konnte nicht wieder einschlafen.

Wenn ich heute nacht schlafe, werde ich vermutlich von Pumpen träumen. Heute erreichten wir die Raffinerie, den letzten Außenposten der Gesellschaft und das letzte Anzeichen von »Zivilisation«, das wir sehen werden. Bewaffnete Wachen begrüßten uns am Dock, als wir ankamen. Glücklicherweise kannte Ang das Losungswort oder so was, was sie veranlaßte, uns an Land kommen zu lassen. Ich dachte nie, daß ich glücklich sein würde, wieder auf Gesellschaftsgelände zu sein, aber nach vier Tagen auf dem Fluß . . .

Das Geräusch der Pumpen ist überall in diesem Komplex; es gibt keine Rettung davor. Diese Station liegt – schwimmt – auf einem ausgedehnten teerigen Sumpf aus Petroleumschlamm. Nicht einmal der Dschungel will diesen Streifen Boden haben. Wohl aber die Gesellschaft. Nach Angs Aussage konnten sie einer so billigen Quelle von Kohlenwasserstoffen nicht widerstehen, und so bauten sie eine Pumpstation und eine ganze Raffinerie darauf. Sie dachten, es würde einfacher sein, als mit dem Dschungel zu kämpfen. Jetzt kämpfen sie Tag und Nacht, um zu verhindern, daß die ganze Geschichte im Morast versinkt. Warum sie die Installation nicht auf Rückstößern schweben ließen, ist mir unverständlich. Jeder Kharemoughi würde auf den ersten Blick festgestellt haben, daß es absurd war. Ich sagte das zu Ang, als er mich herumführte.

»Jeder Dummkopf würde es sehen!« sagte er. »Aber die Kontrolleure wollten nicht herauskommen und sich selbst überzeugen. Jetzt haben sie so viel reingesteckt, daß sie die Fabrik nicht aufgeben wollen. Und sie werden nie eine neue bauen, bevor sie diese hier zumachen. Sie wollen in Wirklichkeit gar nicht wissen, wie es hier aussieht. Es kümmert sie einen Dreck.« Er wedelte mit der Hand, schnitt eine Grimasse. Dann sah er mich wieder an und sagte: »Euch Techs macht es Spaß, das Offensichtliche aufzuzeigen, nicht wahr?« Als ob ich ihn beleidigt hätte, obwohl er mir zustimmte.

Ich antwortete nicht. Er runzelte die Stirn, dann zuckte er die Achseln und ging weg. Den ganzen Tag hatte er eine seltsam territoriale Einstellung gegenüber diesem Ort an den Tag gelegt – besonders wenn man berücksichtigte, daß er im Anschluß an unsere Ankunft hier an diesem Morgen noch mürrischer war als gewohnt. Ich beobachtete ihn, wie er eine Unterhaltung mit einer Gruppe von Arbeitern begann, die auf dem leblosen Hof außerhalb der Raffinerie eine Pause einlegten. Ang war Geologe gewesen, als er für die Gesellschaft arbeitete, und er kannte viele von den Arbeitern hier. Er hatte es so eingerichtet, daß wir einen ganzen Tag bleiben würden, damit er noch ein letztes Mal versuchen konnte, ein Gitter für den Rover aufzutreiben.

Ich spazierte allein quer über den Hof und betrachtete die megalithische Ausdehnung der Raffinerie. Mir fiel ein, daß ich Spadrin den ganzen Tag nicht gesehen hatte; es war wie eine Befreiung von einem physischen Gewicht. Er war in unserem Quartier geblieben, schlafend, betrunken oder ganz einfach uninteressiert – für die meisten Leute gab es hier nichts Sehenswertes. Primitive Aufbauten und kein monströser Wirrwar von Anlagen, rostend, verrottend, abgestützt oder sonstwie zusammengeschustert, um sie funktionsfähig zu halten. Ich fühlte mich auf Grund einer schrecklichen Faszination dazu hingezogen, sie zu erforschen – und auch weil ich es nicht ertragen konnte, zu den klaustrophobischen Korridoren und dem betäubend häßlichen Räumen der Wohnquartiere zurückzugehen.

Aber es gab keine wirkliche Flucht vor der Häßlichkeit hier. Schließlich hörte ich Ang laut nach mir rufen und trat den Rückweg über den Hof an. Ich kletterte Leitern und Laufgänge zu dem Ort hoch, wo er mit drei von den Arbeitern stand, der höchsten Stelle, die ich bisher bei meinen Erkundigungen erreicht hatte. Ich blickte auf die geometrische Ausbreitung der Station, die sich gegen das trübe, rote Gesicht der sinkenden Sonne abzeichnete. Alles, was ich sehen konnte, waren schwarze Türme vor dem Grau des aufsteigenden Nebels. Fahle Flammen hingen über ihren Spitzen, als mutwillig Gase abgefackelt wurden und den Gestank verstärkten, der Tag und Nacht über diesem Ort lag.

»Das ist unser Mechaniker«, sagte Ang zu den anderen. »Erzähle ihnen, was für eine Art Gitter du brauchst.«

Ich sah die drei Männer von der Gesellschaft an. Einer von ihnen war ein stämmiger im orangefarbenen Coverall eines Aufsehers. Die anderen trugen einfaches Weiß – oder das, was einmal weiß gewesen sein mußte. Mir fiel ein, wie hoffnungslos unpraktisch es war, sie an einem Ort wie diesem Weiß tragen zu lassen. Den billigen, unbearbeiteten Stoff vor dem Verschmutzen zu schützen, war unmöglich. Und jeder neue

Schmutzfleck verfärbte nur die Aussichtslosigkeit des bloßen Versuchs.

Die drei betrachteten mich mit dunklen, uninteressierten Augen. Es war schwer, ihre Gesichter zu unterscheiden, und Ang hatte sich nicht die Mühe gemacht, Namen zu nennen. Ich gab ihnen die Spezifikationen des Gitters, das ich wollte, und der Mann in Orange zuckte mit den Schultern. »Vielleicht«, sagte er widerwillig, so als ob ihm die ganze Idee nicht gefiel. Ein Gitter war kein kleiner oder billiger Ausrüstungsgegenstand. »Er kann mit mir kommen und sich umsehen, schätze ich.« Er sah die anderen an. »Randet? Filalong?«

Einer zuckte die Achseln, der andere schüttelte den Kopf. Der eine, der die Achseln gezuckt hatte, ging mit uns. Ang und der andere Mann blieben, wo sie waren, und zündeten Fesh an. Rauchen ist hier streng verboten. Ich war froh, mich von ihnen entfernen zu können.

Ich folgte den anderen Männern die Laufgänge entlang und blickte auf den Schwarzwassersumpf hinab, der unter der Raffinerie lag. Die verrotteten Schildwachen des Dschungelrands wateten wie Gerippe in dem stillstehenden See. »Ich bin Schlitzer«, sagte ich. Der Aufseher sah mich an. Als keine weitere Reaktion erfolgte, fragte ich: »Sie haben auch Namen?«

Der Aufseher runzelte die Stirn. »Ngeran. Das ist Randet. Ang sagte, daß Sie ein Kharemoughi sind.« Es war lediglich eine Klassifizierung.

Ich nickte, und wir gingen schweigend weiter. Die anderen machten sich niemals die Mühe, nach unten zu blicken. Sie bewegten sich wie Schlafwandler. Ich beobachtete, wie die Sonne im Nebel verschwand. Ngeran führte uns hinunter in den Irrgarten aus Gebäuden, wobei er wieder und wieder haltmachte, um irgendeine Anlage zu überprüfen. Nach einer Weile begann ich zu argwöhnen, daß er auf Zeit spielte, vermutlich in der Hoffnung, daß ich die Geduld verlor und das Gitter aufgab. Aber das Wissen, welchen Unterschied das Gitter in meinem Leben machen würde, gab mir die Geduld der Toten.

Überall wo er haltmachte, pflegten sich die Arbeiter zu sammeln und mich mürrisch und unsicher anzustarren. Ich brachte mich dazu, mit ihnen zu reden, den Versuch zu unternehmen, eine Art von Kommunikation herzustellen und ihre Feindseligkeit wenigstens in eine marginale Zusammenarbeit zu verwandeln. Es war, als würde ich mit einer Herde von Tieren reden. Das einzige, wozu diese Leute eine Beziehung hatten, konnte ich mir vorstellen, war ihre Arbeit, und so probierte ich es mit ein paar offensichtlichen Fragen über Funktion, Arbeitsvorgang oder Einstellungen, Sie antworteten mit einsilbigen Worten.

»Wißt ihr was?« sagte ich, als ich eine Meßanzeige studierte. »Wenn ihr diese Leitung zu Dreiviertel öffnet und den Input um etwa zehn Prozent verringert, würdet ihr ein besseres Resultat erzielen.«

So etwas wie Interesse zeigte sich in einigen Gesichtern.

»Das ist langsamer«, sagte ein Mann kopfschüttelnd.

»Diese Sorte Maschine ist darauf eingerichtet, einen maximalen Durchfluß von fünfundzwanzig Prozent zu bewältigen. Ihr verursacht nur einen Rückstau, wenn ihr mehr reingebt. Versucht es – ihr werdet feststellen, daß ihr nur ein von zehn Malen rekalibrieren müßt.«

»Wirklich?« Er starrte mich an. »Woher wissen Sie das?«

»Er ist ein Tech«, sagte Ngeran und blickte mich an, als sähe er mich zum erstenmal.

Ich lächelte.

Jemand anderes berührte zögernd meinen Arm, um mich wegen eines anderen Anlageteils zu fragen. Ich half einem Arbeiter und dann einem weiteren, indem ich ihre Fragen beantwortete und Vorschläge unterbreitete, wenn ich dazu in der Lage war, um ihre Arbeit einfacher und effizienter zu machen. Die meisten von ihnen schienen dankbar zu sein, anders als Ang. Jetzt wartete Ngeran auf mich, aber seine Geduld entsprach der meinen, wenn er etwas dabei gewinnen konnte.

Als wir das Lager erreichten, schien er jedwede Abneigung, die er verspürt hatte, vergessen zu haben und zeigte mir, was da war. Eifrig las ich die Auflistungen der Vorräte durch, die er auf das Lagerterminal holte, aber es war kein Gitter in der Größenordnung, wie wir es brauchten, dabei. Ich suchte und suchte, wollte meine Augen zwingen, den Artikel zu finden, den ich wollte.

»Es ist keins da«, sagte ich schließlich und haßte es, die Worte hören zu müssen. Mein Körper spürte plötzlich eine große Müdigkeit.

Ngeran blickte an mir vorbei auf den Bildschirm, prüfte die Auflistung zur Kontrolle noch einmal nach. »Wir hatten eins vor ein paar Wochen. Oder vielleicht auch vor ein paar Monaten . . . Schätze, es ist nicht mehr da.« Er richtete sich auf und zuckte die Achseln. »Tut mir leid.« Es klang ehrlich. »Es ist mir egal, ob ich diesen Traumtänzer Ang enttäusche. Aber ich meine, Sie haben sich ein Gitter verdient.«

Ich grunzte. Unsere letzte Hoffnung, fliegen zu können, war dahin. Ich dankte ihm für seine Mühe und schickte mich an zu gehen.

»He, Schlitzer«, rief er mir nach. »Sind Sie morgen noch da?« In seiner Stimme schwang eine Dringlichkeit mit, die die Beiläufigkeit seiner Frage Lügen strafte.

Ich schüttelte den Kopf. Resignation machte sich in den tiefen Falten seines Gesichts breit. Ich verließ das Gebäude.

Ich wanderte durch das Gewirr von Gängen, die von einem Teil des Komplexes zum anderen führten, und suchte den Raum, den man uns zugeteilt hatte. Das Geräusch der Pumpen war überall, wie der Herzschlag eines gigantischen Tiers. *Wie unsicher wir auf der Oberfläche des Lebens treiben*, sagte Hahn, die Sibylle. Sie könnte von diesem Ort gesprochen haben.

Ich versuchte, ihre Worte aus meinem Bewußtsein zu verbannen, aber meine Enttäuschung über das Gitter brachte sie immer wieder zurück. Ich dachte an unsere Fahrt flußaufwärts und was das über die vor uns liegende Reise sagte. Ich wünschte mir ernsthaft, Viergatt niemals verlassen zu haben, einen Ort, der wenigstens halbwegs sicher und bequem war. Aber es gab dort nichts für mich, zu dem ich jetzt zurückkehren konnte.

Ich versuchte, auch daran nicht zu denken, aber in meinem Bewußtsein sah ich den Fluß der Umstände, der uns alle unausweichlich zu diesem Ort gebracht hatte. Ich erinnerte mich an ein obszönes Wortspiel, das Spadrin in bezug auf

Viergatt gemacht hatte, wobei er den Namen der Stadt mit den Gatts, den Pforten in Verbindung brachte – jenen Schwarzen Löchern im Raum, die den Zugang zu anderen Welten ermöglichen, indem sie unsere Schiffe vollständig verschlucken und sie eine halbe Galaxis weiter wieder ausscheiden. Für ihn ist Viergatt eine Falle, kein Hort. Weltende ist für Ang ein Hort *und* eine Falle, die ihn in sich hineinzieht . . . Die wahre Falle ist die Vergangenheit. Jede Wahl, die wir jemals treffen, läßt uns weniger Möglichkeiten für die Zukunft.

Ich dachte wieder an das Gitter, und davor an meine Entscheidung, mit Ang zu gehen, und davor an meine Brüder . . . Ich dachte an meinen Abschied von Tiamat, in dem Bewußtsein, nie zurückkehren zu können und Mond zurücklassen zu müssen . . .

Verzweifelt dachte ich an die Vergangenheit der Hegemonie, an meine Ahnen, an jene lange toten Genies des Alten Empires, die uns das Sibyllennetz zurückließen, das Mond zu einer unbekannten Bestimmung geführt hatte, die das Paradox des direkten Reisens zwischen den Sternen mit Geschwindigkeiten schneller als das Licht gelöst hatten, die an der Schwelle der Entdeckung des Schlüssels zur Unsterblichkeit gestanden hatten. Ihre Empire war unter seiner eigenen Komplexität zusammengebrochen, aufgrund vieler falscher Entscheidungen, bevor sie diese Perfektion erreichen konnten.

Und nun sehnen sich ihre Nachkommen und Erben nach den guten alten Tagen des Empires – selbst wenn wir versuchen, auf ihren Ruinen wieder aufzubauen, mit Hilfe der Sibyllen, die sie zurückließen, um uns zu helfen. »Das Millenium komme«, sagen wir – es komme der Tag, an dem wir wieder einen echten Sternenantrieb haben. Und die Freiheit, jede Welt in der Galaxis als unseren Bestimmungsort zu wählen. Jede Welt . . . sogar Tiamat.

Ich werde niemals so lange leben, um diesen Tag zu sehen, und vielleicht wird es auch sonst niemand. Wir sind alle Opfer der Vergangenheit und des Zufalls. Die nächste Quelle eines lebensfähigen Sternenantriebs ist ein System, das mehr als tausend Lichtjahre von Kharemough entfernt liegt; und es gibt in der Nähe nirgendwo eine Pforte. Nur die Götter wissen, ob die vor nahezu tausend Jahren losgeschickten Schiffe es jemals erreichen werden, geschweige denn die Möglichkeit bekommen, mit dem zurückzukehren, was wir brauchen. So ein großes Bedürfnis, so eine einfache Lösung . . . und so unmöglich zu erlangen wie ein Gitter für unseren Rover.

Als mein Bewußtsein seinen Weg zu dem ursprünglichen Problem zurückgefunden hatte, erkannte ich, daß ich irgendwo eine falsche Abzweigung genommen hatte. Mein Weg führte mich tiefer und tiefer in den Bauch der Anlage, in einen Untergrund, der nur von Maschinen bevölkert wurde – Motoren, Bohrern, Pumpen und Kilometern von Leitungen und Röhren –, alle mit einem eigenen Leben, sich selbst steuernd und sich selbst reparierend. Ich mochte die erste Person sein, die seit Monaten einen Fuß hierher setzte, vielleicht seit Jahren . . . Das dachte ich wenigstens.

Ich befand mich auf einem Laufgang über einem riesigen Raum, wo das Geräusch der Pumpen betäubend und der Gestank von Asphalt und Methan plötzlich erschreckend ursprünglich war. Unter mir lag ein ausgedehnter Pfuhl aus dampfendem schwarzen Schlamm. Aus einem halben Dutzend Rohren spuckten Pumpen kotartige Morastklumpen in den Tank. Und dann sah ich noch etwas, das von der Stelle aus, an der ich stand, so klein war, daß ich zuerst nicht sicher war, es wirklich zu sehen: eine Reihe von menschlichen Wesen, die sich wie geistlose Insekten bewegten und Eimer trugen. Sie gingen zu dem Tank, füllten die Eimer und brachten sie in die Unterwelt, zu irgendeinem unvorstellbaren Bestimmungsort. Ich starrte hinunter auf sie, für eine Zeit, die wie eine Ewigkeit erschien, und währenddessen setzte sich die Prozession endlos fort, ohne daß sich die Morasthöhe auch nur im geringsten veränderte. Begleitet vom Klangbrei der Maschinen bewegten sich die Gestalten wie eine schweigende Prozession von Geistern. Die Sinnlosigkeit, der Wahnsinn dessen, was sie taten, schlug mich in seinen Bann. Ich begann nach einem Weg zu suchen, um näher heranzukommen, um eine Antwort, einen *Grund* für das zu finden, was ich sah.

Ich drehte mich an der Stelle, an der ich stand, um – und sah mich einem uniformierten Wächter gegenüber.

»Was tun Sie hier?« Er packte mich an der schweißdurchtränkten Vorderseite meines Hemds.

Fast hätte ich mit Nachdruck gefragt, was *er* hier tat, was diese erbarmungswürdigen armen Teufel da unten taten . . . Ich zügelte mich im letzten Augenblick, machte mir klar, wo ich war – und wie allein. Ich murmelte: »Ich . . . ich habe mich verlaufen. Ich gehöre zu Ang.«

»Soll das vielleicht irgendwas besagen? Schaffen Sie Ihren Arsch hier weg, bevor ich Ihnen einen Eimer verpasse.« Er deutete mit dem Kopf auf das Geländer, auf den Morast. Er stieß mich von sich.

Ich verschwand so schnell, wie ich nur konnte.

Die Nacht war schon längst angebrochen, als ich den Rückweg zu dem uns zugeteilten Quartier gefunden hatte. Ang war bereits zurückgekehrt, vermutlich vor Stunden. Er lag schlafend in einer der Kojen an der Wand. Spadrin schlief über ihm. Ich warf die Gittertür laut genug ins Schloß, um sie aufzuwecken.

»Nicht so'n Lärm, Arschloch«, grunzte Spadrin, der den Kopf hob und wieder fallen ließ.

Ang starrte mich wütend an, als er sich in seiner Koje unter der Decke von Spadrin aufrichtete. »Wo, zur Hölle, sind Sie gewesen?«

»Der Unterwelt einen Besuch abstatten«, sagte ich gereizt. »Ich glaube, ich weiß jetzt, wo ihr Leute die Vorstellungen von der Verdammnis herbekommt – gezwungen zu sein, dieselbe unnütze, sinnlose Tätigkeit auf ewig zu wiederholen.«

»Worüber reden Sie?«

»Irgendwo da unten in den Eingeweiden dieser Anlage sah ich Männer, die in Eimern Schlamm aus einem Pfuhl schleppten. Was geht hier vor? Welchen möglichen Grund könnte es geben . . .

»Häftlinge«, sagte er. »Es sind Häftlinge. Die Regierung schickt sie hierher, und die Gesellschaft muß sie beschäftigen.«

»Mit Schlammschleppen? Das ist absurd. Das ist keine Arbeit, das ist . . .«

»Strafe.« Er zuckte die Achseln.

»Aber, ihr Götter, Mann, das hilft doch niemandem! Es kann

unmöglich effizient sein – ein Rohr würde die Arbeit zehnmal besser erledigen. Und ihr könntet diese Männer für etwas Nützlicheres ausbilden.«

Er stand auf, baute sich wie ein Turm vor mir auf. »Es gibt hier draußen mehr anständige Menschen als Jobs. Wollen Sie noch mehr arbeitslos machen, damit ein Dieb oder Mörder ein Handwerk erlernen kann?« Die Frage war rhetorisch. »Beim Aurant, Sie hören sich an wie meine Frau! Auch sie hatte an allem was auszusetzen.«

Ich starrte ihn an, verblüfft über den Gedanken, daß er tatsächlich verheiratet war. Er hatte niemals eine Frau erwähnt . . . Und ich hatte mir niemals über seine Vergangenheit Gedanken gemacht. Bei manchen Leuten ist es leicht zu vergessen, wieviel vom Leben einer anderen Person hinter dem Äußeren verborgen liegt.

Ang lachte kurz auf, funkelte mich mit zur Seite gelegtem Kopf an. »Was ist mit Ihnen, Schlitzer? Was suchen Sie wirklich hier draußen?« Diesmal wollte er es tatsächlich wissen.

Ich antwortete nicht, hatte Angst, die Wahrheit zu sagen, hatte Angst, daß er mich zurücklassen würde, wenn ich ihm sagte, daß ich nach Feuersee gehen wollte.

»Ja, Schlitzer«, stichelte Spadrin. »Wovor laufen Sie weg? Was haben Sie verbrochen?« Er stieß sich wieder hoch, beobachtete mich mit harten Augen.

Ich blickte nach unten. »Ich habe mich als Polizeioffizier ausgegeben.« Ich wandte mich den Spinden zu.

»Ja, das paßt.« Angs Stimme war bitter.

Ich drehte mich wieder um. »Was meinen Sie damit?«

»Es paßt zu Ihrer Technokratenarroganz. Ihr Techs könnt auf Kharemough wie Zinngötter herumstolzieren, aber euren Göttern oder Ahnen oder was, zur Hölle, ihr auch immer verehrt, gehört diese Welt hier nicht. Ihr stellt einige verdammt gute Maschinen her, und ihr wißt, wie man damit umgeht. Aber ich hörte, ihr seid nicht einmal bereit, mit der Hälfte der Leute auf eurem eigenen Planeten zu reden, weil sie irgendeinen blödsinnigen Standard genetischer Reinheit nicht erfüllen. Und Sie kommen hierher und erzählen mir, daß die Gesellschaft zu Kriminellen nicht human genug ist.«

Es war die längste Rede, die ich von Ang hörte, seit ich ihn getroffen hatte. Ich konnte nicht damit anfangen, die Komplexitäten der Gesellschaftsstruktur auf Kharemough gegenüber jemandem wie ihm zu rechtfertigen. Ich versuchte es nicht einmal. So sagte ich bloß: »Wenn ich falsch liege, macht das Ihre Einstellung nicht richtig.« Sein Mund klappte zu. Ich fuhr fort, so vernünftig, wie ich nur konnte. »Wenn Sie die Gesellschaft so unerhört fair finden, warum arbeiten Sie dann nicht mehr für sie?«

Die Falten auf seiner Stirn gruben sich noch tiefer ein. Er setzte sich wieder, zupfte an seiner religiösen Medaille herum. Er sagte: »Ich hatte es satt, nie reich zu werden, hatte es satt, immer neue Wege zu finden, damit statt dessen irgendwelche gesichtslosen Blutsauger reich werden.« Er starrte auf die Wände des Raums, sprach zu ihnen, so als ob seine Stimme sie irgendwie bis in die Tiefen der Anlage durchdringen könnte. »Meine Frau arbeitete auch hier. Sie ging, vor Jahren, weil sie die Gesellschaft nicht mehr ertragen konnte. Sie nahm meinen Sohn mit. Sagte, ich würde mein Leben verschwenden. Sie war genau wie die Gesellschaft: nie zufrieden. Sie verstand nicht, warum ich nicht gehen wollte. Sie verstand Weltende nicht.« Er schüttelte den Kopf, als ob er ihn von Geistern befreien wollte. »Niemand verstand, warum ich nach draußen gehe. Weil man nach *draußen* gehen muß, um sie besser zu begreifen als jedermann sonst . . .« Einen Augenblick dachte ich, daß er noch immer über seine Frau sprach. »Jahrelang sah ich die Unabhängigen, diese Himmelsstürmer und Verlierer, die versuchten, meinen Job zu tun . . . und von denen einige es sogar schafften! An meiner Stelle durch Weltende reich werden. Aber ich wußte immer, sie würde mir ihr Herz eines Tages zeigen. Und dann . . .« Er brach ab, blickte sich um. »Wir werden alle reich werden. Soviel verspreche ich euch.« Er lächelte tatsächlich. Es machte sein Gesicht nur noch ausdrucksloser.

»Du hast einen richtigen Plan?« fragte Spadrin. »Wie sieht er aus?«

Ich berührte den Beutel, in dem ich das Bild meiner Brüder aufbewahrte, spürte, wie die Spannung meine Brust einschnürte. Wenn Ang einen definitiven Plan im Sinn hatte, würde es viel schwerer werden, ihn zur Kooperation bei meiner Suche zu bewegen.

Aber Ang deutete auf die Wände, schüttelte den Kopf. »Noch nicht«, sagte er im Flüsterton.

Spadrin runzelte die Stirn, nickte aber. Ich seufzte, wartete weiter darauf, Ang das Bild zu zeigen und ihm die Wahrheit zu sagen. Dies war nicht die richtige Zeit. Ich fragte mich, wann die richtige Zeit jemals kommen würde.

»Was ist mit dem Gitter?« fragte Ang mich.

Ich schüttelte den Kopf. »Sie haben nicht, was wir brauchen.«

»Sind Sie sicher? Sind Sie wirklich sicher?«

Ich nickte müde.

Er murmelte einen Fluch, aber sein Gesichtsausdruck änderte sich nicht, so als ob es für ihn nicht wirklich einen Unterschied machen würde. »Wir werden dann bei Anbruch der Dämmerung aufbrechen.« Er blickte wieder auf mich. »Einen kleinen Rat, Schlitzer. Versuchen Sie nicht, Gründe für die Dinge zu finden, die Sie in Weltende sehen. Es gibt nämlich keine.«

39. Tag

Wir überqueren jetzt eine Gebirgskette. Die Dschungel liegen endlich ziemlich tief unter uns, den Göttern sei Dank, aber außer dem Geruch hat sich nichts verbessert. Wenigstens kennt Ang die Pässe. Wenn dem nicht so wäre, würde ich nicht in der Lage sein, den Weg von der Wildnis zu unterscheiden. Wenn wir doch nur dieses verdammte Gitter hätten . . . Ach, zur Hölle damit. Wir kriechen – am besten gewöhne ich mich langsam daran.

Zusammen mit dem Dschungel haben wir auch den meisten Regen hinter uns gelassen. Ang sagt, daß es von hier an immer trockener wird. Er wies uns an, Wasser zu sparen, trotz des Recyclers. Unglücklicherweise scheint er Sauberkeit auf engem Raum für einen Luxus zu halten. Ich will verdammt sein, wenn ich mir einen Bart wachsen lasse.

Spadrin scheint Rechte zu besitzen, die sich Ang nicht einmal selbst einräumt. Welches verdammte Recht hat einer, Lagerraum mit Kisten von Schnaps und einem Videoempfänger zu belegen, wenn wir nach Lage der Dinge kaum Platz haben, uns in dem Rover zu bewegen? Und um dem Ganzen die Krone aufzusetzen, ist er ein Steckersüchtiger. Er verbringt die Hälfte seiner Zeit vergraben in diesem obszönen Gerät und beansprucht das Energiesystem des Rovers über. Er behauptet, daß er ohne seine Sucht ›gelangweilt‹ ist. Ang ist der einzige, der in diesem Gelände am Steuer sitzen kann, weshalb für Spadrin nicht viel zu tun bleibt. Ang scheint zu glauben, daß es sicherer ist, ihn tun zu lassen, was er will. Vielleicht hat er recht. Spadrin ist sicherer im Tran, als wenn er wachsam und ruhelos ist.

An diesem Morgen störte er mich, als ich in der momentanen Privatsphäre des Schlafteils die Toilette benutzte. Er musterte mich von oben bis unten und grinste über meinen Ärger. »So haben Sie also einen Blauen gespielt«, sagte er. »Ang hat recht: Ich wette, Sie haben die Uniform getragen wie einer, der hineingeboren wurde. Sie sehen aus, als ob Sie sie noch immer tragen . . .«

Ich zog meine Shorts hoch. »Vielleicht macht Ihnen Ihr Gewissen zu schaffen«, sagte ich. Er lachte, aber keiner von uns scherzte. Und keiner von uns dachte, daß es spaßig war. Er brachte mich aus dem Gleichgewicht, als er sich wieder entfernte.

Ich hätte eine Waffe mitbringen sollen, die ich bei mir tragen konnte. Aber das wäre gegen das Gesetz gewesen. Spadrin kümmert sich nicht um das Gesetz. Wir haben Waffen bei unserer Ausrüstung, aber Ang hält sie verschlossen. Der Dummkopf glaubt wirklich, daß ihn das sicher macht . . .

40. Tag

Was hat diese Gegend an sich? Sie ist wie Treibsand . . . Die Zeit trägt uns vorwärts, aber je tiefer wir in das Innere von Weltende vorstoßen, desto tiefer scheine ich in der Vergangenheit zu versinken. Wenn ich den Feuersee erreiche . . .

Ich wollte nur vom Lagerplatz und den anderen wegkommen, um einen Abendspaziergang zu machen. Ein weiterer Abend in der Gesellschaft von Ang und Spadrin fing an, mir wie eine Ewigkeit zu erscheinen. Nummer Viers riesiger, einziger Mond war am nahezu sternenlosen Himmel so hell wie eine Laterne, und wir drei könnten durchaus die einzigen lebenden Wesen auf der ganzen Welt gewesen sein. Als ich losging, schien eine einsame Wanderung in den Bergen sicherer und viel angenehmer zu sein, als an Spadrins Seite zu sitzen.

Im Mondlicht sehen die Berge aus wie die vom Unkraut erstickten Ruinen eines Herrschaftssitzes, den sich ein Gigant aus hausgroßen Steinen erbaut hatte. Wie etwas aus dem Alten Empire – vielleicht die Stadtwelt von Tell'haspah, heimgesucht von den Geistern ihrer vergessenen Ahnen. Das Geräusch des Windes erfüllte mich mit Heimweh nach Orten, die ich nie gesehen habe. Ich dachte sogar daran, draußen zu schlafen; der kühle Nachtwind und der offene Himmel waren nach der stinkenden Enge des Rovers und Angs Schnarchen ein Paradies.

Plötzlich kam ich an eine primitive Tierfalle, halb zwischen Felsen und Gestrüpp auf einer kleinen Freifläche verborgen. Zwischen ihren Zähnen befand sich etwas Schwarzes und Zusammengeschrumpftes. Ich wußte nicht, was es war, bis ich nahe genug herangekommen war, um es zu berühren. Es war ein Fuß, das Glied irgendeiner Kreatur, die sich vor langer Zeit in der Falle verfangen hatte. In seiner Raserei, zu leben und frei zu sein, hatte irgendein Tier seinen eigenen Fuß abgenagt.

Ich hockte für eine Weile da, ohne die Kraft zu finden, mich zu bewegen, bevor ich die ledernen Handgelenkschützer löste, die meine Narben verbargen. Ich starrte auf die verheilten Wunden an meinen Armen. Und dann öffnete ich meinen Gürtelbeutel und breitete seinen Inhalt im Staub aus: das Bild meiner Brüder, das Kleeblatt, das Bild von Song. Ihr Haar war wie der Nachthimmel, funkelnde Schwärze. Ihre wilden dunklen Augen bohrten sich in die meinen wie die Seele dieses Ortes. *Ich kenne dich,* wisperte sie, *ich kenne dein verschwiegenes Herz. Ich weiß, warum du gekommen bist.*

Ich wandte mich von ihrem Bildnis ab, sah auf die Gesichter meiner Brüder und blickte wieder weg von ihnen . . .

Und ich erinnerte mich, wie ich von der Inspektorin weggeblickt hatte, als sie mir die Kopie der Botschaft aushändigte, die mir von Kharemough nach Tiamat gefolgt war.

»Sergeant«, sagte sie, zögernder als ich sie jemals hatte sprechen hören, »ich fürchte . . . es ist eine schlechte Nachricht.«

Ich spürte, wie mein Gesicht taub wurde – und mein Bewußtsein. Ich nahm die Kopie mit kraftlosen Fingern entgegen und wußte schon, was darin stand, bevor ich sie ansah. »Mein Vater ist tot.« Ich sprach die Worte zu der nackten, uralten Wand des Korridors. *Und ich habe ihn getötet.* Ich streckte eine Hand aus, um mich abzustützen.

»Es tut mir leid«, murmelte die Inspektorin in Richtung meines abgewandten Rückens. Und dann sagte sie in ihrer Heimatsprache: »Möge er für immer im Raum der tausend Herzen leben.«

Ich nickte leicht, das war alles, was ich tun konnte. Schließlich betrachtete ich, was sie mir gegeben hatte. Die Kopie war eine kurze, flüchtige Nachricht meines Bruders HK. Sie besagte, daß er nun das Familienoberhaupt war, und schloß eine Abschrift vom Testament meines Vaters ein. Ich knautschte die Kopie in meiner Faust zusammen, als ob ich sie dadurch ihrer Existenz berauben könnte. Als ich sie losließ, nahm sie wieder unversehrte Form an und fiel auf den Boden. Ein Trupp von Streifenpolizisten und lärmenden Außenweltlern rauschte an uns vorbei und trampelte darauf herum.

»Sergeant . . .« Ich spürte, wie sich die Hand der Inspektorin sanft auf meine Schulter legte. Es kostete mich Willensanstrengung, sie dort liegen zu lassen. »Warum nehmen Sie nicht für den Rest des Tages . . .«

»Nein, Inspektorin.« Ich blickte sie wieder an. »Ich bin in Ordnung. Mein Vater . . . mein Vater ist seit mehr als zwei Jahren tot.« Die Botschaft hatte so lange gebraucht, um Tiamat zu erreichen, aufgrund der Sublicht-Zeitverzögerungen an beiden Enden der Sternenpforte. Es war schon Jahre her, daß die Rituale gesprochen worden waren, Jahre her, daß er sich seinen Ahnen in den friedvollen Gärten zugesellt hatte. Und es würde noch viele Jahre dauern, bevor ich auch nur daran denken konnte, zurückzukehren und ihn dort zu ehren. »Es gibt . . . nichts, was ich jetzt deswegen tun kann.«

Sie runzelte leicht die Stirn und sagte: »Sie können die Zeit dazu nutzen, sich an ihn zu erinnern.« Sie war eine hartgesottene, ironische Frau – Neuhafenerin, wie die meisten hier stationierten Truppenangehörigen. Ich war erst seit wenigen Monaten ihr Adjutant, war es kurz nach meiner Ankunft geworden. Sie war intelligenter, als die meisten Neuhafener zu sein schienen, aber bis jetzt hätte ich nie gedacht, daß sie auch empfindsam sein könnte. Ich wünschte mir heftig, daß sie sich nicht diesen Augenblick ausgesucht hätte, um es zu demonstrieren.

»Ich möchte es nicht«, flüsterte ich.

»Was?«

Ich straffte mich. »Ich möchte Sie nicht mit meinen persönlichen Problemen behelligen, Inspektorin. Ich kann in meiner Freizeit trauern, wenn es nötig ist.«

Sie blickte nach oben, appellierte an unsichtbare Götter. Ihre Lippen bewegten sich schweigend: *Kharemoughi.* »Dann ist der Rest des Tages Freizeit für Sie«, sagte sie. »Das ist ein Befehl, Sergeant.«

Ich salutierte, hilflos, weil ich nichts anderes tun konnte, als zu gehorchen. »Ja, Madam.« Ich schickte mich an wegzugehen. Sie beugte sich nach unten und nahm die Kopie hoch. Ich blieb stehen, wandte mich um, streckte die Hand aus.

»Danke«, sagte ich und versuchte, nicht mit den Augen zu zucken.

Sie lächelte mich an, mit einem traurigen Lächeln, dessen

Bedeutung ich nicht richtig verstand. »Erinnern Sie sich an die guten Dinge«, sagte sie. »Sie sind es, die Bestand haben.«

Ich nickte, aber die Wahrheit brannte in meiner Kehle wie Säure. »Mein Vater . . . liebte mich«, murmelte ich. »Und ich . . . ich . . .« Ich schüttelte den Kopf und ging so schnell davon, wie ich nur konnte.

Mein Vater liebte mich. Es füllte mein Bewußtsein aus, als ich hinaustrat auf die vor Menschen wimmelnden Straßen der uralten Stadt Karbunkel – das Juwel, das Eitergeschwür, das zu sehen ich so weit gekommen war. Stundenlang wanderte ich durch die Straßen, aber ich sah nichts von den Wundern der Stadt oder ihrer Fäulnis. Ich sah nur die Vergangenheit.

Während des Gehens erinnerte ich mich an den genauen Zeitpunkt, an dem ich erkannte, daß mich mein Vater liebte. Ich stand im Eingang zum Sonnenzimmer, angezogen von dem seltenen Ton seiner im Zorn erhobenen Stimme. Die Stimmen meiner Brüder antworteten ihm, abwechselnd greinend und wütend. Sie stritten um Geld – eine Diskussion, die alles andere als selten war.

Ich blieb gerade außer Sicht stehen und spürte beim Klang ihres Streits einen vertrauten Schmerz in der Brust – den unnatürlichen Schmerz darüber, daß ich nicht daran teilnehmen konnte. Als dritter Sohn, als an Jahren jüngster, war ich nie in der Lage gewesen, meinem Geburtstag oder dem Schatten meiner Brüder zu entfliehen, war nie in der Lage gewesen, für jemanden so wichtig zu sein, daß er mir rasende Wut entgegenbrachte . . .

»Ich kann nicht glauben, daß ihr Söhne von mir seid«, schrie mein Vater. »Warum, könnt ihr euch nicht so betragen wie euer Bruder, mit Ehre und Weisheit! Ihr zwei zusammen macht an menschlichem Wert nicht die Hälfte von ihm aus.«

Ich trat in den Eingang und blickte in das grüngetüpfelte Zimmer. HK und SB blickten zurück auf mich, und mein Vater drehte sich um. In einem Augenblick, der nicht aufzuhören schien, las ich die Wahrheit in ihrer aller Augen.

Tausend kleine Dinge, die mein Vater getan, mir gezeigt, mich gebeten hatte, gingen mir plötzlich durch den Kopf – Dinge, die ich ignoriert hatte, immer auf der Suche nach mehr.

Die Gänge hinunter zum Familienschrein, nur wir beide; an den Sommerabenden . . ., die Erbuhr, die nur ich hatte jemals in der Hand halten dürfen. Ich dachte an die endlosen kleinen Gemeinheiten meiner Brüder mir gegenüber – waren sie alle der Eifersucht entsprungen?

Mein ganzes Leben lang hatte ich mich unzureichend, unvollkommen gefühlt – nur um auf diese Weise zu erfahren, daß ich sein Lieblingssohn war.

Nur um jetzt zu wissen, wiederum Jahre zu spät, daß ich ihn letzten Endes doch enttäuscht hatte. Er hatte gewollt, daß ich bleibe, und ich hatte Kharemough verlassen. Er hatte gewollt, daß ich die Dinge . . . änderte. Und ich hatte ihn nicht verstanden.

Ich blieb auf der Straße stehen, umgeben von der Kakophonie schreiender Händler und drängelnder Schaulustiger, von den Läden der Kunsthandwerker und den protzigen Spielhöllen – ein Gefangener der Ansichten, Gerüche und Töne, eingeschlossen von der großen Spiralmuschel dieser bizarren Stadt auf einer fremden Welt. Ein Gefangener aus eigenem Verschulden. Ich hätte die Dinge auf Kharemough ändern können, aber ich war statt dessen weggelaufen. Und nun war es viel zu spät, irgend etwas zu ändern, selbst im Geiste. Ich hatte den Glauben meines Vaters an mich verraten . . . und die Enttäuschung darüber hatte ihn getötet. Wieso war alles so falsch verlaufen? *Warum verstand ich ihn nicht?*

Aber ich hatte ihn verstanden! Ich hatte gewußt, was er wollte, die ganze Zeit. Er konnte – wollte – mir nicht zureden, den Gesetzen zu trotzen. Und doch hatte er mir gesagt, daß ich es verdiente, sein Erbe zu sein, was bedeutete, daß er die Gesetze für falsch hielt.

Ich kannte Wege, um die Gesetze zu umgehen. Jeder wußte, daß es Risse gab in der angeblich so perfekten Struktur unserer gesellschaftlichen Ordnung. Einige Leute – darunter einige aus unserer Klasse – behaupteten, daß diese Risse entschuldbar, ja, notwendig für das Überleben der Gesellschaft seien. Aber unsere Familienlinie war uralt. Wir waren nie gezwungen gewesen, an der Tradition zu drehen, um unser Recht unter Beweis zu stellen, das zu sein, was – und wo – wir waren.

Dergleichen war, in den Augen meines Vaters, eine Unmöglichkeit. Ich war in dem Glauben erzogen worden, daß unsere Ehre unser Stolz war. Mein ganzes Leben lang hatte man mich gelehrt, daß ich ein Spiegelbild meines Vaters war, und seines Vaters und seines . . . Man hatte mich gelehrt, daß die Dinge, so wie sie waren, richtig waren, einzig richtig.

Ich hatte mir selbst eingeredet, daß ich durch den Versuch, meine Brüder auszubooten, nicht besser sein würde, als sie es waren. Und so hatte ich statt dessen Kharemough verlassen. Ich hatte das Gesetz befolgt. Ich war in dem Glauben gewesen, daß ich das Richtige getan hatte. Aber es war eine Entschuldigung für meine Feigheit gewesen. Konfrontiert mit der wichtigsten Entscheidung meines Lebens, war ich davongelaufen.

Die Regenbogenstraßen von Karbunkel verblichen in der Nacht. Mit einer Art Unglauben fand ich mich in der Zukunft wieder, allein an einem Bergabhang kniend. Ich starrte auf die Narben an meinen Handgelenken, auf den verschrumpelten Fuß eines in die Falle gegangenen Tiers, den ich mit der Faust umklammert hielt.

Ich steckte das Bild von Song, das Kleeblatt und den ausgetrockneten Stumpf in meinen Gürtelbeutel und richtete mich auf.

Als ich zum Lagerplatz zurückkehrte, stritten Ang und Spadrin darüber, wer an der Reihe war, das Geschirr zu spülen. Spadrin versprühte finstere Blicke und fluchte, und Ang war ganz blau im Gesicht. Der Zorn schien ihn bei der Kehle gepackt zu haben. Ich stand schweigend da und beobachtete sie, wartete darauf, daß sie anfangen würden, sich wegen so einer Nichtigkeit zu verprügeln. Aber Spadrin blickte plötzlich hoch und sah mich. In seinem Gesicht zuckte es, als hätte er einen Geist gesehen. Und dann beförderte er den Geschirrstapel mit einem Fußtritt scheppernd in die Kochecke.

»Sie sind dran, Schlitzer«, sagte er.

Ich verschränkte die Arme. »Ich sorge dafür, daß der Rover fährt. Ich spüle nicht.«

Spadrin grunzte. »Sie essen auch, oder? Wenn Sie weiter essen wollen, tun Sie, was ich sage.«

Ich blickte Ang an, wartete auf seine Unterstützung. Ang

fuhr sich mit dem Arm über den Mund. Er starrte zurück auf mich und verbog seine Hände. »Was fällt Ihnen überhaupt ein, hier so einfach wegzugehen? Sie verdammter Idiot, ich sagte Ihnen schon vor dem Start, daß es gefährlich ist! Wollen Sie Selbstmord begehen? Gehen Sie nicht noch einmal außer Sichtweite des Rovers, es sei denn, es ist Ihnen egal, ob Sie jemals zurückkommen können!« Er drehte sich um und folgte Spadrin in die Dunkelheit.

Ich spülte das Geschirr. Und jetzt werde ich versuchen zu schlafen, im Inneren des Rovers, zusammen mit den anderen, obwohl ich Spadrin schlafend in meiner Koje fand, als ich hereinkam. Welch andere Wahl bleibt mir . . .?

42. Tag

Götter, die Träume, die ich gehabt habe . . . Wenn ich mich nur an sie erinnern könnte, wenn ich aufwache; vielleicht würden sie dann aufhören. Ich weckte Spadrin vor Anbruch der Dämmerung auf, indem ich im Schlaf schrie. Er hat es mich den ganzen Tag spüren lassen. Er reizt mich bei jeder Gelegenheit, schüttet meinen Tee um, wenn wir essen, stolpert gegen mich, wenn ich zu meditieren versuche, bringt meine Ausrüstung durcheinander, wenn ich an dem Rover arbeite . . . Das rauhe Terrain, durch das wir gefahren sind, hat diesen mehr als einmal fast dazu gebracht, seinen uralten Geist aufzugeben. In den letzten paar Tagen habe ich das gesamte Tellerspülen und auch den größten Teil des Kochens erledigt. Das ist einfacher, als darüber zu streiten, zumal Ang nicht für mich eintreten will. Er sagt sowieso nichts mehr zu uns beiden, wenn es nicht unbedingt sein muß. Hat er mehr Angst vor Spadrin oder seiner eigenen Gereiztheit?

Zur Hölle damit. Es gibt nichts, was ich darüber noch sagen will.

43. Tag

Heute machte uns Ang endlich mit seinen Plänen vertraut . . .

Am späten Nachmittag spuckten uns endlich die Berge aus, und wir sahen die Wüste zum erstenmal. Die hausgroßen Steinblöcke versanken in einem Pflaster aus perfekt sechseckigen Felsplatten, völlig freigeweht von milderndem Staub oder Sand. Die Ebene dehnte sich einer fernen Linie puderweißer Hügel entgegen. Der Himmel war ein wolkenloses Indigo, und Nummer Viers Diamantsplittersonne überflutete die Ebene mit Licht. Die Stille des Tages ließ meine Ohren singen. Die trockene Hitze saugte den Schweiß von meiner Haut, als ich unter dem Rover letzte Reparaturen vornahm. Es war nach der niederdrückenden Feuchtigkeit, die wir mit den Dschungeln hinter uns gelassen hatten, täuschend angenehm, aber trügerisch.

Auf dem Rücken unter der hochgekurbelten Karosserie des Rovers liegend, hörte ich Spadrin Ang fragen, welche Richtung wir als nächstes einschlagen würden. Ang antwortete ihm mit einsilbigen Allgemeinplätzen und Ausflüchten, wie gewohnt. Er hatte keinem von uns beiden weitere Einzelheiten seines Geheimnisses anvertraut. Aber da das nackte Herz von Weltende auf ihn wartete, war das nicht genug für Spadrin. »Hör auf mit diesem Scheiß«, sagte er. »Wenn du einen Plan hast, will ich es wissen! Keiner kann uns hier belauschen. Ich will wissen, was wir finden werden, wo es ist und wie wir dahin kommen. Wir gehen nicht weiter, bis ich es weiß.« Ang murmelte irgend etwas Unverständliches. Dann hörte ich ein dumpfes Geräusch, als jemand hart gegen die Seite des Vehikels stieß und es erzittern ließ, daß es schwankte.

Ich fluchte und kroch darunter hervor. Als ich mich auf die Füße stellte, sah ich, wie Ang seinen Coverall zurechtrückte; er sah durchgeschüttelt aus. Spadrin stand da und sah ihn mit einem wilden Grinsen der Befriedigung an.

»In Ordnung«, sagte Ang. Er fing an, auf dem kleinen freien

Platz zwischen uns angespannt hin und her zu gehen. »Ich werde euch sagen, hinter was wir her sind. Das letzte Mal, als ich mit einem Team der Gesellschaft unterwegs war, machte ich eine Entdeckung.« Er langte in eine Tasche und holte etwas hervor, das er in der flachen Hand hielt.

Ich betrachtete es und sah lediglich einen ziemlich nichtssagenden eiförmigen Steinklumpen. »Was ist das, irgendein Erz?«

Er lächelte mich mit einem unerträglichen Hauch von Überlegenheit an. »Es ist ein Solii.«

Spadrin ließ sich von dem Felsbrocken gleiten, auf dem er gestanden hatte. »Laß mich sehen«, sagte er. Er riß ihm den Stein aus der Hand. »Ein Solii? Das?« Er hielt ihn hoch ins Licht, aber es war noch immer nichts als ein Steinklumpen. »In meinen Augen sieht er wie ein Stück Scheißdreck aus!«

»Er ist ungeschliffen, offensichtlich.« Ang nahm ihn wieder an sich und ballte die Hand zur Faust.

Ich erinnere mich an den einen oder die zwei echten Soliis, die ich in meinem Leben gesehen hatte. Sie scheinen in ihrem eigenen Licht unter Feuer zu stehen. Man sagt, daß sie nach dem legendären Stern Sol benannt wurden, der Sonne, die als erste Licht auf die Menschheit warf – wegen ihrer außergewöhnlichen Schönheit. Es gibt sogar einige Kulte, die sie als heilig ansehen. Einer der Steine, die ich sah, wurde von einem religiösen Mystiker getragen. »Und es gibt noch mehr da, wo Sie diesen entdeckt haben?« fragte ich.

»Ja. Es gibt sie. Es muß sie geben . . .« Angs Blick wechselte. »Ich fand ihn in einem trockenen Flußbett. Alles, was wir tun müssen, ist flußaufwärts zu suchen, bis wir die richtige Formation gefunden haben, und wir werden reich sein . . . wir alle. Es wird genug für uns alle da sein.« Er sah Spadrin an, als er es wiederholte.

»Wo ist es von hier aus?« fragte Spadrin. »Wie weit? Wie lauten die Koordinaten?« Ang blickte ihn nur an.

Spadrin spuckte eine Iestaschote aus. »Hör zu, Dreckfresser, du hast das hier eine Partnerschaft genannt. Ich will meinen Anteil von allem, und das bedeutet, von allem, was du weißt. Du kannst es mir jetzt freiwillig sagen oder . . .« Er streckte seine Finger.

»Ang«, murmelte ich. »Wenn Sie ihm das sagen, haben Sie nichts . . .«

Ang zuckte die Achseln und ließ mich stehen. Er sagte zu Spadrin: »Es ist eine Reise von ein paar Tagen in südöstlicher Richtung von hier bis zu der Stelle, an der ich den Solii fand. Ich weiß nicht, wie weit wir von da aus noch gehen müssen, um die Formation zu finden. Alle Koordinaten, die ich dir geben könnte, würden bedeutungslos sein. Normale Anzeigen sind nutzlos. Ich navigiere anhand von markanten Stellen und mittels Erfahrung . . . Manchmal klappt nicht einmal das. Die Dinge *verändern* sich hier draußen, verstehst du? Jedesmal wenn ich rausgehe, sehe ich Dinge, die sich verschoben haben. Du mußt Weltende kennen, oder du wirst nicht überleben. Ich bin der einzige, der finden kann, was wir wollen. Und ich bin der einzige, der uns wieder zurückbringen kann. Vergeßt das nie.« Er blickte forschend in unsere Gesichter, um sicher zu sein, daß wir ihm glaubten. Spadrin spuckte eine weitere Schote aus, nickte jedoch.

»Warum tun Sie das?« fragte ich. »Warum sind Sie die Sache nicht schon angegangen, als Sie den ersten Solii fanden?«

Er lachte kurz auf; es hörte sich mehr wie ein Fluch an. »Wenn ich es gemeldet hätte, wären die ganzen Profite der Gesellschaft zugeflossen. Deshalb kündigte ich. Selbst wenn ich das, was wir finden, mit ihnen und euch teile, werde ich reich sein. Das ist mein Lohn. Niemand kann ihn mir mehr wegnehmen. Niemand.« Die Hand, die den Solii hielt, ballte sich zur Faust. »Sind Sie schon fertig?« fragte er mich.

Ich schüttelte den Kopf. »Bald. Aber es wäre gut, wenn wir von jetzt an besseres Terrain hätten, denn sonst weiß ich nicht, wie lange ich dieses Wrack am Laufen halten kann.«

Er funkelte mich an. »Wir schaffen es.« Er wandte sich ab.

»Ang?« rief ich, und er drehte sich um. »Wie nah werden wir an den Feuersee herankommen?«

Er zuckte die Achseln. »Zu nah, um es als angenehm zu empfinden. Je näher man Feuersee kommt, desto verrückter wird alles.«

»Wie groß ist die Wahrscheinlichkeit, daß wir da draußen jemanden treffen?«

Er zuckte abermals die Achseln. »Man kann nie wissen. Und Sie würden diejenigen, die sich freuen, Sie zu sehen, nicht gerne kennenlernen . . . Warum fragen Sie?«

»Nur so«, antwortete ich lahm. Nur den Versuch zu unternehmen, den wahren Grund für mein Hiersein zu erklären, schien absurd zu sein. Ang ging weg von Rover, weg von uns. Ich spürte, wie mich eine Art hilfloser Fatalismus überkam, als ich ihn gehen sah und in das Ödland hinausblickte. Weltende war viel größer und desolater, als ich es mir je vorgestellt hatte. Und doch mußte ich den Feuersee erreichen, und dazu brauchte ich Ang. Ich versuchte mir einzureden, daß ich die anderen nach dem Finden des Schatzes dazu bringen konnte, als Gegenleistung für meinen Anteil nach meinen Brüdern zu suchen . . . Ich versuchte mich nicht zu fragen, was geschehen würde, wenn mich mein Anteil tatsächlich so reich machte, daß ich die Familienbesitztümer selbst zurückkaufen konnte.

Ich schickte mich an, ins Führerhaus des Rovers zu klettern, um ein paar Messungen vorzunehmen, als Spadrin nach meinem Arm griff und mich herumwirbelte.

»Warum sind Sie tatsächlich hier? Nicht um reich zu werden.« Seine Hand tastete an den Sehnen meines Ellbogens herum und fand einen Nerv.

Ich keuchte und fluchte. »Verdammt! Ich habe gesagt, Sie sollen mich nie wieder anpacken . . .« Meine Stimme erstarb.

»Oder was?« Spadrin blockierte den Weg mit ausgestrecktem Arm. »Sie zeigen mich an? Sie lassen mich verhaften? Wer unterstützt Sie dabei? Ich will Ihnen sagen, wer.« Er grinste. »Keiner, Blauer. Keiner.« Er trat zurück und ließ den Arm sinken. »Im Augenblick spielt es keine Rolle, warum Sie hier sind. Wenn ich es wirklich wissen will, werden Sie es mir sagen, genau wie Ang. *Schlitzer.*« Er sprach das Wort bewußt sanft aus, bevor er sich entfernte.

Ich setzte mich auf das Trittbrett des Führerhauses. Ich blieb lange sitzen und starrte in die Einsamkeit, die mich umgab. Aber meine Augen sahen Schnee, keine Steine, und einen Kreis von bleichgesichtigen Barbaren mit Augen von der Farbe des Himmels. Tiamats Himmel, Tiamats Menschen – die Gesetzlosen, die einen Polizeiinspektor in der gefrorenen Wildnis außerhalb von

Karbunkel gefangengenommen, die ihn erniedrigt und gequält hatten . . . Der eine mit dem Namen Taryd Roh, der ihren Gefangenen gelehrt hatte, daß Stolz keine Verteidigung gegen Schmerz war, der genauso wie Spadrin wußte, wie er seine Hände einsetzen mußte. Er hatte sie bei einem Mann eingesetzt, der wie ein Tier gefangen in einem Käfig saß, der gekrochen war, um ihm gefällig zu sein, der alles getan hätte, was man von ihm verlangte. Alles. Aber er wollte nichts.

Später hatte der Gefangene den Deckel einer Nahrungsmitteldose genommen und seine Handgelenke aufgeschlitzt.

Lieber tot als entehrt. Als ich in der Schule war, tranken wir auf unser Blut und lachten. Selbstmord vor Schande: der Kodex unserer Ahnen, ein Testament für unsere Integrität. Damals konnten wir lachen. Wir waren so jung . . . so sicher, daß keiner von uns jemals Leiden oder Erniedrigung kennenlernen, jemals unsere Menschlichkeit entblößt oder unsere Ehre in den Schmutz getreten sehen würde . . .

»Schlitzer? Schlitzer!« Ich blickte hoch, in Angs finsteres Gesicht und die grelle Sonne hinter ihm. Ich schirmte meine Augen ab, versuchte, meine Verwirrung zu verbergen.

»Ist was nicht in Ordnung?« Er starrte mich an.

Ich schüttelte den Kopf. »Nein, nein, ich . . .« Mir wurde plötzlich klar, daß meine Augen feucht waren. Ich rieb mit der Hand darüber. »Ich habe Sand ins Auge gekriegt. Mußte ihn rauskriegen . . .« ich griff nach der Feldflasche hinter mir.

»Sind Sie fertig?«

»Nein, verdammt noch mal! Lassen Sie mich in Ruhe, lassen Sie mich meine Arbeit machen!«

Er grunzte und entfernte sich wieder. Ich machte die Feldflasche auf und trank gierig, verschüttete dabei Wasser auf die Vorderseite meines Hemds. Aber die Verschwendung kümmerte mich nicht. Es löste den Knoten in mir, ließ mich atmen, ließ mich die Selbstdisziplin zurückfinden, um mich wieder auf meine Arbeit konzentrieren zu können.

Ich wollte sterben, auf Tiamat. Ich hätte sterben sollen – aber ich tat es nicht. Götter, war ich wirklich für das hier vom Schicksal verschont worden?

45. Tag

Ang hat einen verrückten Kurs mit uns eingeschlagen. Manchmal frage ich mich, ob er wirklich weiß, wohin wir fahren. Wenn er es weiß, dann versucht er wohl, Vorsorge dafür zu treffen, daß wir ohne ihn nicht zurückfinden. Meistens sitzt er selbst am Steuer, es sei denn, er kann uns eine markante Stelle in der Ferne zeigen und uns sagen, daß wir darauf zuhalten sollen. Er gibt uns keine festen Anhaltspunkte.

Seit langem haben wir die Berge hinter uns gelassen, und die Steinebene ebenfalls. Der Rover transportiert uns noch immer weiter, die Götter mögen wissen, wie. Vielleicht fährt er instinktiv, wie Ang. Jeden Morgen halte ich den Atem an. Durch die Reparaturen sind meine Hände mit Rissen und Blasen übersät; manchmal kann ich kaum noch mit meinen Werkzeugen umgehen.

Wir haben ein seit langem ausgetrocknetes Seebett überquert und dabei die Muschelskelette von einer Million winziger, namenloser Kreaturen zermahlen, sind durch Mineralablagerungen gestampft, die wie frisch gefallener Schnee aussahen, Lagerstätten, an deren Ausbeutung die Gesellschaft noch nicht einmal denkt . . ., haben Säulen aus Salz und Pottasche gesehen, die der Wind in die Skulpturen todesstarrer Opfer verwandelt hat . . .

Letzte Nacht träumte ich, daß ich mit Mond durch die Makellosigkeit einer winterlichen Wildnis zog, daß ich in einer Weise frei war, wie ich es nie gewesen war, frei von der Vergangenheit, von der Zukunft . . . bis ich sah, wie hinter den schneebedeckten Kämmen Sterne in einen See aus Licht fielen. Und der Schnee wurde zur Wüste, und ich träumte, daß ich in Salz verwandelt worden sei. Ich wollte weinen, aber meine Tränen waren eine Salzkruste, die meine Augen ausfüllte, bis ich blind war. Ich versuchte zu schreien, aber meine Stimme war zu Kristallen geworden. Ich schmeckte Salz, und als ich aufwachte, war Blut in meinem Mund. Ich hatte mich auf die Zunge gebissen.

Ich erinnere mich jetzt an meine Alpträume. Ich begann mich zu erinnern an den Tag, an dem Spadrin . . . an den Tag, an dem wir die Berge verließen. Die schlimmsten Träume sind die über *sie*, denn ich kann sie nur zurückholen, indem ich dem Tod ins Gesicht blicke . . .

Der Gefangene meiner Alpträume träumt vom Fallen, in Kreiselbewegungen abwärts, abwärts – das Patrouillenboot vom Himmel geholt durch einen gestohlenen Strahler in den Händen der nomadischen Gesetzlosen, die er verfolgte. Helle Panik lähmt ihn abermals, als eine alte Vettel ihre Waffe hebt, um ihn zu töten . . . Und dann senkt sie sie wieder, und plötzlich begreift er, daß sie ihn nicht einmal ehrenvoll sterben lassen werden. Sie werden ihn zwingen, weiterzuleben, als ihr Sklave. In diesem Augenblick wünscht er sich, daß er gestorben wäre, denn in diesem Augenblick hat seine Welt aufgehört.

Aber er lebt weiter, einen lebenden Tod in einem armseligen, fensterlosen, hoffnungslosen Raum, in einem Käfig mit einer Menagerie erbärmlicher, stinkender Tiere. Tage dehnen sich zu Wochen, zu Monaten, und er wird ein menschliches Tier, hungrig, schmutzig, frierend. Wilde, die der niedrigstgeborene Kharemoughi nicht einmal menschlich nennen würde, erniedrigen und plagen ihn, lassen ihm nichts übrig – keine Privatsphäre, keine Würde, nicht einmal Scham. Er versucht zu entfliehen und scheitert. Zur Bestrafung übergibt man ihn Taryd Roh, dessen Vergnügen es ist, Schmerzen zu bereiten. Und dann wird er allein gelassen, in einer solchen Agonie, daß er sich nicht bewegen kann, und er fragt das unversöhnliche Schweigen, *warum*? Warum ist ihm das zugestoßen? Sein ganzes Leben lang hat man ihm erzählt, daß Tugend belohnt wird, sein ganzes Leben lang hat er versucht, das zu tun, was richtig war . . . aber jetzt, in seinem eigenen Blut und Erbrochenem liegend, blickt er zurück auf sein Leben und sieht nur Fehlschläge: das Weggehen seiner Mutter, den Tod seines Vaters, die höhnischen Gesichter seiner Brüder. Ohne Ehre, ohne Hoffnung bleibt ihm nur noch ein dunkler Hunger nach dem Tod übrig.

Und so, als er wieder die Kraft aufbringen kann, sich zu bewegen, nimmt er den Deckel einer Büchse und öffnet seine Adern *(als seine Mutter in den Farben der Morgendämmerung entschwindet)*, aber das Mädchen, das die Tiere versorgt, findet ihn zu früh. Er weigert sich, zu essen oder zu trinken *(als Weihrauch in die klare Luft über dem Grab seines Vaters emporsteigt)*, bis Taryd Roh ihm eine Mahlzeit bringt. Er läuft hinaus in das Herz eines Schneesturms, als sie vergessen, ihn zu bewachen *(in dem Glauben, daß die Veränderung vorüber ist, daß seine eigenen Leute Tiamat für immer verlassen haben, mit dem einzigen Wunsch, als ein freier Mann sterben zu können)*, nur um im Kreis durch den Sturm zu laufen und wieder eingefangen zu werden . . .

Vor Krankheit und Fieber phantasierend liegt er in den Armen des Todes. Und ihr Gesicht ist das der *Kinderdiebin*, so zart wie die Morgenröte – ein Geist aus den Gutenachtgeschichten seiner Kindheit, eine Wechslerin von Seelen. Sie lächelt und läßt ihn seltsame Kräutertränke trinken. Sie verspricht ihm, daß bald . . . Sie gewährt ihm Schlaf.

Aber er wacht wieder auf, um festzustellen, daß die Kinderdiebin das traurige, müde Gesicht einer anderen Gefangenen trägt, deren Name Mond ist. Sie ist eine Tiamaterin, und wenn sein Geist überhaupt klar genug ist, um zu denken, spürt er nichts als Argwohn und Ärger. Aber sie spricht zu ihm in ihrer eigenen Sprache und erzählt ihm Neuigkeiten aus seiner Heimat. Sie heilt ihn, mit dem Geschick einer Sibylle und einer Sanftheit, die er kaum glauben kann. Er fängt an, ihr zu vertrauen, als sie ihn zwingt, sich daran zu erinnern, daß jenseits der Frostfelder der Hölle noch immer irgendwo ein Universum existiert.

Er beobachtet Mond im Transfer und empfindet, wie selbst die Nomaden, Ehrfurcht, als er sieht, wie sie Kräfte kontrolliert, die kein normaler Mensch ertragen könnte. Und er fängt an zu begreifen, daß sie die größere Stärke besitzt – die innere Stärke, die sie ihre Lage hinnehmen und ertragen und trotzdem dafür kämpfen läßt, das zu ändern, was in seinen Augen hoffnungslos ist. Verzweiflung ist für ihn ein dunkleres Gefängnis als die Steinhöhle. Aber jeden Tag ringt sie ihm das Eingeständnis ab, daß er es ertragen kann, weiterzuleben, zumindest noch für diesen Tag. Sie erzählt ihm Geschichten, um ihn zum Lachen zu bringen, sie sagt ihm, daß die Hegemonie ungerecht ist, um eine Reaktion bei ihm hervorzurufen. Sie hilft ihm, ein Objekt aus der gestohlenen Ausrüstung zu reparieren, das die Nomaden ihm bringen, und es sind nicht ihre Hände, die neben den seinen arbeiten, es ist ihr gelassener Glaube an seine Fähigkeit, die ihn erfolgreich sein läßt.

Und sie erzählt ihm von dem Geliebten, der sie verließ, als sie eine Sibylle wurde, erzählt ihm, wie sie seitdem immer nach ihm gesucht hat, obwohl sie weiß, daß er eine andere liebt – Arienrhod, die alterslose, korrupte Königin von Winter, Monds Klon, ihre eigene Mutter, ihre Widersacherin in einem Schicksalsspiel, das von der unvorhersehbaren, allwissenden Sibyllenmaschinerie ausgespielt wird . . . Aber davon weiß sie jetzt noch nichts. Sie weiß nur, daß ihre Besessenheit sie an diesen Ort geführt hat, genauso wie ihn seine Fehlschläge hierher geführt haben.

Sie fragt ihn schließlich nach den halb verheilten Wunden an seinen Handgelenken. Aber als er ihr erzählt, was sie bedeuten, erkennt er in ihren Augen nichts außer einem tiefgründigen Wissen um geteilten Schmerz. Er begreift mit Verwunderung, daß er für sie nicht der Sohn seines Vaters ist. Er ist kein hochgeborener Kharemoughi, der über das Erträgliche hinaus entwürdigt wurde. Er ist kein gescheiterter Selbstmörder, kein Schwächling, kein Feigling. Im Spiegel ihrer Augen endlich sieht er den Mann, der zu sein er sich immer ersehnt hat – ein ruhiger, intelligenter, fähiger Mann, ein Mann, der dem Gesetz dient, ein Mann, der ihr nur Freundlichkeit und Respekt entgegengebracht hat. Ein ehrenhafter Mann.

Sie glaubt an ihn. Sie glaubt daran, daß die Zukunft, die ihr ihre Sibyllenvisionen gezeigt haben, noch immer existiert, für sie beide. Und plötzlich spielt für ihn nur noch die Tatsache eine Rolle, daß er nicht länger allein ist. Er nimmt sie in seine Arme, drückt sie kurz, züchtig, nur für einen Augenblick, erfüllt von einer Dankbarkeit, die zu tief für Worte ist.

Und als er sie freigeben will, klammert sie sich an ihn und murmelt. »Nein, noch nicht. Halt mich fest, nur für jetzt . . .«

Er hat Angst, hat schon die ganze Zeit über Angst, wie er

jetzt begreift, daß er sie nie wieder loslassen wird, wenn er ihren Körper so nah dem seinen fühlt. Aber er nimmt sie wieder in seine Arme, gibt ihr Schutz, geht auf ihr Bedürfnis ein und weiß dabei, daß es die Arme eines anderen Mannes sind, die sie um sich zu fühlen begehrt.

Und als er begreift, daß selbst seine Liebe hoffnungslos ist, begreift er auch, wie sehr er sie liebt, begreift er, daß er sie immer geliebt hat und immer lieben wird bis zu seinem Tode. Der Kodex, der sein Leben bestimmt, der ihm gesagt hat, daß sein Leben nicht länger lebenswert ist, hätte diese Liebe zu einem Barbarenmädchen, das so hell wie das Mondlicht ist, nicht gebilligt . . . Aber ihre Realität macht diese *Wahrheit* so durchsichtig wie eine Lüge. Durch sie werden seine Narben unsichtbar. Seine Arme halten sie fester. Bittersüßes Sehnen und Verlangen sind alles, was er erfährt – und alles, was er zu erfahren braucht.

Mit einem dumpfen Staunen spürt er, wie sich ihr Herzschlag beschleunigt und auf den seinen antwortet . . .

Und dann hört es auf. Es hört immer auf. Weil es niemals wirklich war, verdammt noch mal! Es war immer ein Traum – selbst als es geschah. Es konnte nie Bestand haben. Ihr Leben wurde zu einem Teil der Geschichte, und ich war nichts als eine Fußnote. Ich wußte es damals, im Kopf, nicht im Herzen. Deshalb verließ ich sie . . .

Aber warum hat mein Abschied von Tiamat dann eine solche Leere in mir hinterlassen?

Und wenn sie meinem Traum entschwindet – warum blieb in mir eine solche Angst zurück?

Die Furcht zieht sich in den Tag hinein, und ich muß mit den Augen blinzeln, um Salz und Sand vom Schnee zu trennen. Spadrins Augen sind *nicht* von der Farbe des Himmels. Angs Augen sind schwarz wie Pechkohle und genauso undurchdringlich. Sind wir seine Partner oder seine Schachfiguren? Was geht wirklich in seinem Kopf vor? Wie konnte er hier draußen eine so lange Zeit verbringen, ohne durch dieses Land irgendwie berührt zu werden? Er ißt, schläft und starrt mit seinen Gläsern in die Ferne, als ob er allein wäre.

Songs Augen blicken in meine Seele, Nacht für Nacht. Eine

Sibylle fand mich einst in der Wildnis und rettete mich. Und nun ruft mich eine Sibylle. *Komm zum Feuersee . . . finde mich . . . rette mich.* Rette mich . . .

Ich . . . Verdammt, was sage ich da? Ich bin müde . . . ich bin nur müde, das ist alles.

Wo sind meine gottverdammten Brüder? Was habe ich mit ihrem Bild gemacht?

48. Tag

Spadrin hat es mit Absicht gemacht. Ich weiß es genau. Er hat Ang erzählt, es sei ein Unfall gewesen, und Ang gibt vor, ihm zu glauben . . . Aber ich weiß, daß sie beide Lügner sind.

Ich hatte heute wieder am Rover zu arbeiten, kurz nach Mittag. Irgend etwas war unter dem Vehikel gerissen oder locker geworden, und das Führerhaus begann sich zu überhitzen. Binnen kurzem war es innerhalb des Rovers schlimmer als draußen. Wir mußten anhalten, und ich mußte daran arbeiten.

Zu dem Zeitpunkt kamen wir am Fuß einer steilen Böschung vorbei. Wir stiegen alle aus. Spadrin und Ang steuerten auf den schmalen Schattenstreifen unterhalb der Klippe zu. Sie rutschten und trampelten über Haufen, die ich für Geröll von dem Abhang hielt. Aber als ich folgte, stellte ich fest, daß die Haufen tatsächlich Stapel von gebleichten Knochen waren. Ich blickte an der Stirn der Böschung empor. Ihr Kamm hob sich wie eine gezackte Messerklinge gegen den Himmel ab, fünfzig Meter über unseren Köpfen.

»Ang?« fragte ich. »Was geschah hier? Diese Knochen . . .« Seit wir die Berge verlassen hatten, war mir kaum eine Kreatur größer als ein Insekt begegnet. Ang hatte gesagt, daß die meisten Wüstenbewohner Nachttiere waren, aber ich hätte genausogut glauben können, daß es ganz einfach keine gab.

Ang ließ sich auf einem Stück Sandstein nieder und stocherte mit einem Objekt, bei dem es sich um einen Oberschenkel handeln mochte, planlos in den Knochen herum. Die Knochen schienen von einer Vielzahl verschiedener Spezies zu stammen. Ich fragte mich, wie lange es gedauert hatte, hier ein solches Monument des Todes aufzutürmen. Er zuckte die Achseln. »Mitunter passiert das hier draußen. Die Tiere werden einfach verrückt, stürzen sich eine Klippe hinunter oder rennen sich selbst zu Tode. Es gibt andere solche Knochenfriedhöfe. . . . Dieser hier war eigentlich weiter nördlich.« Er zuckte abermals die Achseln, als ob es absolut natürlich war, im Alptraum eines Topologen zu leben.

»Warum?« fragte ich. »Warum werden sie verrückt?« Aber schon während ich fragte, dachte ich, daß er mir vielleicht bereits geantwortet hatte.

»Niemand weiß, warum. Niemand kümmert sich darum, mit Ausnahme der Käfer.« Er machte eine Kinnbewegung, und ich sah die Reihe von kleinen Hügeln, einen halben Meter hoch, die wie backende Brotlaibe unweit des Rovers in der Sonne lagen. Totenwachtkäfer – Aasfresser, Friedhofswächter der Wüste. Ang hatte gesagt, daß sie sich um eine sterbende Kreatur versammelten und warteten, bis sie hilflos, aber nicht unbedingt tot war. *Wie Spadrin,* dachte ich.

Mit geräuschvollem Abscheu schaffte sich Spadrin durch Fußtritte einen freien Platz im Schatten. Er ließ sich nieder, öffnete eine Flasche Schnaps und schielte zu mir herüber. »An die Arbeit, Tech. Es ist heiß hier draußen.«

Ich setzte meinen Sonnenhelm auf und nahm einen tiefen Schluck Wasser. Dann ging ich zurück zum Rover und kroch unter das vordere Ende, wobei ich mit der Schulter Knochen und Steine aus dem Weg schob. Die Karosserie des Rovers absorbierte die Wüstenhitze und strahlte sie wieder ab. Mein Hemd war augenblicklich mit Schweiß durchtränkt, mein Kopf fing an zu pulsieren. Ich hoffte, daß ich die Reparatur fertig bekam, bevor ich ohnmächtig wurde.

Spadrin stellte seinen Empfänger an. Er pickte irgendeine Unterhaltungssendung auf, die über Satellit den ganzen Weg von Viergatt aus herüberkam. Kreischende, abgeschmackte Musik hallte widersinnig von der Böschung zurück und ergoß sich in das Schweigen der Wüste. Minuten vergingen wie Tage, aber schließlich konnte ich das Kühlsystem wieder zusammenschustern. »Ang«, rief ich, »überprüfen Sie das Führerhaus, ja? Schalten Sie die Kühlung ein.«

Ich hörte jemand zum Rover herüberkommen und ins Führerhaus klettern. Nach einer weiteren endlosen Wartezeit traten ein Paar Wüstenstiefel wieder in den Sand zurück. »Es funktioniert«, sagte Spadrins Stimme widerwillig. »Hat auch lange genug gedauert.«

Ich fing an, mich unter dem Rover hervorzuarbeiten, als er zurück in den Schatten gestabst kam. Und das war der Augenblick, in dem er es tat. Als er an dem nächsten Käferhügel vorbeikam, trat er absichtlich dagegen und brachte seine spröde Wand zum Einstürzen.

Ein Strom von himmelfarbenen Käfern ergoß sich aus der Bruchstelle. Bevor ich auf die Füße kommen konnte, waren sie alle über mir, in meinen Kleidern, meinem Haar, meinem Mund . . .

Ich erinnere mich nicht deutlich, was anschließend passierte, nur daß ich mich irgendwie nackt wiederfand, nach Alkohol stinkend und aus hundert winzigen brennenden Löchern am ganzen Körper blutend. Ang stand vor mir, eine Flasche von Spadrins Schnaps in der Hand. Er stieß mir die Flasche in den Mund und zwang mich zu trinken. Ich hustete und spuckte und kämpfte, um von ihm wegzukommen. Ich beugte mich nach unten und griff nach meinen Kleidern, außer mir vor Erniedrigung. Meine Kleidung war durchweicht und mit alkoholischem Schlamm besudelt. Weitere Flaschen – leere – lagen im Dreck verstreut. Die Käfer waren verschwunden. Ich kämpfte mit meiner Unterwäsche.

»Wegen mir brauchen Sie sich nicht zu beeilen«, sagte Ang sardonisch. »Ich würde alles zweimal ausschütteln, wenn ich Sie wäre.«

Ich wandte ihm den Rücken zu und schüttelte alles mit ungelenken Fingern nochmals aus. Ich pickte einen opaleszierenden blaugrünen Käfer aus der Hemdtasche. Danach übernahm mein Körper die meiste Schüttelarbeit.

»Entspannen Sie sich«, sagte Ang. »Es ist vorbei. Wenigstens haben Sie so das Bad gekriegt, von dem Sie immer gequasselt haben.« Ungläubig sah ich ihn an. Er lächelte, aber ich konnte nicht sagen, was er damit meinte.

Spadrin kletterte aus dem Führerhaus des Rovers heraus. Mürrisch blickte er auf den Ring von Flaschen, auf mich und auf Ang. »Das ist die Hälfte von dem, was ich noch übrig hatte.«

Ang zuckte die Achseln. »Einzige Möglichkeit, die Käfer loszuwerden. Du bist derjenige, der . . . gestolpert ist.« Seine Stimme war flach.

Spadrin antwortete ihm nicht. »Alle kleinen Tierchen rausgekriegt, Schlitzer?« Er blickte statt dessen mich an, und ich wußte ganz genau, was sich hinter seinem Lächeln verbarg.

»Sie haben das absichtlich gemacht . . .«

»Ich? Wie sollte ich wissen, daß sie auf diese Weise rauskommen würden?«

»Sie wußten es!«

»Wollen Sie deswegen was anfangen?« Sein Lächeln gefror. Er spannte seine Hände fast beiläufig. »Schlitzer . . .?«

Meine eigenen Hände machten Fäuste. Sie lösten sich wieder. Ich blickte auf meine nackten Beine hinunter, weg von seinen Augen, und schüttelte den Kopf. Der heiße Atem der Wüste wisperte und stach mich mit Staub.

»Dann bedanken Sie sich dafür, daß ich meinen Vorrat geopfert habe.« Er blickte auf die leeren Flaschen.

Ich blickte wieder hoch, spürte, wie mir das Blut ins Gesicht stieg.

»Vergiß es«, murmelte Ang, an irgend jemanden gewandt, an den Wind. »Vergiß es einfach . . .«

Spadrin blieb an Ort und Stelle stehen, wartend.

Zorn paralysierte meine Kehle. Ich versuchte es einmal, zweimal, bevor ich das Wort herausbekam. »Danke.«

Spadrin kletterte wieder ins Innere und ließ uns folgen.

49. Tag

Wenigstens glaube ich, daß es der 49. Tag ist. Meine Uhr hält die Zeit nicht mehr nach – sogar ihre Logikfunktionen sind aus. Das Kühlaggregat ist in einem kaum besseren Zustand. Ich auch nicht. Auch die anderen nicht, nehme ich an, aber das kümmert mich einen Dreck. Es ist mitten in der Nacht, und das Innere des Rovers ist nicht einmal jetzt kühl. Ich habe alles getan, was ich konnte. Ich kann nicht alles alleine machen, ohne Ersatzteile, ohne Hilfe. Das ist es, was sie erwarten. Wunder. In dieser stinkenden Gegend?

Götter, wie ich mir wünsche, nach draußen zu gehen, frische Luft zu zu atmen, selbst wenn es hier sein muß . . . Aber Ang behauptet, daß wir unseren Weg verlieren könnten oder . . . Er wollte nicht sagen, was. Auf einen Käferschwarm treten vielleicht.

Ich spüre, wie diese Käfer über mich kriechen, die ganze Zeit. Ich kann keine Ruhe finden. Es juckt mich überall, meine Augen tränen, ich fange an zu zittern . . .

Ang sagt, daß ich eine allergische Reaktion habe. Spadrin grinst, als ob er es so geplant hätte. Ang gab mir Salben und irgendeine Art von Antihistamin, sonst wäre ich wohl inzwischen aus meiner Haut gekrochen. Jeder Biß trieft und ist geschwollen. Sie kleben an der Kleidung fest. Ich kann es nicht aushalten, sie zu berühren, aber ich muß mich kratzen . . . Ich hasse Spadrin . . . Götter, ich muß aufhören, darüber nachzudenken!

54. Tag

Das einzige, was ich wirklich mit Sicherheit weiß, ist, daß wir endlich die Stelle erreichten, wo Ang den Solii fand. Es war vor ein paar Morgen. Ich vertrat Ang an den Kontrollen, um zu verhindern, daß ich vor Juckreiz verrückt wurde. Es war fast Mittag, als ich vor mir eine Reihe von Hügeln zu sehen begann. Nebelwolken hingen in ihren Falten, wie Fusseln in Taschen. Nebel über dem Land liegen zu sehen war mehr, als meine Augen glauben konnten – nach so vielen Tagen in Weltende dachte ich, daß es eine Halluzination war. Ich wartete immer noch darauf, daß sie verschwand, als Ang nach vorne gestolpert kam, einen stinkenden Feshstab in der Hand. Ich drehte mich um, als ich ihn hörte, und sah, wie sich seine Augen beim Blick durch die Windschutzscheibe weiteten. Er war erregt. Es war das erste Mal, seit wir diese Reise begannen, daß ich mich erinnerte, eine positive Emotion in seinem Gesicht zu sehen. Dann wandte er sich mir zu und fluchte. »Warum, zur Hölle, haben Sie mich nicht gerufen?«

»Ich dachte, es sei nicht real«, sagte ich und kratzte an einem Stück Schorf.

»Es ist real.« Er nickte und wischte sich Schweiß aus den Augen. »Es ist real, ja. Das ist es, wonach wir gesucht haben.« Er klang erleichtert. Er winkte mich von meinem Sitz hoch und übernahm die Kontrollen.

Als wir näher herankamen, konnte ich Blätterwerk auf den Hügeln ausmachen. Die stachligen Feuersträucher und verkrüppelten Dornenbäume waren nicht viel, aber sie waren besser als das letzte Pflanzenleben, an das ich mich erinnerte: die aufgedunsene, unappetitliche Flora des Dschungels. Ich war gespannt auf den ersten Anblick des blauen Sees, den meine Vorstellung in einem verschlungenen Tal angesiedelt hatte.

Als wir in die Hügel hineinkamen, in der grellen Mittagsglut, klammerten sich die Nebel weiterhin auf unnatürliche Weise an das vor uns liegende Land. An Angs Schulter vorbeiblickend fragte ich: »Was steckt da oben in dem Nebel drin?«

»Höllenfeuer und Schwefel«, sagte er mit einem bellenden Auflachen. »Geothermisches Gebiet.« Wir kamen in die Nebelwand hinein.

Die Temperatur sank unerwartet ab, als wir tiefer in die Berge eindrangen. Wolken aus schwefligem Nebel quollen aus Kratern, die groß genug waren, den ganzen Rover zu verschlukken. Die Ränder waren mit Mineralien übersät – Ocker in Grün und Rot, grüne, weiße. Der anämische graue Boden, über den wir fuhren, atmete Nebel aus. Kondensationstropfen glänzten auf Blättern und Zweigen und klatschten gegen unsere Windschutzscheibe.

Schließlich, nach Stunden schweigenden Fahrens, erreichten wir einen ausgedehnten, seichten See – aber nicht den See, den ich mir vorgestellt hatte. Seine dampfende Oberfläche war vollkommen durchsichtig, aber Mineralquellen färbten seine Tiefen mit zarten Rosa- und Blautönen, wie Blüten unter Glas. Ang stoppte den Rover am Ufer und sagte: »Irgendwo hier in der Nähe gibt es einen Geysir. Geht ungefähr einmal am Tag hoch. Ich brauche ihn als Anhaltspunkt für die Stelle, wo ich den Solii fand. Wir werden heute Nacht hier kampieren und sie morgen finden.«

»Hier?« sagte Spadrin und fluchte. Er war schließlich auch nach vorne gekommen, und der Blick durch die Kuppel reichte aus, ihn aus der Stumpfheit seiner Steckersucht hochzureißen. Ich hatte beobachtet, daß ihm immer unbehaglicher wurde, als wir in diese Gegend hineinkamen. Offensichtlich hat er nie zuvor einen so intimen Kontakt mit der unfreundlichen Realität einer Planetenoberfläche gehabt. »Mir gefällt es hier nicht.«

»Was ist los?« sagte ich. »Erinnert es zu sehr an die Hölle?«

Diesmal fauchte er mich an, und ich sah, wie ein dünnes Lächeln Angs Mundwinkel kräuselte. Ich gestattete mir selbst ein Lächeln, das erste Mal in Tagen, aber erst nachdem sich Spadrin abgewandt hatte.

»Was, verd–« Spadrins Rückenmuskeln spannten sich, als er wieder auf den dampfenden See hinausblickte. »Ang! Was, zur Hölle, ist das?«

Ang beugte sich auf seinem Sitz vor, und ich tat dasselbe. Eine Reihe von Gestalten kam durch den Nebel am Seeufer entlang auf uns zu. Sie schritten mit den langsamen, ruckartigen Bewegungen von lebendig gewordenen Dornenbäumen vorwärts. Mein Verstand versuchte, ihre Gestalt menschlich zu machen, scheiterte jedoch. Ich echote Spadrin: »Was sind das?«

Ang stieß sich eilig aus seinem Sitz hoch. »Wolkenohren, bei den Göttern! Wolkenohren.« Sie gruppierten sich in einer Ansammlung ungeordneter Glieder um den Rover. Als sie hereinblickten, griff Ang nach dem Türöffner.

Spadrin packte seinen Arm, riß ihn zurück. »Du wirst diese *Dinge* hier nicht reinlassen!«

Ang befreite sich. »Denkst du, ich bin ein Idiot? Sie sind harmlos . . . Ich gehe zu ihnen nach draußen.«

»Warum?« fragte Spadrin.

»Sie sammeln Sachen auf.«

»Da ist auch ein Mann draußen«, sagte ich. Meine Augen hatten schließlich eine menschliche Form zwischen den stengelartigen Gliedern und knolligen glitzernden Augen ausgemacht.

Ang blickte hoch und wieder nach draußen. Er fing an, die Stirn zu runzeln, stürmte dann an Spadrin vorbei und verschwand im rückwärtigen Teil des Rovers. Als er wieder nach vorne kam, hatte er drei Lähmgewehre bei sich. Er gab jedem von uns eins. »Ihr wißt, wie man damit umgeht?«

Spadrin lachte. Ich nickte kurz.

Das Gefühl der Waffe in meiner Hand war wie Wasser in der Kehle eines Mannes, der vor Durst starb. Fast automatisch überprüfte ich die Ladung. Als ich wieder hochsah, beobachtete Spadrin mich. Ang öffnete die Tür.

Als wir aus dem Führerhaus kletterten, schlurften die Eingeborenen zurück, mit Geräuschen, die sich wie das Rascheln trockener Zweige anhörten. Es waren mehr als ein Dutzend von ihnen, und sie waren größer, als ich erwartet hatte – vermutlich größer als ein durchschnittlicher Mensch, wenn sie aufrecht standen. Sie standen jedoch vornübergebeugt und stützten sich auf lange, zerbrechliche Arme, die aussahen wie mit Rinde überzogene Knochen. Ich hatte plötzlich den komischen Gedanken, daß die Arme hätten Flügel sein sollen. Sie hatten Finger, spindeldürre Ruten, die fortwährend die krustige Erde durchwühlten, Dinge zu einer kurzen Musterung hochnahmen und wieder fallen ließen. Ein undeutlicher Rüssel in verrunzeltem Graubraun war alles an Gesicht, was ich bei allen ausmachen konnte. Sie trugen auch eine Art Kleidung, schmutzige Lumpen, die nur schwer von ihrem vertrockneten Fleisch zu unterscheiden waren, und eine Sammlung von kleinen Beuteln und Taschen, die an ihrer Brust hingen. Der Mensch, der zwischen ihnen stand, trug ebenfalls Lumpen und hatte Taschen und einen knorrigen Stock bei sich. Wenn er wie einer von ihnen aussehen wollte, dann war ihm das gelungen. Warum er das im Namen von tausend Göttern wollte, konnte ich mir allerdings nicht vorstellen.

Die Eingeborenen traten wieder nach vorne, als Ang eine Bewegung machte. Der Mensch kam mit ihnen. Ang hatte einen eigenen Sack auf den Boden fallen lassen und öffnete ihn, ohne die Augen von ihnen abzuwenden. Der Sack war gefüllt mit Stücken von zerbrochenen Ausrüstungsgegenständen, Drahtspulen, Tropfen aus geschmolzenem Glas. Es waren auch Steine dabei, glänzend und seltsam aussehend, jeder einzelne vermutlich genauso wertlos wie der Rest.

Beim Anblick von Angs Stapel stießen die Wolkenohren ein unheimliches, schrilles Trillern aus, das bei mir eine Gänsehaut hervorrief. Ich beobachtete, wie ihre Rutenfinger nach ihren Taschen griffen, bebend vor Erwartung.

»Wartet! Wartet!« rief der Mensch plötzlich und schlug die Falten seines Mantels zurück.

»Eine Frau!« murmelte Spadrin bei dem Anblick, der für uns alle plötzlich ganz offensichtlich war. Eine Frau im fortgeschrittenen mittleren Alter mit einem Gesicht und einem halbnackten Körper, die genauso verrunzelt und wettergegerbt waren, wie bei den Eingeborenen.

Sie hieb mit ihrem Stock nach links und rechts und versetzte die Wolkenohren in quiekende Verwirrung. »Noch nicht! Noch nicht!«

Ang hob sein Gewehr, richtete es auf sie. »Was tun Sie da,

verdammt noch mal?« Es war keine der Fragen, die ich gestellt haben würde, aber sie genügte, um ihre Aufmerksamkeit zu erwecken. Sie hob den Kopf in unsere Richtung, als ob sie uns plötzlich als intelligente Lebewesen erkannt hatte. Sie schlang den Mantel um sich und kleidete sich selbst in unerwartete Würde, als sie nach vorne trat. »Sind Sie hier, um diese unglücklichen Wilden auszubeuten, wie es alle Ihre Vorfahren seit Angedenken getan haben?« Die Wolkenohren scharrten und trillerten hinter ihr wie eine Herde ungeduldiger Kunden. Aber sie warteten.

Ang gaffte sie einen langen Augenblick an. Schließlich ließ er sein Gewehr sinken und sagte: »Nein.«

Sie schien sich dies ernsthaft durch den Kopf gehen zu lassen. »Dann segne ich diese schicksalhafte Zusammenkunft durch die Gegenwart des Heiligen Aurant.« Sie murmelte noch einige weitere Worte in einer Subsprache, die ich nicht verstand, und ließ auch ihrerseits den Stock sinken. Die Eingeborenen stürmten an ihr vorbei und fingen an, Angs Gaben durchzuwühlen. Sie lächelte milde und gab Schnalz- und Pfeiftöne von sich, die sich wie ihre Sprache anhörten.

»Wer ist sie?« murmelte ich Ang zu.

Er zuckte die Achseln. »Woher soll ich das wissen?«

»Was ist der Aurant?« fragte Spadrin.

»Die Brüderschaft des Göttlichen Aurant hat eine Kathedrale in Viergatt«, sagte ich. »Ich dachte, es sei ein wohlangesehener Orden.«

»Ist es auch.« Ang nickte. Geistesabwesend hob er die Hand und berührte die religiöse Medaille, die er trug. Die Eingeborenen wühlten in seinen Steinen und Stücken und steckten diejenigen, die ihnen gefielen, in ihre Beutel und Taschen. Und als Gegenleistung erschienen Objekte aus ihren Vorräten neben seinem Sack auf dem Boden. »Die Brüderschaft leistet eine Menge Missionsarbeit«, sagte Ang. Spadrin lachte abrupt. Ang funkelte ihn an.

Die Frau stand hinter dem Stapel von Tauschgütern und musterte uns.

»Gehören Sie der Bruderschaft an?« rief ich, noch nicht wirklich bereit, daran zu glauben, daß ihre Missionare gezwungen wurden, solche extremen Entbehrungen auf sich zu nehmen.

Ihre Augen strahlten, und sie kam auf uns zu. »Sind Sie wahre Gläubige?«

Spadrin lachte wieder auf, scharf, und Ang zuckte die Achseln.

Ich nickte, nicht gewillt, mich in eine Diskussion darüber einzulassen. »Geht es Ihnen gut hier draußen?«

»Natürlich!« Sie blickte mich an, als ob ich etwas Absurdes gefragt hätte. »Ich bin gekommen, um diese armen Unglücklichen in das Licht des wahren Wissens zu führen, hinaus aus der Dunkelheit ihrer elenden Einsamkeit.«

Ich hielt mein Gesicht ausdruckslos und fragte mich, warum religiöse Fanatiker immer so blumig klangen – und so gleich. Ich bemerkte, daß ihre Füße fortwährend in der Erde scharrten. Als ich zusah, nahm sie mit ihren nackten Zehen einen Stein hoch und legte ihn in ihre Hand. Sie betrachtete ihn, warf ihn weg und begann ihr ruheloses Scharren aufs neue. Meine Hände krampften sich um meinen Ausrüstungsgürtel. »Wie lange leisten Sie hier draußen schon Ihre . . . äh . . . Missionsarbeit?«

»Oh, viele Jahre, viele Jahre Ihrer Zeit . . .« Sie wedelte mit der Hand, als würde sie die Zeit zur Seite wischen. »Des Aurants Werk ist niemals getan. Es ist ein ständiger Kampf, diese armen Unglücklichen daran zu hindern, zu ihren früheren verderbten Wegen zurückzukehren. Sie sind auf der Straße zum Verstehen so weit gekommen.« Ein abermaliges Wedeln ihrer Hand.

Ich blickte an ihr vorbei auf die Wolkenohren, deren hektisches Gedrängel um die beste Position langsam nachließ, da sie mit dem Durchwühlen von Angs Kram zu Ende kamen. Ich kratzte mich an der Schulter und fragte mich nüchtern, wie sie früher gewesen sein mußten. Sie drehte sich mit mir um, um sie zu beobachten, wanderte dann zu dem Haufen hinüber. Sie kniete zwischen ihnen nieder und fing an das zu durchsuchen, was sie übriggelassen hatten: wählen, zur Seite schieben, tauschen.

»Sie ist ein verfluchter Scharrkopf«, murmelte Spadrin. Aber seine Blicke blieben an ihr haften.

Ang verschränkte die Arme, wie ein Mann, der Angst vor einer Ansteckung hatte.

»Wenn sie schon seit Jahren bei ihnen ist, wieso haben Sie sie dann nicht früher schon gesehen?« fragte ich.

Ang rieb sich über den Bart. »Wer weiß, ob das stimmt? Vielleicht denkt sie nur, daß es schon Jahre sind. Oder vielleicht sind dies hier auch nicht dieselben Eingeborenen. Für mich sehen sie alle gleich aus. Sie wandern in ganz Weltende umher. Lustig ist, daß es eigentlich gar nicht so viele geben dürfte, aber ich sehe sie immer wieder.«

»Geht es denen hier besser als den übrigen?«

Er hob die Augenbrauen. »Besser?« Er schüttelte den Kopf. »Nein.«

Ich zog eine Grimasse. Die Wolkenohren tauchten so urplötzlich im Nebel unter, wie sie erschienen waren. Die Frau raffte sich auf und steckte ein letztes glänzendes Stück Glas in den Beutel, der an ihrem Hals hing. Sie blickte uns eindringlich an und sagte: »Was Sie suchen, existiert nicht; es ist alles Illusion.« Für einen Augenblick überlief es mich eiskalt, denn ich dachte, daß sie irgendwie unsere geheimsten Gedanken kannte. »Nur die Seele kann die wahre Natur der Zeit erkennen. Bitten Sie den Aurant, Sie zum Wissen zu führen.«

Meine Nackenmuskeln lösten sich, als ich begriff, daß sie lediglich weiteren Unsinn predigte.

Aber Spadrin folgte ihr, als sie langsam wegschlurfte. Unerwartet sagte er: »Ich möchte mehr über den Aurant hören.«

Unbehaglich beobachtete ich, wie sie weggingen, denn ich wußte, daß Spadrin zu allem fähig war, nur nicht dazu, den Weg zur Religion zu finden. Ich ging ihnen nach . . . und stolperte über Ang, der sich niedergehockt hatte, um die Tauschwaren einzusammeln, und auf nichts anderes achtete.

Er fluchte und richtete sich auf, die Hände voll mit zurückgelassenen Objekten der Eingeborenen. »Passen Sie auf, wo Sie hintreten, bei der Liebe des Aurant!« Der Schwur hing peinlich zwischen uns.

»Tut mir leid.« Ich wackelte mit dem Kopf. Sogar während des Fluchens sortierte er weiter seine Steine aus. Ich begriff, daß die Eingeborenen bei ihren Wanderungen sowohl Sachen von Wert als auch unnützen Kram aufpicken mußten. Die Chancen, daß sie ihm im Tausch für seinen glänzenden

Schund etwas Wertvolles hinterließen, waren genauso gut wie die Chancen, daß nichts dabei herauskam. »Sind Sie auf Ihre Kosten gekommen?«

Der Sarkasmus veranlaßte ihn zu einem Stirnrunzeln. »Noch nicht.« Er sortierte weiter, hielt mit einem Ausruf etwas in die Höhe und steckte es in die Tasche seines Coveralls. Er sah mich wieder an, so als müsse er sich verteidigen. »Sie kriegen, was sie wollen, und ich . . .«

Jemand schrie.

»Was . . .?« sagte Ang.

»Spadrin!« Ich ließ ihn stehen und rannte am Seeufer entlang in die Richtung, die Spadrin und die Frau eingeschlagen hatten. Ich durchbrach eine Nebelwand, hatte freie Sicht und sah die Frau auf dem Boden liegen, mit glänzendem Blut im Gesicht und halb heruntergerissenen Kleiderlumpen. Spadrin war über ihr. Ohne zu denken packte ich seinen Jackenkragen. Ich zerrte ihn von ihr herunter und versetzte ihm einen Schlag mit der Faust. Er landete in einem Dickicht aus Feuersträuchern.

Ich drehte mich um, um der Frau zu helfen, aber plötzlich wurde ein anderer Schrei laut, hinter mir. Diesmal war es Spadrin. Ich sah ihn in dem Dickicht strampeln. Und dann sah ich, was ihn zum Schreien veranlaßt hatte – der zuckende Fleischsack, der sich mit Widerhakententakeln an seinem Bein festklammerte. Blut strömte seinen Stiefel hinunter.

»Schlitzer!« schrie er wild. »Erschießen Sie es! Betäuben Sie es, töten Sie es, schaffen Sie es mir vom Leib!«

Ich hob mein Lähmgewehr. Aber dann blickte ich über die Schulter auf die Frau, die sich auf die Knie hochkämpfte und zusammenhanglos vor sich hin murmelte, während zwei der Wolkenohren besorgt um sie herumschwirrten.

»Schlitzer!« kreischte Spadrin. Ich blickte wieder zu ihm hinüber, auf den blanken Terror in seinem Gesicht. Ich legte das Gewehr an, hatte die Blutwarze genau im Visier. Aber noch immer feuerte ich nicht.

Plötzlich war Ang neben mir. Er hob seine Waffe und feuerte ohne zu zögern. Die Kreatur quiekte und wurde schlaff, aber sie fiel nicht von Spadrins krampfhaft zuckendem Bein ab. Ang ging nach vorne, kniete sich neben Spadrin und drückte sein

Bein nach unten. »Gib mir dein Messer.« Spadrin gab es ihm, und Ang fing an, das Scherenmaul der Kreatur aufzubrechen, das noch immer in Spadrins Fleisch steckte.

»Was . . . was *ist* das?« keuchte Spadrin

»Eine Blutwarze«, sagte Ang ausdruckslos. »Eine große.« Das Maul löste sich, und Blut schoß aus der Wunde.

Ich blickte weg und sah den schweigenden Ring der Eingeborenen gerade weit genug entfernt stehen, um fast vom Nebel verschluckt zu werden. Beobachtend. Ich hatte das Gefühl, daß sie schon die ganze Zeit alles beobachtet hatten. Ich drehte mich um und ging zu der Stelle, wo die Frau stand und geistesabwesend an ihren Lumpen zupfte, während sie in Schnalztönen zu den Eingeborenen neben ihr sprach. »Geht es Ihnen gut?« fragte ich.

Sie sah mich an, zuckend wie eine Marionette. Nackte Furcht stand ihr im Gesicht. Der Ausdruck ging in Wachsamkeit über, als sie erkannte, daß ich nicht Spadrin war.

»Es tut mir leid«, sagte ich und schämte mich plötzlich für mein ganzes Geschlecht. »Spadrin ist ein Tier, kein Mensch. Er wird Ihnen nichts mehr tun. Ich bin Polizeiinspektor . . .« Ich sagte das, um sie zu beruhigen.

Sie beugte den Kopf, sah mich von der Seite an. »Ein Polizeiinspektor?«

Ich nickte. Ich hing das Gewehr über die Schulter und näherte mich ihr langsam, mit offenen Händen. »Hat er Ihnen sehr weh getan?« Das Blut in ihrem Gesicht schien nichts Ernsthafteres als eine aufgeplatzte Lippe zu sein.

»Nein, nein, mir geht es gut«, sagte sie, ein bißchen zu lebhaft. Sie schüttelte den Kopf und wischte sich über den Mund. »Mir geht es ganz gut, Inspektor. Der Aurant beschützt mich, mir kann nichts geschehen.«

Ich zögerte, nicht sicher, ob ihr glasiger Ausdruck Fanatismus oder ganz einfach Schock war. In keinem Fall wollte ich sie nicht völlig aus dem Gleichgewicht bringen.

»Sie müssen diesen armen Unglücklichen festnehmen, Inspektor. Sie müssen ihn in einen kleinen weißen Raum ohne Tag und Nacht stecken und ihn in den Lehren des Aurant unterweisen, bis er die wahre Natur der Zeit erkannt hat. Sie müssen das mit allen ihren Häftlingen tun, und wenn sie verstehen, wird es kein Bedürfnis mehr für Gefängnisse geben, denn das Millenium wird gekommen sein.«

Ich räusperte mich und blickte zur Seite auf die beobachtenden Wolkenohren. Weitere hatten sich um uns versammelt, und ihr scharrendes Tanzen kratzte an meinen Nerven. »Wo kam die Blutwarze her?« Ich stellte die Frage mehr an sie als an die Frau.

»Vom Aurant«, sagte sie leicht ungeduldig. »Alle Dinge können an allen Orten gefunden werden, wenn man nur weiß, wie man sehen muß. Diese Geschöpfe des Geistes wissen es viel besser, als Sie jemals werden.«

Resigniert schüttelte ich den Kopf. »Wir drei werden morgen von diesem Ort verschwunden sein«, sagte ich und fragte mich, wieviel von allem, was ich sagte, sie tatsächlich verstand. »Bis dahin . . .«

»Morgen?« Sie zerstreute die Zeit mit einer Handbewegung. »Wer weiß, wo jeder von uns morgen sein wird?«

»Geht es . . . Brauchen Sie noch weitere Hilfe? Gibt es etwas, was ich für Sie tun kann, irgend etwas?« Schuldgefühle ließen mich wieder und wieder fragen.

Sie lachte bloß. So als ob sie eines Geheimnisses teilhaftig sei, sagte sie: »Ich besitze das wahre Verstehen. Ich brauche nichts anderes.« Sie pfiff den Eingeborenen etwas zu und schickte sich an, davonzuschlurfen. Es war klar, daß das Geschehen vor fünf Minuten ihr Bewußtsein bereits verlassen hatte.

Ich zuckte die Achseln und ging zurück zum Rover. Ein Teil von mir meinte, daß man sie in die Zivilisation zurückbringen und ihr irgendwie helfen müsse. Aber sie glaubte, irgendeiner verborgenen Wahrheit teilhaftig zu sein, und schien sich dort, wo sie war, glücklich zu fühlen. Wer bin ich, daß ich mich einmischen darf – ich, der ich weniger und weniger verstehe?

Als ich beim Rover ankam, war Ang fast damit fertig, Spadrings Wunde zu verbinden. Sie sahen mich an, wobei Angs Gesichtsausdruck wie gewohnt nicht lesbar war und der Spadrins mörderisch.

»Ist sie in Ordnung?« fragte Ang in einem Ton, der nach echter Anteilnahme klang.

Ich nickte. »Den Umständen entsprechend. Er hatte keine Gelegenheit, ihr etwas wirklich Schlimmes anzutun.«

Ang nickte zurück und griff nach der Medizinausrüstung. »Versuch nicht, mit diesem Bein irgendwohin zu gehen.« Er bedachte Spadrin mit einem warnenden Blick und kletterte ins Führerhaus des Vehikels.

»Sie dreckiger Scheißkerl«, zischte Spadrin mich an, als Ang außer Hörweite war. Sein Gesicht war eine Landkarte aus roten Kratzern von dem Feuerstrauch, und wo ich ihn am Kinn getroffen hatte, bildete sich eine Schwellung. »Glauben Sie, ich wüßte nicht, warum Sie nicht geschossen haben? Sie wollten, daß mir diese Bestie das Blut aussaugt!«

»Und Sie haben versucht, diese Frau zu vergewaltigen!«

»Eine Verrückte . . .«

»Was, zur Hölle, macht das für einen Unterschied? Sie verkommenes Subjekt, der Gedanke, dieselbe Luft zu atmen, die Sie atmen, macht mich krank. Ich kenne Ihre Sorte . . .«

»Und ich kenne die Ihre.« Er beugte sich vor und bleckte mir die Zähne entgegen. »*Schlitzer*. Ich weiß, was das auf Ihrer Heimatwelt bedeutet, Tech. Es bedeutet gescheiterter Selbstmörder – Feigling. Und diese Narben bedeuten dasselbe. Sie bedeuten, daß Sie für Ihre Leute tot sind, selbst wenn Sie nicht den Mumm hatten, wie ein richtiger Mann Schluß zu machen. Sie haben herausgefunden, was Sie getan haben – aber was? Was stimmt mit Ihnen nicht? Sie haben es nicht mit Frauen; vielleicht haben Sie es mit Männern? Oder mit sonst was . . .«

Ich packte ihn vorne an der Jacke und riß ihn auf die Füße.

Es war genau das, was er wollte. Plötzlich lag ich lang ausgestreckt auf dem Boden. Sein ganzes Gewicht lastete auf mir, und die Klinge seines Messers hing über meinen Augen. In ohnmächtiger Wut verfluchte ich mich selbst.

»Sie glaubten, Sie wären cleverer als wir, nicht wahr, Schlitzer? Nun, jetzt sehen Sie, daß Sie überhaupt nichts wissen.« Er spuckte mir die Worte ins Gesicht. Ich zuckte zurück, und er lachte.

»Ang!« rief ich und schwieg, als sich das Messer senkte.

»Maul halten.« Seine freie Hand packte mein Kinn. »Sie beantworten meine Fragen, und damit hat sich's, verstanden?«

Ich nickte keuchend. »Was . . . was wollen Sie wissen?«

Sein Mund verzog sich zu einem häßlichen Lächeln, und das Messer streifte meine Wimpern.

Ich schloß die Augen, versuchte, mein Gesicht wegzudrehen. »Was? Was? *Bitte* . . .«

Der Druck auf meine Augenlider ließ langsam nach. »Sie haben mir gerade alles gesagt, was ich wissen wollte.«

Ich öffnete die Augen, blinzelte, um wieder richtig sehen zu können.

Seine Hand bewegte sich plötzlich, ganz schnell, und oberhalb meiner Augen loderte Schmerz auf.

Mit einer Kraft, die aus purer Furcht geboren wurde, stieß ich ihn von mir. Er kam auf die Füße und stand über mir, bevor ich die Kontrolle über meinen Körper wiedergewonnen hatte. Als ich hoch und an ihm vorbei blickte, sah ich Angs Gesicht hinter der getönten Kuppel des Führerhauses. Er blickte nach draußen, sah alles, was passierte. Als meine Augen den seinen begegneten, verschwand sein Gesicht aus dem Blickfeld.

Spadrin sah über die Schulter, folgte meinem Blick. Er sah wieder auf mich und fing an zu lachen. Sein Gelächter klang beinahe wie ein Schluchzen. Er lachte noch immer, als er schwerfällig ins Führerhaus des Rovers kletterte.

Ich lag da, wo ich hingefallen war. Die Wunde auf meiner Stirn war wie ein Brennglas, ein Fokus aller Schmerzen in der Welt. Endlich, als ich mich dazu bringen konnte, mich wieder zu bewegen, stellte ich mich auf die Füße. Ich blickte auf mein Spiegelbild im schattigen Spiegel der Kuppel. Ein blutiges S zeigte sich auf meiner Stirn. Als ich mich betrachtete, kroch ein rotes Rinnsal den Nasenrücken herunter. Spadrin hatte seine Initiale in mein Fleisch geschnitten – wie ein Brandzeichen, eine Markierung der Eigentümerschaft.

Ich bedeckte meine Stirn mit der Hand und wandte mich ab. Der Gedanke, zurück in den Rover zu gehen, Spadrin oder Ang gegenüberzutreten, war mehr, als ich ertragen konnte. Ich bewegte mich am Ufer entlang, torkelnd wie ein Betrunkener, bis ich die Stelle erreichte, wo Spadrin die Missionarin angefallen hatte. Es gab kein Anzeichen von der Frau oder den Wolkenohren – kein Anzeichen dafür, daß jemals ein lebendes Wesen da gewesen war.

Ich fragte mich tatsächlich einen Augenblick lang, ob es wirklich passiert war. Ich wischte mir das Blut aus dem Gesicht, rieb die klebrige Röte zwischen den Fingern, starrte sie an. Ich ließ mich im Sand nieder. *Er weiß, warum ich hier bin.* Ich fluchte leise. Sagte ich wirklich zu dieser Frau: »Er wird Ihnen nichts tun. Ich bin Polizeiinspektor?« Polizeiinspektor! Ein Lügner und ein Heuchler. Einst war meine Uniform eine Ritterrüstung. Aber es steckte niemand mehr darin, nachdem ich Tiamat verließ. Tiamat sei verflucht! Ich verlor dort alles, meine Ehre, mein Herz . . .

Meine Unschuld. Ich konnte ohne Ehre leben – selbst ohne Herz –, solange ich weiter meine Pflicht erfüllen konnte. Leben und nützlich sein, niemanden mit dem Gift meiner Schande besudeln. Aber nachdem ich Tiamat verließ, konnte ich nicht einmal mehr das tun, weil ich nicht länger an die Vollkommenheit des Gesetzes glaubte.

Auf Tiamat diente ich der Hegemoniepolizei, die den ökonomischen Fortschritt einer ganzen Welt unterdrückte, so daß die Hegemonie fortfahren konnte, die Kontrolle *in absentia* auszuüben. Und der einzige Grund, der eine Rolle spielte, war das Wasser des Lebens, ein obszöner Luxus, der das Abschlachten Tausender hilfloser Kreaturen erforderte – Kreaturen, von denen einige Leute behaupteten, daß sie intelligente Lebewesen seien. Ich half, Sibyllen zu verfolgen und ihre Weisheit einer Welt vorzuenthalten, die genauso ein Recht darauf hatte wie wir und sie noch viel dringender benötigte; denn jeder Tiamatier, der herausfand, daß die wahre Quelle der Sibyllenweisheit nicht ihre Göttin, sondern eine Datenbank war, konnte sie gegen uns einsetzen. Ich half der Hegemonie, ihre Kontrolle durch Ignoranz und Lügen aufrechtzuerhalten, und hielt mich für ehrenhaft.

Aber dann fand ich Mond – oder sie fand mich und brachte mich dazu, sie zu lieben. Und ich sah meine Uniform durch die Augen meiner Geliebten. Ich sah die monströse Heuchelei, die ich Gerechtigkeit genannt hatte, und konnte nicht wegsehen.

Als ich sie traf, war sie geächtet, ganz einfach nur deshalb, weil sie den Planeten verlassen hatte – ein Recht, das man allein Tiamatiern verwehrte. Sie hatte die wirkliche Macht einer Sibylle kennengelernt, und die Sibyllenmaschinerie selbst fügte es, daß sie sie benutzte, unserer Tyrannei der Ignoranz ein Ende zu bereiten. Aber allein durch das bloße Wissen um ihre Gabe und den Wunsch, sie voll zu nutzen, brach sie unsere Gesetze . . . Sie rettete mein Leben, aber wenn ich meine Pflicht erfüllt hätte, wäre sie dafür verbannt worden. Ich hätte dafür sorgen können, daß sie in meine Obhut kam, hätte mit ihr Tiamat verlassen und sie sogar zwingen können, mich zu heiraten.

Aber statt dessen log ich, unternahm Ausweichmanöver und brach selbst ein halbes Dutzend Gesetze, um sie sicher nach Karbunkel zu bringen, damit sie der Bestimmung folgen konnte, die ihr das Sibyllenbewußtsein aufgezwungen hatte.

Und dann verließ ich Tiamat ohne sie, ohne sie zu verraten, obwohl das Sibyllenbewußtsein sie zur Königin gemacht hatte. Ich überließ sie ihrem Geliebten, obwohl er ein verdorbener Schwächling war, obwohl ich wußte, daß sie mich vergessen und alles Mögliche tun würde, ihre Welt zu lehren, die meine zu hassen. Weil ich glaubte, daß es so richtig war, weil ich wußte, daß eine Macht, die größer und viel weiser als die Hegemonie war, es so vorgesehen hatte. Und weil ich . . . weil ich sie liebte. Ich ließ Tiamat eine Königin zurück, die ihrem Volk eine richtige Zukunft geben konnte, aber ich verließ Tiamat als ein Verräter an meinem eigenen Volk und an mir selbst. Ich war sogar stolz darauf. Ich fühlte mich wie ein Heiliger, wie der Träger einer geheimen Wahrheit . . .

Wie ein liebesblinder Narr, wie ein Feigling. Es gibt keine Wahrheit, es gibt nur unterschiedliche Ansichten.

Aber ich kam nach Nummer Vier und versuchte mir einzureden, daß alles hinter mir lag, vergessen, eine Verirrung. Ich versuchte, mit meiner Pflicht und meinem Leben weiterzumachen. Ich prägte mir alle bestehenden Gesetze ein und verschaffte ihnen buchstabengetreu Nachdruck! Aber jetzt konnte ich nur noch erkennen, daß ich eine Lüge lebte, daß ich durchs Leben ging wie eine Hülle ohne Inhalt, wie ein Heiliger ohne einen Gott. Bis meine Brüder kamen und mir sagten, was

ich . . . was sie getan hatten. Das letzte Versagen der Gesetze. Und danach reichte nicht einmal mehr die Selbstdisziplin aus, mich zu retten.

Es war nur eine Frage der Zeit, bevor ich hier endete. Sah es jedermann außer mir voraus . . .?

Ich saß an dem dampfenden See, bis die Dunkelheit kam. Ich versuchte zu meditieren, allein im Zwielicht, das voller Wispern war, aber ich konnte mich nicht einmal auf den einfachsten Adhani konzentrieren. Ich brachte es aber auch nicht über mich, zum Rover zurückzukehren, und deshalb tat ich es auch nicht. Ich verbrachte die Nacht dort. Ich schlief schließlich ein, starb den kleinen Tod . . .

Und träumte, daß ich lebendig begraben wurde. Ich hatte nach einer sanften Dunkelheit gesucht, um mich darin zu verbergen, schon immer von dem Wissen durchdrungen, daß der einzige vollkommene Frieden das Grab war . . . bis ich schließlich eine Grube aushob, die zu tief war, um wieder hinauszukriechen. Schließlich legte ich mich nieder, um mich von Vergessen umfangen zu lassen. Ich hieß die Dunkelheit willkommen, nach der es nie wieder einen Morgen geben würde.

Aber anstelle des Friedens lernte ich nur Schrecken kennen – erstickenden, blind machenden, lähmenden Schrecken. Ich rief den Tod: Es war ein Irrtum, ich war noch nicht bereit, die Zeit war noch nicht reif, *laß mich zurückkehren!*

Und der Tod erschien, mit dem Gesicht einer verrückten Frau in Lumpen, die den Morgen in den Händen hielt, als sie mich fragte: »Was würdest du hierfür geben?«

»Alles!« rief ich. Aber ich hatte nichts mehr, was ich ihr geben konnte. Ich hatte alles weggeworfen.

»Es gibt keine Zeit mehr«, sagte sie. Und der Tod schwoll an und breitete sich aus und öffnete einen klaffenden Rachen aus Schwärze . . . Ein grollender, dröhnender Sturm stieg aus den Tiefen der Erde empor, um mich zu holen. Der Boden schüttelte sich, und vom Rand des offenen Grabes stürzten Kaskaden von Erdreich auf mich herab . . .

Das Entsetzen weckte mich, brachte mich zurück zum Licht des neuen Morgens, zum Boden, der unter mir bebte, zu einem

Dröhnen, das den ganzen Planeten zu durchdringen schien. Zu einer weißen Säule aus Wasser, das im Nebel kochte, vierzig Meter hoch. Ich starrte darauf in sprachloser Panik, starrte auf die verhüllte Welt um mich herum . . . *Ang's Geysir!* Ich rappelte mich auf und rannte zum Rover zurück, weil ich plötzlich viel mehr Angst davor hatte, zurückgelassen zu werden, als Ang oder Spadrin wieder gegenüberzutreten.

Der Rover tauchte wie eine Vision aus dem Nebel auf. Ich verhielt den Schritt, keuchend und bemüht, meine Panik unter Kontrolle zu bekommen. Ang und Spadrin standen neben dem Vehikel und beobachteten den Geysir. Ang blickte abrupt zur Seite, als ob er meine Gegenwart spürte. »Schlitzer!« brüllte er und winkte zu mir herüber.

Ich gesellte mich zu ihnen, ohne Spadrin anzusehen. Ich spürte, wie sein höhnischer Blick das S in meine Stirn brannte.

»Wo, zur Hölle, sind Sie gewesen?« fragte Ang. »Wir haben zwei Tage verloren.«

»Zwei Tage?« sagte ich stupide. Ich blickte auf meine Uhr – meine Uhr war verschwunden. Und plötzlich sah ich, daß meine Hand zur Faust geballt war, und wurde mir klar darüber, daß dies schon seit meinem Erwachen so war. Ich brach die Faust auf . . . und sah den unbearbeiteten Solii, der in meiner Hand lag. Krampfhaft schlossen sich meine Finger wieder, bevor jemand anders den Stein sehen konnte. Dunkel erinnerte ich mich, um mich herum Fußspuren im Sand gesehen zu haben, wo es vorher keine gegeben hatte . . . »Aber ich war nur über Nacht weg. Ich habe mich . . . ausgeschlafen.« Ich deutete mit der Hand in die Richtung, aus der ich gekommen war.

»Zwei Tage!« Ang war sich seiner Sache so sicher wie ich. »Ich habe überall gesucht. Dachte, Sie seien in einen gottverdammten Krater gefallen oder verschluckt worden . . . Ich sagte Ihnen doch, daß Sie das niemals tun sollten!«

»Ich verstehe es nicht . . .« Ich berührte mein Gesicht und spürte nur einen ganz schwachen Bartansatz und den Schmiß eines halb verheilten Bisses am Kinn. Ich verspürte nicht genug Hunger oder Durst für zwei Tage. Aber er war sich seiner Sache so sicher wie ich. *Und er hatte mich nicht gefunden.* Ich hatte das

Gefühl, als ob mich irgend etwas erwürgen wollte. Ich fuhr mir mit der Hand über den Mund.

Ang schüttelte den Kopf. Vielleicht war das als Antwort gedacht. »Brechen wir auf. Dieser Geysir ist nur ungefähr eine Stunde tätig. Ich will nicht noch einen Tag verlieren.«

Spadrin kletterte in das Führerhaus des Rovers. Ang zögerte, blickte auf das Mal an meiner Stirn. »Danke«, murmelte ich. »Danke, daß Sie zwei Tage gewartet haben.« Ich wußte, daß Spadrin nicht gewartet haben würde.

Er schüttelte nur abermals den Kopf und folgte Spadrin.

. . . Tag

Ich weiß nicht, welcher Tag es wirklich ist. Bin ich mein ganzes Leben hier draußen gewesen? Es spielt kaum eine Rolle. Der Rover ist ein dampfender Ofen. Meine Kleider sind unerträglich. Ich habe aufgegeben und mich wie die anderen bis auf meine Shorts ausgezogen. Meine Haut schält sich durch die Allergie wie Seidenpapier, wie nach einem Sonnenbrand.

Jedenfalls fanden wir die nächste Station von Angs Spur ziemlich leicht. Wir sind dem ausgetrockneten Flußbett seit ein paar Tagen gefolgt. Nur ein paar Tage . . . glaube ich. Eine Woche. Weitere Salz- und Alkaliwüsten . . . In der Ferne kann ich jetzt Rauchwolken sehen – Vulkane, sagt Ang. Dies ist Erdbebengelände, wo die Kruste des Planeten am dünnsten ist. Sein geschmolzener Kern kocht aus Spalten hoch, um die Beständigkeit unserer Illusionen zu zerschmettern. Irgendwo dort draußen liegt der Feuersee und wartet auf mich . . .

Und Song, sie wartet auch. Warum? Warum bist du dort? Sibyllen *sind* Beständigkeit und Stabilität, die geistig gesündesten Menschen, die leben. Warum wolltest du hierhin weglaufen? Welches Wissen suchtest du, welchem Schmerz entflohst du? Dein Bild kann es mir nicht sagen. Es ist nur ein Bild . . . und doch habe ich manchmal das Gefühl, als ob ich hineinfassen und dich spüren könnte.

Aber ihr seid alle unerreichbar – Sibyllen leben überall gleichzeitig und warten darauf, in das Bewußtsein eines anderen gerufen zu werden, auf seine Nöte einzugehen. So wie du auf meine Not eingingst. Du fandest mich in der Wildnis und hast mich gerettet. Du hast mich von meinen Feinden erlöst und machtest mir das Geschenk meines Lebens.

So daß ich es wieder wegwerfen konnte, an dem Tag, an dem ich dich auf Tiamat verließ. Und nun versinke ich im Treibsand und kann mir nicht helfen . . . Dank den Göttern, daß du mich jetzt nicht sehen kannst. So mußt du wenigstens niemals die Wahrheit über mich erfahren, wie es mein Vater mußte.

Aber ich brauche dich doch. Ich brauche dich mehr denn je . . . wenn ich nur in der Lage wäre, dich zu finden, zu berühren, zu umarmen, dich zu der Meinen zu machen, wie ich es hätte tun sollen, dann würde alles wieder in Ordnung sein . . .

Du gabst mir die Zukunft zurück. Und nun bin ich in ihr verloren, wie ein armer Hund, der den Mond anheult.

Ein anderer Tag

Dies war der schlimmste bisher. Wir verloren heute den größten Teil unserer Nahrungsvorräte – dank Spadrin und seiner selbstsüchtigen, feigen Stumpfsinnigkeit. Vor ein paar Tagen gab es wieder eine Diskussion zwischen ihm und Ang, weil er weiterhin den Hauptenergieanschluß des Rovers für seine Steckersucht benutzte. Sogar Ang sah schließlich ein, daß das elektrische System des Rovers nicht für etwas Unnötiges benutzt werden sollte. Er befahl Spadrin, damit aufzuhören.

So fand Spadrin eine andere Energiequelle – das Aggregat, das die verderbliche Nahrung in Stasis hielt – und er brannte es durch. Aber er sagte es keinem. Er wußte nicht einmal, was er getan hatte, der Kretin.

Niemand wußte es, bis wir frühstückten . . . und den Rest des Tages mit Krämpfen und Übelkeit verbrachten. Nahrungsmittelvergiftung. Wir hatten Glück, daß sie uns nicht umbrachte. Als ich wieder an etwas anderes als an die Schmerzen in meinen Eingeweiden denken konnte, überprüfte ich den Feldgenerator des Nahrungsmittelschranks und fand den Kurzschluß. Ich sagte es den anderen. Nicht einmal Ang konnte den Ausdruck in Spadrins Gesicht ignorieren, als er begriff, was er getan hatte – nicht nur uns diesmal, sondern auch sich selbst.

»Wie lange?« fragte Ang.

»Ich weiß nicht, wovon du sprichst«, sagte Spadrin. Er wischte sich den Mund, wischte Schweiß von seinem Gesicht.

»Du hast wieder diese verdammte Freudenbox benutzt! Wie lange ist es her?« Mit plötzlicher Heftigkeit, die mich überraschte, zerrte er Spadrin von seiner Koje hoch.

»Dr . . . drei Tage«, keuchte Spadrin. »Nur drei Tage . . .«

Ang stieß ihn wieder auf die Koje hinunter. »Dann ist alles ruiniert. Du hast unsere Nahrung ruiniert! Warum, zur Hölle, hast du nicht schon vor drei Tagen was gesagt?«

»Ich wußte es nicht«, sagte Spadrin mürrisch. »Wie sollte ich es wissen, verdammt noch mal.«

»Du wußtest, daß etwas durchgebrannt war, du dämlicher Bastard. Warum hast du es Schlitzer nicht gesagt?«

Spadrin funkelte mich an. »Es ist seine Aufgabe, sich um solchen Scheiß zu kümmern. Es ist sein Fehler.«

»Ich kann nichts reparieren, von dem ich nicht weiß, daß es kaputt ist!« Ich preßte meine Hände gegen den Magen und setzte mich hin.

»Er hat recht«, sagte Ang, womit er ausnahmsweise mich meinte. »Es ist dein verdammter Fehler, Spadrin. Wenn wir nicht genug Vorräte haben, um zu meiner Ader zu kommen . . .«

Ich blickte hoch zu ihm, und in diesem Moment erkannte ich, daß er Spadrin töten würde, daß er uns beide töten würde, wenn er glaubte, daß wir seiner Besessenheit im Weg stünden. »Hören Sie, Ang«, sagte ich mit bemüht ruhiger Stimme, »wir haben noch jede Menge Gefriergetrocknetes übrig. Wir haben genug Wasser. Wenn wir es rationieren, sollten wir keine echten Probleme bekommen. Sie sagten, daß wir schon ziemlich nahe sind . . .«

Er begegnete meinen Augen, aber er sah mich nicht. »Man kann hier draußen nicht darauf zählen. Man kann auf nichts zählen . . .« Er nahm den Teller Essen hoch, den er fallengelassen hatte, als die Übelkeit ihn packte. Er balancierte ihn auf seinen Handflächen wie eine Opfergabe.

»Nun, so ist das Leben«, sagte ich leise und fragte mich, wie ich jetzt jemals Feuersee erreichen sollte. Meine Fäuste ballten sich. »Ich werde einen Weg finden . . .«, flüsterte ich, gar nicht mit der Absicht, es laut zu sagen.

Ang starrte mich an, und langsam kroch die Vernunft in seinen Ausdruck zurück. »Sie haben recht.« Er nickte; sein Mund verzog sich zu einer Grimasse der Ironie. »Wir werden hinkommen. Wir werden es mit halben Rationen machen, wir werden es mit nichts machen, auf Händen und Knien, wenn es sein muß.« Abermals sah er mich und Spadrin an, der elend auf seiner Koje hockte. Absichtlich wischte er das Essen vom Teller auf den Boden vor Spadrins Füßen, verbog den dünnen Metallteller zwischen seinen schweren Händen und blickte uns dabei weiterhin an. Er drehte sich um und ging nach vorne ins Führerhaus, als wären wir nicht mehr vorhanden.

Wir leben noch immer, suchen noch immer, folgen noch immer dem toten Flußbett stromaufwärts. Seit Tagen sind wir nun schon in dieser verrückten Wildnis.

Heute trafen wir schließlich einen anderen Pilger, hier in diesem Irrgarten sich windender Canyons. Er führte einen mächtigen Whillp, eins jener gummiartigen, glänzenden Geschöpfe von Big Blue, die Säure ausscheiden, um Nährstoffe aus den Felsen zu saugen, und niemals fressen oder trinken. Das Tier war schwer mit Säcken und Containern beladen und kroch mit einem Tempo, das kaum normaler Schrittgeschwindigkeit entsprach, den Canyon entlang.

Ich konnte mir nicht vorstellen, wie lange der Mann schon hier draußen unterwegs sein mußte, wenn er sich mit dem Tempo des Whillps vorwärtsbewegte. Zu lange wohl, fand ich, denn als er uns sah, zeigte er keine Angst. Er stand in der Mitte der trockenen Rinne, winkte mit den Armen, rief und grinste durch seinen fahlen Bart, als wären wir das Tollste, was er je gesehen hatte.

Ang hielt den Rover an, und wir stiegen aus. Selbst der Anblick von drei schwitzenden, schmutzigen bewaffneten Männern wischte nicht das Lächeln von seinem Gesicht. Spadrin stand seitlich von mir; seine Augen waren schmal und kalt. Ang stand an meiner anderen Seite. Sein Gesicht war grimmig und ließ eine Spannung erkennen, die ich noch nie an ihm gesehen hatte. Ich spürte, wie meine Hände das Gewehr zu fest umklammerten – mehr wegen ihres Gesichtsausdrucks als dem des Fremden.

»Halloo, halloo«, rief der Fremde und kam uns mit ausgestreckten, leeren Händen entgegen. Er fing an, in einer fremden Sprache zu reden, die ich nach einer Minute als Kesraal erkannte. Dies bedeutete, daß er ebenso wie das Tier von Big Blue stammte. Er blieb vor uns stehen, hielt sich gerade noch zurück, einen von uns zu umarmen. Er blickte auf unsere

Gewehre, und sein Gesicht verzog sich, als ob wir ihn eher beleidigt als bedroht hätten. Er plapperte eifrig, hob dabei seine grauen Augenbrauen.

»Was will er nur?« murmelte Ang rhetorisch. Er kratzte sich.

»Er fragt, ob er uns irgendwie zu nahe getreten ist«, sagte ich. »Sein Name ist Harkonni, und er kommt von Big Blue. Er freut sich sehr, uns zu sehen. Wir sind die ersten Leute, die er seit fast einem Jahr gesehen hat.«

Ang sah mich überrascht an.

Ich zuckte die Achseln. »Ich spreche ein paar Sprachen.« Ich spürte, wie sie etwas in mir rührte, von dem ich fast schon den Namen vergessen hatte.

Spadrin schnaufte und machte eine Bewegung mit seinem Gewehr. »Dann sagen Sie ihm, daß er aus dem Weg gehen soll, oder wir werden die letzten Leute sein, die er jemals sieht.«

Ich sah, wie der Fremde zusammenzuckte und Spadrin finster ansah. »Ich glaube nicht, daß wir ihm das übersetzen müssen. Sie verstehen, was wir sagen?« fragte ich Harkonni auf Kesraal.

Er nickte, noch immer mit dem verletzten Ausdruck im Gesicht. »Ja, ja.« Diesmal antwortete er in der Sprache, die wir alle benutzten. »Ich verstehe Sie. Verzeihen Sie, daß ich es vergaß. Ich habe die Zunge dieser Welt lange nicht mehr in den Mund genommen.«

Spadrin lachte laut über das unpassende Bild, und sogar Angs Mundwinkel hoben sich leicht.

Harkonni grinste; er hatte offenbar nicht mitbekommen, daß sie ihn auslachten. Seine Augen glänzten zu hell, die Augen eines Mannes mit Fieber. Gegenüber seinem sonnengebräunten Gesicht waren sie verblüffend blau. Unbehaglich trat ich von einem Fuß auf den anderen.

»Ja, ja«, fuhr er fort. »Es ist wunderbar, heute mit Ihnen plaudern zu können. Wunderbar, Sie alle zu sehen. Sind Sie Schürfer wie ich selbst?« Es gab nur noch eine andere Möglichkeit, was wir sein konnten, aber das schien ihn nicht zu beunruhigen.

Ang nickte. Er senkte seine Waffe. Spadrin tat es nicht.

»Ich würde gerne etwas Essen mit Ihnen teilen und mich mit

Ihnen unterhalten«, sagte Harkonni mit einer Art bemitleidenswertem Eifer.

»Essen? Sie haben viel zu essen?« fragte Spadrin.

Ang zögerte, aber er nickte. »Ich glaube, wir können eine Stunde erübrigen.«

»Das ist wunderbar!« strahlte Harkonni. »Ich habe so viel zu erzählen! Seit einem Jahr habe ich niemanden mehr gesehen! Ich werde Ihnen sogar mein Geheimnis anvertrauen. Ich habe eine Ader . . .

»Warten Sie!« sagte ich auf Kesraal. »Erzählen Sie uns das nicht. Es ist es nicht wert – behalten Sie Ihre Geheimnisse für sich, bis Sie die Zivilisation erreichen.«

Spadrin funkelte mich an. »Was haben Sie zu ihm gesagt?«

»Er sagte mir, daß ich Ihnen nicht vertrauen soll«, sagte Harkonni ernsthaft. »Aber es ist schon in Ordnung, ich vertraue Ihnen . . .«

Spadrin ließ den Gewehrkolben herausfliegen, bevor ich mich bewegen konnte, und schlug mich nieder. »Halten Sie Ihr Maul!«

»Spadrin!« rief Ang. »Um der Liebe des Aurant willen, nicht hier!« Er zog mich auf die Füße. »Sie selbstgerechter Esel«, murmelte er mir zu. »Sie fordern ihn ja geradezu heraus.«

Ich schlang die Arme um die schmerzenden Rippen und lehnte mich gegen das vordere Ende des Rovers, bis ich wieder atmen konnte.

Harkonni hatte die Augenbrauen jetzt halb hochgezogen, wie ein Mann, der in einem fremden Bett aufwacht.

»Sie haben also eine Ader gefunden?« sagte Ang. »Glücklicher Mensch. Wo denn – da oben?« Er deutete in die Richtung, die wir eingeschlagen hatten. Seine Hand zuckte vor Anspannung.

Harkonni nickte ein bißchen unsicher, als ob er sich selbst nicht daran hindern konnte, Auskunft zu geben, selbst wenn er es wollte. »Ja, ja, überall auf dem Boden, da oben, überall . . .«

Ang fluchte, stürmte an ihm vorbei und rannte zu dem Lasttier hinüber. »Sie gehören mir, verdammt noch mal! Ich habe sie zuerst gefunden . . .«

Harkonni lief ihm nach. »Nein! Lassen Sie das! Es ist mein

Schatz . . .« Er klammerte sich an Angs Schulter. Spadrin folgte ihnen und schlug Harkonni mit dem Gewehrkolben nieder. Ang ging die Säcke durch, bis er den fand, den er suchte. Harkonni saß protestierend auf dem Boden, während Spadrins Lähmgewehr auf sein Gesicht zeigte.

Ang riß den Sack auf, fuhr mit der Hand hinein und holte eine Handvoll Klumpen hervor. Er betrachtete sie, und die blinde Gier in seinen Augen verwandelte sich in Ungläubigkeit. »Scheiße!« Er schleuderte die Klumpen weg und ließ den Inhalt des Sacks auf den Boden fallen. »Es ist nichts als Scheiße!«

Zuerst dachte ich, daß er nur nicht gefunden hatte, was er suchte. Aber dann sah ich sein Gesicht. Ich löste mich von dem Rover, ging zu der Stelle, an der er stand, und blickte nach unten. Verstreut auf dem Boden zu seinen Füßen lagen kleine, bräunlich graue Klumpen aus getrockneten Exkrementen.

Ich blickte nacheinander in die Gesichter Angs, Harkonnis und Spadrins.

»Götter«, murmelte Spadrin. Sein Mund verzog sich vor Ekel. Das Lähmgewehr zitterte in seiner Hand. Für eine Minute dachte ich, daß er in Harkonnis entsetztes Gesicht schießen würde. Aus dieser Entfernung war die Ladung tödlich. Harkonni begann zu weinen. Spadrin trat zurück, weg von ihm, als ob es selbst unter seiner Würde war, Harkonni zu töten. »Verschwinden wir von hier.«

Ang nickte und ließ den Sack, den er noch in der Hand hielt, auf den Dunghaufen fallen. Er wischte sich die Hände an seinen Shorts ab. Sein Gesicht zeigte nichts als Erleichterung. »Es ist immer noch da oben.« Er blickte zur Seite, folgte mit den Augen der glänzenden Säurespur des Whillps, die sich den Canyon hinaufzog. »Mein Schatz.« Er ging zum Rover zurück. Spadrin nahm einen Sack mit Harkonnis Nahrungsmittelvorräten an sich und folgte ihm.

»Mein Schatz, mein Schatz . . .«, schluchzte Harkonni. Er kroch an mir vorbei zu dem Haufen Dung hinüber.

»Schlitzer!« rief Ang. »Kommen Sie!«

Ich kehrte zurück zum Rover, fast im Laufschritt, um den Tönen von Harkonnis Weinen zu entkommen.

»Ich kann es fühlen, ich kann es fast riechen!« sagte Ang an diesem Morgen. Er brachte uns auf den Weg, als die Dämmerung kaum angebrochen war, so sicher war er sich, daß wir seinen Schatz heute finden würden. Das von Erdspalten durchzogene Gelände vor uns schimmerte in einem rostigen Rot. Er schwor, daß sich die Solii-Formation darin verbarg. Er stellte das Suchgerät des Rovers auf Nahsicht nach den richtigen Mineralzusammensetzungen ein. Er war sich so sicher . . .

Der Himmel war mit schwarzen und purpurnen Wolken behangen, wie so oft an späten Nachmittagen, und verwandelte die vor uns liegende, im Licht gebadete Wildnis in Düsternis. Blitze zuckten, und ein paar dicke Tropfen versahen den Staub auf unserer Windschutzscheibe mit Pockennarben und gaben ein Versprechen ab, das die Wolken niemals hielten. Donner grollte über uns wie das Gelächter der Götter. Und wir kamen ans Ende von Angs Reise.

Ang steuerte wie gewohnt – heute summte er sogar leise vor sich hin. Zuvor hatte er das noch nie getan. Spadrin klaute muffige Biskuits von meinem Teller, während ich, in eine Ecke des Führerhauses gedrängt, im Stehen zu essen versuchte. Seine Augen forderten mich geradezu auf, ihn daran zu hindern. Es war mir völlig gleichgültig – die Hitze, der Gestank, die Nahrungsmittelvergiftung hatten meinen Appetit schon vor Tagen verdorben. Nur Spadrin hatte noch Appetit, Tier, das er war.

Dann kam der Rover plötzlich ruckartig zum Stehen, so abrupt, daß ich das Gleichgewicht verlor und Spadrins Ouvung-Flasche umstieß. Der Inhalt ergoß sich über sein Bein. Er verfluchte mich und packte mein Handgelenk. »Wischen Sie es auf, Schlitzer.« Er zerrte mich herunter. Ich sah seine Messerklinge aufblitzen und wieder verschwinden. Ich griff nach dem Lumpen, den ich als Schweißband trug. Auf den Knien begann ich, den Schnaps von seinem Bein zu wischen. Aber er stand plötzlich auf und stieß mich zur Seite. »Ang, sind wir da?« Er blickte an Angs Schulter vorbei.

Ang saß schweigend hinter den Kontrollen und starrte nach draußen. Schweiß tropfte seinen Nacken hinunter. Seine Hände lagen im Schoß, zu weißknöcheligen Fäusten geballt.

»Ang!« Spadrin schüttelte ihn an der Schulter.

Ang streckte die Hand aus und öffnete die Tür. Er stand auf. Ohne ein Wort kletterte er nach draußen. Spadrin sprang hinter ihm her. Nach einem Augenblick folgte ich ihnen.

Sie standen am Rand einer Klippe, während der Wind ihr Haar peitschte. Ich bahnte mir zwischen rostroten Gesteinsbrocken einen Weg zu dem Abgrund. Unter mir fiel die Felsenwand jäh in einen purpurnen Schlund ab. Der gegenüberliegende Rand des Canyons war Hunderte von Metern entfernt, der Boden mußte einen guten halben Kilometer unter uns liegen. Unten in seiner schattigen Tiefe sah ich einen Fluß, der sich wie eine Schlange dahinwand. Ein Fluß aus Licht . . . aus geschmolzener Lava. Der Spalt in der Erde erstreckte sich so weit, wie ich blicken konnte, wenn ich nach links sah. Und wenn ich nach rechts sah, erblickte ich am Horizont eine gewaltige Fläche aus flammendem Licht, wie eine auf den Planeten gefallene Sonne . . . *der Feuersee.* Ein Hochgefühl überkam mich. *Endlich!*

»Es kann nicht sein.« schrie Ang. »Das kann nicht wahr sein, es kann nicht!« Er blickte auf den Rover, als ob dieser ihn irgendwie verraten hätte. Er blickte wieder in den Schlund hinein. Er machte einen Schritt nach vorne, als ob er seine Realität herausfordern wollte. Ich hielt ihn am Arm fest. Er riß sich los, runzelte die Stirn, trat aber vom Rand zurück.

Spadrin stieß mich mit der Schulter zur Seite. Ich wich zurück, weg von ihnen beiden. »Was soll das bedeuten, Ang? Ang?« fragte Spadrin. »Wo ist der Schatz? Wo sind die Soliis? Ang . . .!«

»Ich weiß nicht . . .«, wisperte Ang. »Das sollte nicht hier sein. Wir können nicht *hier* sein . . .« Er starrte auf den glänzenden Horizont, auf den Feuersee. »Du kannst mir das nicht antun!« schrie er den Himmel an.

»Du willst sagen, es gibt gar keinen Schatz? Du willst sagen, wir haben den ganzen Weg umsonst gemacht – und nun haben wir uns verirrt?« Spadrin wirbelte ihn herum. »Du beschissener Dreckfresser, ist es das, was du sagen willst?« Er schlug Ang ins Gesicht.

Ang ging auf Spadrin los, aber Spadrin schleuderte ihn auf den Rücken, setzte sich auf seine Brust und preßte seine Arme auf den Boden. »Ist es das, was du sagen willst . . .?«

Ang wandte das Gesicht ab, blickte in den Canyon. »Ja«, flüsterte er. »Ja.« Tränen krochen aus seinen Augen und tropften ins Erdreich.

Spadrin erhob sich von ihm und ließ ihn auf die Füße kommen. Ang stand am Rande des Schlunds, mit dem Rücken zu uns. Sein großer, breitschultriger Körper schien zu schrumpfen.

Spadrin trat wieder nach vorne und stieß ihn über den Rand.

»Nein!« brüllte ich, aber Angs Schrei löschte den Ton aus, als er abstürzte. Ich rannte nach vorne – aber als ich den Rand erreichte, war es viel zu spät. Ang hatte bereits aufgehört zu schreien. Ich sah, wie sein Körper tief unten von den Felsen abprallte. Ich wandte mich von der Kante ab und schloß die Augen.

Spadrin stand noch immer auf dem Gipfel der Klippe und sah zu, wie Angs Körper dem Kern des Planeten entgegenstürzte. Ich hörte sein Gelächter, bevor ich mich dazu brachte, wieder zu ihm hinüberzublicken, hohes, ersticktes Gelächter, das an Hysterie grenzte. »Schlitzer«, keuchte er, »bringen Sie den Rover ans Laufen.«

Ich rührte mich nicht und gab auch keine Antwort. Ich fühlte mich, als wäre ich zu einem Teil des Gesteins geworden, als würde ich schon seit Jahrtausenden so dastehen.

Er blickte hinüber zu mir; das verrückte Lachen verschwand aus seinem Gesicht. »Ich sagte, daß Sie sich bewegen sollen.« Seine Stimme war wie ein Messer.

»Warum?« sagte ich. »Sie haben Ang getötet. Sie sind verloren. Sie werden den Rückweg nie finden.«

Die Hysterie brannte noch immer in seinen Augen. »Sagen Sie das nicht. Sagen Sie es nicht.« Seine Hände spannten sich.

Ich blickte weg, hinüber zum Horizont, wo der Feuersee lag.

Der strahlende Glanz ließ meine Sicht schmelzen. Ich stand da und wartete, wartete . . .

Spadrins Schritte näherten sich mir. Seine Hand an meinem Arm riß mich herum. Meine Augen waren feuerblind. Er stieß mich an. Er stieß mich zum letztenmal an.

Ich erinnere mich nicht an den Schlag, der meine Knöchel aufplatzen ließ und sein Gesicht zum Bluten brachte. Ich erinnere mich nicht an den Schlag, der ihn zu Boden streckte. Ich erinnere mich nur daran, daß ich ihn würgte und seinen Kopf auf den Boden schlug, als sich meine Wut legte . . . daß meine Stimme heiser war vom Fluchen und vom Schreien. »Du hast ihn getötet! Du hast ihn getötet!« – wieder und wieder und wieder. Spadrin lag so schlaff und leblos da wie ein Spielzeug aus Lumpen, als ich schließlich von ihm abließ, und sein Blut hatte die Farbe des Gesteins.

Ich löste das Messerholster von seinem Arm und befestigte es an meinem eigenen. Ich holte die Gewehre aus dem Schrank des Vehikels und warf sie alle über die Klippe, mit Ausnahme des einen, daß ich mir um den Rücken schlang. Dann schleppte ich Spadrin zum Rover und goß ihm eine halbe Flasche Ouvung über den Kopf.

Er wurde wach, fluchend und benommen. Als er mich erkannte, versuchte er auf die Füße zu kommen. Aber er fiel wieder zurück, da sich sein Körper weigerte, ihm zu gehorchen. Der Ausdruck der Ungläubigkeit in seinem Gesicht war beinahe lustig. »Was . . .«

Ich nahm einen tiefen Schluck aus der offenen Flasche und richtete dabei das Gewehr auf ihn. »In Ordnung, Mörder«, sagte ich. »Ich übernehme jetzt das Kommando über dieses Vehikel.« Ich trat ihn. »Rein mit Ihnen. Wir brechen auf.«

Haß und Furcht kämpften in seinen Augen. »Sie glauben, Sie können mich zurückbringen?« Er zog sich langsam an dem Rover hoch.

Ich schüttelte den Kopf und nahm einen weiteren Schluck. »Wir werden nicht zurückkehren. Wir werden zum Feuersee gehen.«

Die Furcht blieb in seinem Gesicht, aber auch die Ungläubigkeit kam wieder. »Zum Feuersee? Sie verrückter . . .« Seine

Hand tastete verstohlen nach dem Messer. Sein geschwollener Mund arbeitete, aber für einen langen Augenblick kam nichts aus ihm hervor. *»Warum?«*

»Ich suche etwas.« Ich schleuderte die Flasche weg und fuhr mir mit dem Handrücken über den Mund. Meine Hand zitterte. Ich schmeckte Blut.

»Dann suchen Sie jemanden, der Ihnen die Kehle durchschneidet – und mir«, schnarrte Spadrin. »Ich gehe nicht tiefer in diese Hölle hinein.«

»Ihnen bleibt keine Wahl«, sagte ich. »Es sei denn, Sie wollen hier bei Ang bleiben.« Ich wandte den Kopf dem Klippenrand zu.

Spadrins Gesicht nahm die Farbe von Asche an. Ich sah, wie er überlegte, was er an meiner Stelle getan hätte.

Ich nickte. »Wenn Sie überleben wollen, Sie Bastard, dann nur zu meinen Bedingungen.«

«Schlitzer«, greinte er, »hören Sie zu. Seien Sie kein Idiot. Wir können uns einigen, wir können immer noch reich werden! Wir werden zurückgehen. Es gibt andere Wege nach . . .«

»Halten Sie's Maul«, sagte ich. Ich stieß ihn mit dem Gewehr an. »Rein da!«

Er gehorchte.

Ich verstehe es nicht. Ich verstehe es nicht. Seit Tagen fahren wir auf Feuersee zu, aber wir kommen nie näher heran. Es ist das Gelände, es muß das Gelände sein. Wir müssen Umwege machen und zurückfahren, wir fahren im Kreis. Ich weiß nicht, was ich mit diesem verdammten Ding mache oder wie lange es jetzt noch zusammenhalten kann. Angs Geist verfolgt es. Der schale Geruch seiner Feshstäbe hängt in der Luft wie ein Fluch . . .

Ich war ein Idiot, Spadrin nicht zurückzulassen. Er ist wie eine Zeitbombe, wartet nur auf den richtigen Augenblick. Wenn ich seinen Mumm hätte, würde ich ihn getötet haben . . . Nein, nein, verdammt noch mal! Ich bin ein Gesetzeshüter, kein Tier.

Ich schließe mich nachts im Führerhaus bei den Kontrollen ein, damit ich schlafen kann. Ich muß ihn fortwährend im Auge behalten. Er gibt Unterwürfigkeit vor, aber ich kann den Haß in seinen Augen sehen.

Er wird mich nicht aufhalten. Ich schwöre es euch. Ich schwöre es. Nichts wird mich aufhalten, ich bin schon zu weit gekommen. Ich weiß jetzt, daß alles so bestimmt war. Warum sonst sollte alles so geschehen sein, wie es ist? Warum sonst sehe ich den Feuersee jetzt am Horizont? Mein Körper sehnt sich schmerzlich nach dir, du quälst meine Träume . . . Vorher war ich verloren, und ich fand dich. Unsere Zeit wird wiederkommen, und diesmal wird sie niemals enden. Heute regnete es. Es regnete schwarzen Schlamm. Wurmähnliche Dinger beschmierten die Windschutzscheibe. Spadrin wurde hysterisch, und ich mußte ihn niederschlagen. Ich zwang ihn, nach draußen zu gehen und die Kuppel zu säubern, nachdem es zu regnen aufhörte.

Wir sind immer noch nicht näher gekommen.

Heute habe ich den Rover verloren. Ich hätte Spadrin verrecken lassen sollen.

Ich versuchte, uns durch eine mit Felsbrocken verstopfte Rinne zu bringen, als er mich ansprang. Er versuchte, mir mit einer Flasche den Schädel einzuschlagen, aber ich bin fast hellsichtig geworden. Ich wich dem Hieb aus und schlug ihm die Flasche aus der Hand. Aber ich mußte die Kontrolle loslassen. Der Rover prallte gegen die Felsen und kippte um.

Wir wurden quer durch die Kabine geschleudert, als es passierte. Der Sturz führte beinahe zu Ende, was Spadrin begonnen hatte. Um ein Haar hätte ich mir das Genick gebrochen. Meine Schulter schmerzt wie der Teufel. Spadrin war glücklicher dran. Alles, was er abbekam, war eine Beule am Kopf . . . Aber vielleicht bin ich doch immer noch der Glückliche: Ich blieb bei Bewußtsein. Ich habe immer noch das Gewehr. Nur daß es nicht mehr funktioniert. Der Integrator muß zerschmettert worden sein. Aber das weiß er nicht.

Als Spadrin sah, daß der Rover auf dem Rücken lag wie ein gestrandeter Käfer, warf er sich auf die Knie und trommelte mit den Fäusten auf den Boden, Flüche dabei ausstoßend. Und dann blickte er mich an, wobei Speichel von seinen Lippen tropfte, und sagte: »Sie sind verrückt! Sie sind völlig verrückt! Es macht Ihnen nicht mal was aus!«

Ich lächelte nur, weil ich wußte, was er nicht wissen konnte – daß es keine Rolle spielte. Nichts spielte eine Rolle – Ang nicht, er nicht. Sie waren nur Werkzeuge, Mittel zum Zweck. Daß es geschah, war so bestimmt. »Nehmen Sie die Vorräte«, sagte ich. Ich wedelte mit dem Gewehr. »Gehen wir.«

Wir kommen näher heran. Wirklich. Wirklich. Es ist wahr. Ich spüre es in meinen Knochen. Ich fühle, wie sich die Hitze des Feuersees durch meine Augenlider brennt, wenn ich die Augen schließe. Ich fühle sie in meiner Brust pulsieren. Sie wärmt mich, wenn die Steine, auf denen wir liegen, unter der nächtlichen Kälte krachen und stöhnen, und ich beobachte ihr glühendes Feuerzeichen während der schlaflosen Stunden der Dunkelheit. Sie reinigt mein Blut, sie geleitet mich durch die sengenden Tage, durch die Täler des Todes zu einem . . . zu einem . . . Ich habe Angst. Ich habe Angst.

Götter, wann sagte ich das? War ich im Delirium? Waren es die Drogen? Ich sollte sie nicht nehmen, all die Schmerzkiller und Aufputscher . . . Wie kann ich ohne sie weitermachen? Aber verdammt, ich kann es mir nicht leisten, die Kontrolle wieder zu verlieren. Wie viele Tage . . . Ist die Zeit stehengeblieben?

Ich habe überhaupt nicht geschlafen. Ich brauche Schlaf, aber ich kann nicht schlafen, während Spadrin wartet. Ein Totenuhrkäfer, der auf den Augenblick wartet, in dem ich die Augen schließe . . . Dieser Bastard, *er* kann schlafen, er schläft jetzt, mögen ihn die Götter verrotten lassen. Wenn nur das Gewehr funktionieren würde, dann könnte ich ihn betäuben. Ich möchte ihn erwürgen, wie er so daliegt. Aber ich kann es nicht. Ich *brauche* ihn. Ich kann die Vorräte nicht selbst tragen. Meine Schulter ist zu schlimm, ich kann sie nicht einmal berühren. Ich kann meinen Arm nicht benutzen. Vielleicht sollte ich sie aufgeben. Ich brauche keine Nahrung. Jedesmal, wenn ich esse, muß ich brechen . . . Ich werde schwächer . . .

Und er weiß es. Er prüft mich fortwährend, nähert sich mir. Er will mich überraschen. Ich wage kaum, ihm lange genug den Rücken zuzukehren, um zu pinkeln. Ein Arm reicht immer noch aus, das Gewehr anzulegen . . . aber ich glaube, er fängt an zu erwägen, warum ich es nicht benutze.

Wir kommen näher. Ich träume das nicht. Wie viele Tage . . . Zu viele. Jedenfalls haben wir fast kein Wasser mehr. Aber, Götter, wir sind fast da!

Hilf mir, Song – ich weiß, daß du mich siehst. Du brauchst mich, du weißt, daß ich zu dir komme. Ich kann dich jetzt beinahe erreichen. Ich kann in dieses Bild fassen, kann spüren, wie dein seidiges Silberhaar wie Mondlicht über meine Finger fließt, kann deine Lippen auf den meinen spüren. Du bist so sanft wie das Glühen der Morgenröte . . .

Endlich, endlich . . . Und so passierte es, endlich.

Ich wachte auf. Es war Nacht, aber die Felsen neben mir glühten, düster und blutig. Ich dachte, *ich bin wach*. Und für eine Sekunde konnte ich die Furcht nicht verstehen, die mich erfüllte, als ich mir ihrer bewußt wurde. Ich wälzte mich herum – der Boden und der Himmel verschwammen mit dem Schmerz in meiner Schulter. Ich setzte mich aufrecht, langte mit dem gesunden Arm nach dem Lähmgewehr. Es war verschwunden.

Dann blickte ich hoch und sah, wo es geblieben war. Spandrin stand mit dem Gewehr in der Hand über mir und grinste. Er zielte damit auf mein Gesicht und drückte auf den Auslöser. Nichts geschah. »Das dachte ich mir«, sagte er. Er trieb den Gewehrkolben in meine verletzte Schulter. Ich schrie.

Er lachte und warf das Gewehr weg. Er zerrte mich auf die Füße und stieß mich hart gegen die Wand der Rinne. Ich hing an dem rauhen Gestein, krank vor Schmerz. Seine Hand fuhr in mein Haar und riß meinen Kopf zurück, so daß ich ihn ansehen mußte. »Ich schulde Ihnen eine Menge, Schlitzer«, flüsterte er. Fast beiläufig schlug er mich. »Und nun werden Sie kassieren.« Er schlug mich abermals, härter, und da war Blut in meinem Mund. »Wo wollen Sie, daß ich anfange, Schlitzer? Hier?« Seine Finger bohrten sich in meine Kehle, und ich würgte. »Oder hier?« Er verdrehte meinen verstauchten Arm, bis ich wieder schrie. »Oder hier . . .?« Schmerz explodierte in meiner Leiste. Ich fiel auf die Knie, schluchzte hilflos. »Wovor haben Sie die meiste Angst?« Er wartete darauf, daß sich mein Verstand klärte, daß ich geistig wieder voll da war, um zu verstehen, und dann trat er zurück, um mich zu studieren. Als er sich bewegte, erhellte ein rotes Glühen sein Gesicht. Er blickte auf das Licht und erstarrte. »Nein!« murmelte er. »Nein, es kann nicht sein . . .«

Sein von Hitzeblasen übersätes Gesicht hing über mir wie ein blutiger Mond: das Gesicht eines Tiers, das Gesicht meines Feindes. Ich wollte ihn töten. Ich wollte es mehr, als ich leben wollte . . . Und plötzlich war sein Messer in meiner Hand, nicht mehr in seinem verborgenen Holster. Ich blickte mit einer Art Hunger darauf hinab. Meine Faust schloß sich fest um den Schaft. Die Klinge glänzte rot. »Spadrin!« zischte ich.

Unglaube ließ seine Augen aus den Höhlen treten, als er das Messer sah. Er wich zurück von mir, stolperte und ging zu Boden. Ich warf mich auf ihn und preßte das Messer gegen seine Kehle.

»Schlitzer«, keuchte er, »tun Sie es nicht, tun Sie es nicht! Ich habe es nicht so gemeint, ich schwöre es beim unausgesprochenen Namen! Ich werde alles tun . . . Sagen Sie es, sagen Sie, was Sie von mir *wollen*!«

Es gab nur eins, was ich von ihm wollte. Ich hob das Messer, ließ es in der Luft über ihm schweben, während ich sein Gesicht beobachtete.

»*Bitte* . . .« heulte er.

Ich lächelte. Und dann stieß ich ihm das Messer in die Brust.

Er schrie, wälzte sich auf dem Boden unter mir. Ich hielt ihn dort fest, zog das Messer aus ihm heraus. Blut spritzte über meine Hände, als er starb. Das Leben wich aus ihm wie ein Seufzer.

Aber ich stieß das Messer wieder und wieder in ihn hinein, weil es nicht genug war, weil er so viel mehr verdiente, weil es ein gutes Gefühl war. Und mit jedem Tod floß das vergiftete Blut aus ihm heraus, entwich ein weiterer Dämon – er war voller Dämonen, hatte mehr monströses Böses in sich, als ein menschlicher Körper enthalten konnte. Ich sah jedes seiner Gesichter, kannte jeden seiner geheimen Namen – ich tötete ihn wieder und wieder und wieder. Und jedesmal, wenn ich einen anderen vernichtete, war ich freier. Ich würde für immer frei sein, wenn ich sie alle vernichtete . . .

Ich tötete ihn und tötete ihn und tötete ihn . . .

Die antike Uhr begann zu läuten und störte die Begräbnisstille seines Büros, in dem er wie ein Trauernder saß. Gundhalinu rührte sich schließlich. Die Zeit der Gegenwart begann wieder zu fließen. Er tastete mit unsicherer Hand nach seinem Gürtel und schaltete den Rekorder aus, holte die Uhr aus der Tasche und lauschte ihrer vertrauten Musik.

Aber noch immer wollten die Geister nicht von ihm weichen . . .

Ich bin frei! Ich bin frei frei frei freifreifreifreifreifrei . . .

Ich sitze lachend im dunklen Sand und lache, lache . . .

Die Totenuhrkäfer fangen an, sich um mich zu sammeln und in Trauer mit ihren Mandibeln zu ticken. Ich rapple mich mit einem Fluch auf und überlasse sie ihrem Geschäft. Als ich auf Spandrins Leiche hinunterblicke, frage ich mich plötzlich, was er sah, daß er sich veranlaßt fühlte, von mir wegzublikken. Die glühende Dunkelheit wispert geheime Worte, und irgendwie weiß ich, wie die Antwort lauten muß . . .

Ja. Hinter der Kurve des Walls sehe ich ihn endlich. Den Feuersee. Ich renne rufend und weinend aus den Schatten zum Ufer, zu dem endlosen Strand aus erstarrtem Fels, der zu dem strahlenden See hinunterführt. Alles ist schwarz und rot, Tod und Blut. Angesichts des Wunders falle ich auf die Knie. Der Himmel ist vollkommen sternenlos, und der geschmolzene See erfüllt die Dunkelheit mit Feuer, eine Einzigartigkeit im Herzen der Nacht.

Das schroffe Gestein des Strandes ist unter meiner Berührung so warm wie Fleisch. Die Oberfläche ist zu den sichtlosen Augen und klaffenden Mündern einer Million winziger Gesichter erstarrt. Sie schreien tonlos unter meinem Gewicht, unter meinen tastenden Fingern. Ich krieche über sie hinweg zum Rand des Sees.

Aber plötzlich verstellen mir Gestalten den Weg. *Nicht allein!* Ich setze mich zurück, halte meinen schmerzenden Arm fest. Als ich hochblicke, erkenne ich sie, diese schlurfenden, trillernden Streichholzgestalten.

Die Wolkenohren umringen mich wie ein baufälliger Zaun. Innerhalb ihres Kreises stelle ich mich auf die Füße. Die Missionarin, die wir in dem dampfenden Tal verließen, steht vor mir in einer Korona aus Licht, die mit Lumpen behangenen Arme ausgestreckt. »Haben Sie die wahre Natur der Zeit entdeckt?«

»Sie«, murmele ich. »Wie können sie hier sein? Wir haben Sie in dem dampfenden Tal vor Tagen verlassen . . .«

»Vor Monaten und Monaten.« Ihre Stimme beruhigt mich. Sanft nimmt sie meine Hände und blickt mir in die Augen. Ihr Gesicht ist im Schatten verborgen. Sie fängt an, mich in einen schlurfenden Tanz zwischen Licht und Dunkelheit zu ziehen.

»Monate und Monate . . .?« sage ich und stolpere über meine Füße.

»Eynstyn und B'ryllas verloren, o weh,
Die Zeit in der Kleynschen Flasche auf See.«

Ich singe den alten Reim und lache, als ihr Gesicht wieder in die Dunkelheit eintaucht. »Die Zeit treibt auf dem Feuersee!« rufe ich triumphierend. »Die Zeit ist auf See!« Ich begreife daß sie überhaupt nicht verrückt ist, sondern vollkommen vernünftig redet. »Mond, Mond, unsere Zeit kommt . . . Ah, Götter . . .«

Ich sehe das Gesicht der alten Frau wieder, aber es zeigt ein Stirnrunzeln. Ihre Augen sind plötzlich weiß vor Furcht, als sie auf meine Hände blickt. »Wo sind die anderen?« fragt sie und weicht zurück. Ihre Augen sind klar und scharf.

»Die anderen?« Ich zucke die Achseln. »Sie sind tot. Spadrin hat Ang getötet. Ich tötete Spadrin. Er liegt dort drüben. Ich erstach ihn und bin froh darüber.« Ich blicke auf meine rotbefleckten Hände. »Er verdiente es.«

Sie weicht noch weiter zurück von mir. »Nein«, murmelt sie, »nein, nein, nein. Sie verstehen nichts. Berühren Sie mich nicht. Es ist zu spät für Sie . . .«

»Es gibt kein zu spät!« rufe ich und greife nach ihr. »Es gibt keine Zeit außer der Gegenwart, keine Zeit zu verlieren, überhaupt keine Zeit . . . Warten Sie!«

Aber die Wolkenohren umringen sie wie ein raschelnder Wald, und sie flieht mit ihnen dem Schattenwall entgegen.

Ich versuche, ihnen nachzulaufen. Ich stolpere und falle, und der Himmel und der See wechseln die Plätze – schwarz und rot, rot und schwarz . . . Dunkelheit.

Ich erwache, als das feurige Gesicht der Sonne im blauschwarzen Zenit des Himmels im Licht ertrinkt. Schweiß brennt in den Rissen meiner ausgetrockneten Lippen. Ich hebe eine Hand, um meine Augen vor der Grelle zu schützen, aber ein Schatten blockiert die Sonne und fällt auf mich wie ein Schlag. Ich richte mich ruckartig auf. Wieder bin ich von Gestalten umringt. Diesmal sind es alles Menschen, alles Männer, alle bewaffnet. Ihre harten, verschlossenen Gesichter und ihre zerlumpte Kleidung erzählen mir ein halbes Dutzend verschiedener Geschichten, die alle dasselbe Ende haben.

»Da drüben liegt ein Toter!« ruft eine Stimme. Ein Grunzen des Ekels. »Nicht mehr viel von ihm übrig.«

Einer der Männer, die mich beobachten, macht eine Handbewegung. Die anderen zerren mich herunter und spreizen mich auf dem Boden. Er stellt sich breitbeinig über mich, blickt auf mich herunter. Er hat gefleckte Haut, dichte rotgoldene Haarflechten und einen ebensolchen Bart. Er muß an die hundertfünfzig Kilogramm wiegen. »Durchsucht ihn.« Sie tun es. Sie lösen das Messerholster von meinem Arm. Sie lösen den Beutel von meinem Gürtel. »Du hast ihn getötet?« fragt Goldbart mich.

»Ja«, sage ich rauh.

»Warum?«

»Er verdiente es.«

Goldbart grinst. Ich kann in seinen Augen sehen, daß er versteht. Und daß er mich vermutlich töten wird, weil dem so ist. Er tritt ein paar Schritte von mir zurück. Einer der Männer wirft ihm meinen Gürtelbeutel zu. Er kniet nieder, holt den Inhalt hervor. Ich wehre mich und fluche.

Er nimmt zuerst den Solii hoch und dreht ihn in der Hand hin und her. »Schön, schön, Pilger.« Er grinst mich wieder an, läßt ihn in seinem eigenen Beutel verschwinden.

»He!« ruft einer der anderen Männer. »Ich habe ihn entdeckt! Ich habe die Schürfrechte an ihm.«

Goldbart zuckt nur die Achseln. »Du kriegst ihn, wenn ich es sage. Er hat irgendwo eine Ader. Du kannst aus ihm herausholen, wo . . .« Er nimmt die Tierpfote hoch, sieht mich wieder an, mit zuckendem Gesicht. Er schleudert die Pfote von sich. Seine Hand fällt auf das Holo. Er nimmt es hoch. Er starrt darauf. »Song!« flüstert er. Er berührt das Bild mit den Lippen, mit der Stirn, wie in einer Art Ritual. Und dann blickt er mich wieder an, mit Zorn in den Augen. »Wo hast du das her?«

»Sie ist nicht das, was du glaubst«, warne ich ihn. Ich versuche meinen eigenen Zorn zu kontrollieren, als seine Finger ihrem Bildnis Gewalt antun.

Er legt den Kopf schief, runzelt leicht die Stirn. »Ich weiß das«, murmelt er.

»Ich bin gekommen, sie zu holen.«

»Sie zu holen?« brüllt er. »Sie zu holen?« Er geht auf mich los. »Ich sehe dich in der Hölle, bevor du jemals was von Freistatt siehst, du gottverdammter . . .« Er macht halt, als ein schmaler Streifen reflektierten Lichts in seine Augen dringt. Er blickt hinunter auf meinen Beutel, auf etwas, das halb unter der Lasche verborgen ist. Er beugt sich vor, um es hochzunehmen.

Auf sein Signal hin halten mich die anderen noch fester. Der Schmerz in meiner Schulter macht mich schwindelig, ihre Gesichter verschwimmen und verwischen sich. Ich höre ärgerliches Gemurmel. Gleich, jeden Augenblick, wird er den Befehl geben, und sie werden mich auseinandernehmen. Ich versuche, den Kopf zu heben, und Schweiß rinnt mir in die Augen.

Goldbart steht da und starrt auf den Gegenstand in seiner Hand. Eine Kette baumelt von seinen Fingern. »Sibyll . . .?« fragt er die Luft, mit einer Art wütender Bestürzung. »Er? Du?« Er wendet sich wieder mir zu, läßt den Kleeblattanhänger fallen und über mir hängen.

Einer der anderen zerrt am Kragen meines Hemdes. »Er ist kein Sibyll. Er hat keine Tätowierung hier.« Eine Messerspitze kitzelt meine Kehle, bleibt dort. Er kichert, als würde sie ihn kitzeln.

»Ja, aber seht euch das an . . .« Die Finger eines anderen berühren meine Stirn. »Er hat hier ein S.« Es schmerzt nicht, als sie die Wunde nachziehen. »Vielleicht machen sie es auf seiner Welt so.«

»Du bist ein Sibyll wie sie? Wie Song?« Goldbart hängt über mir. Das Kleeblatt dreht sich und glitzert in der Luft zwischen uns, spiegelt Leben und Tod wieder, Leben und Tod l . . .

»Ja«, keuche ich. »Ja! Es ist mein.«

Seine Hand schließt sich über der Kette zur Faust. Für eine Ewigkeit steht er da und starrt auf mich hinunter. Ich frage mich, was ich tun werde, wenn er verlangt, daß ich in Transfer gehe. »In Ordnung«, sagt er schließlich. »Laßt ihn los.«

Die anderen geben mich frei, einige mit offensichtlicher Erleichterung. Ich setze mich langsam aufrecht, schwer atmend. Wie von selbst wandert meine Hand zur Stirn, zu Spadrins Mal. Ich spüre nur eine taube Glätte – eine Narbe –, so als ob es vor Jahren und nicht vor Tagen passiert sei.

»Wenn sie dir gehört, leg sie an.« Goldbart hält mir die Kette hin.

Ich nehme den Anhänger in die Hand. Meine Finger schließen sich krampfhaft darum, bis ich spüre, wie die Widerhaken in mein Fleisch stechen. Ich lasse die Kette langsam über meinen Kopf gleiten, spüre, wie sie sich um meinen Hals legt. Die Gesetzlosen schlurfen zurück von mir, als ich mich auf die Füße mühe. Ich spüre ihre Enttäuschung, ihren Ärger, ihre Ehrfurcht. Keiner von ihnen wird mich jetzt mehr berühren.

Der buntscheckige und nach Leder riechende massige Körper Goldbarts ragt vor mir auf. Feuersee liegt hinter mir. Ich sehe Trophäen an seiner Weste baumeln – Schmuckstücke, Münzen, Zähne mit eingelegten Edelsteinen. In dem Augenblick heißen Schweigens, das zwischen uns hängt, höre ich ein vertrautes klingendes Läuten. Meine Augen finden seinen Ursprung – die Uhr, den antiken Zeitmesser meines Vaters. Im Geiste sehe ich, wie HK sie in seine Ärmeltasche stopft. »Du Narr!« murmele ich. »Du Narr!«

Goldbart mustert mich wachsam, seine Hand bedeckt die Uhr.

Ich strecke meine eigene Hand aus. »Gib mir das. Es gehört mir.«

Er zuckte zurück, als hätte ich eine Waffe in der Hand. Ich

sehe frisches Blut aus meiner blutbefleckten Handfläche hervortreten, wo das Kleeblatt die Haut aufgerissen hat. Er hat Angst vor meinem Blut, vor der Ansteckung. Ich gehe vorwärts, die Hand ausgestreckt. »Gib es mir.«

Er gibt mir die Uhr. Ein Murmeln der Bestürzung wird unter seinen Männern laut.

Meine Augen brennen und verschwimmen, als ich die Uhr betrachte. Meine ausgetrocknete Kehle ist so eng, daß ich nicht schlucken kann. »Wo . . . wo hast du das her?«

»Von ein paar Stücken Siddascheiße!« Er lacht.

»Habt ihr sie getötet?« Die Worte fühlen sich in meinem Mund wie Papier an, trocken und bedeutungslos.

Goldbart zuckt die Achseln.

Ich blinzele und blinzele mit den Augen.

»Nein, haben wir nicht«, sagte einer der anderen. »Sie waren Kharemoughis. Wir haben sie nach Freistatt gebracht und verkauft.«

Goldbart zupft an seinem Schnurrbart. »Ja. Was willst du von ihnen, Sibyll?«

»Sie sind meine Brüder.«

»Und sie stahlen deine Uhr?« Sein Mund verzieht sich höhnisch.

»Sie stahlen mehr als dies.« Meine Hand macht eine Faust, Blut tröpfelt. »Bringt mich nach Freistatt.«

»Du glaubst, du hast eine Wahl?« Er gibt seinen Männern ein Zeichen, und ihre Waffen nehmen mich in die Mitte. »Vielleicht bist du infiziert, aber du bist nicht unsterblich. Vergiß das nicht.«

»Was wollen wir denn mit ihm machen?« fragt einer der Gesetzlosen.

»Laßt Song entscheiden«, antwortet Goldbart. Sie führen mich den Strand hinunter zu ihrem Rover.

Wir erheben uns in die erratischen Strömungen der erhitzten Luft. Der Feuersee erstreckt sich so weit, wie ich blicken kann. Seine Oberfläche verschiebt sich und flutet wie das Gesicht der Sonne, jetzt in scharfem Detail, dann weich und formlos. Ich reibe mir über die Augen.

Als das Ufer hinter uns im Hitzeflimmern verschwindet, sehe

ich, wie vor uns etwas aus dem schimmernden Spiel des Lichts geboren wird. Ein Monolith aus rotem Gestein steigt im Zentrum des Sees empor. Als wir näherkommen, sehe ich Wasser aus seinen Höhen hinabstürzen, Säulen aus Flüssigkeit, die sich in Wolken verwandeln, als sie tief unten auf die Oberfläche des Sees treffen. Meine ausgedörrte Kehle schmerzt bei diesem Anblick. Ich bitte jemanden um einen Schluck zu trinken. Die Gesetzlosen ignorieren mich. Der Rover kreist wie ein Aasvogel hoch oben in der Luft, geht dann in Spiralbewegungen nach unten, um zu landen.

Es gibt Gebäude da unten, erkenne ich schließlich. Sie sind fast unsichtbar, denn man hat sie aus dem roten Gestein selbst herausgemeißelt und aufgetürmt. Und dann wahllos hingestellt. Schroffe Blöcke, Risse und Unregelmäßigkeiten sind wie zufällig zu Gebäudemauern verschmolzen, gelegen zwischen Ebenen aus gemauertem Stein als ein unnatürliches Eindringen in einen kunstlosen Akt des Chaos. Es sind Ruinen – aber nicht wie sämtliche Ruinen, die ich jemals gesehen habe. Ein sich windendes Kreuz von tiefen Canyons spaltet ihr Herzstück. Wo sich die Canyons treffen, befindet sich eine sprudelnde Quelle. Wasser steigt aus einem verborgenen Brunnen empor, fließt über die Stirn der Felsen und stürzt von ihren Klippen ins Feuer, nur um sich wieder zu erheben . . .

Wir landen ohne Schwierigkeiten auf einer flachen Steinplatte in der Nähe des Canyonrands. Es sind schon andere Flieger und Rover da – ich bin überrascht, so viele zu sehen. Vage frage ich mich, wie viele noch ihren unsprünglichen Eigentümern gehören.

Ich blicke über den Rand des Canyons, als wir den Rover verlassen. Das Wasser tief unten ist so klar wie Kristall, und in ihm erkenne ich, daß der rote Fels mit kühlem moosigen Grün bewachsen ist. Wo sich die Canyons kreuzen, fängt etwas Silbriges die Sonne ein. Das Wasser fließt in gekrümmten Wellen, und zuerst weiß ich eigentlich gar nicht, wieso das so eigenartig wirkt. Dann begreife ich, daß die glitzernde Wasseroberfläche an den Konturen des Gesteins haftet, als sie den Boden des Canyons entlangfließt, und damit der Schwerkraft und jedweder Vernunft Hohn spricht. Das Wunder und die

Schönheit des Anblicks versetzen mich in Erstaunen. *Wenn ich erwache, muß ich mich daran erinnern . . .*

Goldbart und seine Männer führen mich durch die Ruinenstadt, einen rauhen Pfad entlang, der dem Rand des Canyons folgt. Die Hitze ist wie etwas Lebendiges, das auf meinem Rücken sitzt. Ich schwanke unter ihrem Gewicht. Die anderen Viertel der Stadt tanzen und verschwimmen. Als ich über den Abgrund auf sie zurückblicke, scheinen sie substanzlos zu sein. Ich suche nach einem vertrauten Gesicht, nach irgendeinem Gesicht . . . Es gibt kaum ein lebendes Wesen irgendwo. Nur ein paar zerlumpte, schlurfende arme Teufel begegnen uns, die nicht ein einziges Mal hochblicken. Einige tragen Ketten.

»Wo sind die Bewohner alle?«

»Das wirst du schon sehen«, antwortet einer der Gesetzlosen hinter mir. Von irgendwo in der Ferne höre ich ein Wehgeschrei der Agonie oder des Wahnsinns. Er gibt mir einen Stoß, damit ich schneller gehe.

Bald haben wir die Stadt hinter uns gelassen, indem wir dem Canyon bis zum Rand des Plateaus folgen. Ich fange an, weitere Stimmen in der Ferne zu hören. Als wir uns dem Rand nähern, sehe ich die Versammlung: Menschliche Formen flimmern in der erhitzten Luft. Eine bizarre Plattform, von der Fahnen wie aus zartem Gewebe hängen, schwebt über ihnen. Ich glaube eine Fata Morgana vor mir zu haben.

Aber es ist keine. Als wir zu der Menge treten, sehe ich die Plattform immer noch über der Klippe auf unmögliche Weise in der Luft schweben. Neben uns endet der Canyon, und der Wasserfall stürzt sich über die Böschung in die Tiefe. Regenbogen reiten auf den Dampfwolken, die sich unter uns aufblähen. Der Feuersee ist so strahlend wie die Oberfläche der Sonne.

Auf der in Seide eingehüllten Plattform findet eine seltsame Pantomime statt. Eine Frau steht da, bekleidet mit rotgoldenem Brokatstoff, der in der Sonne glänzt. Sie ist wie ein Spiegel, der Feuer reflektiert, wie eine Vision. Vor ihr stehen drei sehr sterbliche Männer mit auf dem Rücken gefesselt und an den Hüften zusammengebundenen Händen. Sie streiten über irgend etwas, widersprechen irgendeiner Anklage, beschuldigen sich gegenseitig. Ich begreife schließlich, daß die glänzende

Frau da ist, ein Urteil über sie zu fällen, wie eine Priesterin oder eine Königin. Die Menge sieht zu, murmelt erwartungsvoll vor sich hin, bis die drei Männer mit ihren Protesten fertig sind. Dann, ganz plötzlich, ruft Goldbart aus: »Was ist die Wahrheit?«

Die glänzende Frau hebt die Arme und versteift sich wie jemand, der in Trance geht. Ihre Stimme erhebt sich gespenstisch und füllt das plötzliche Schweigen aus, das in der Menge entstanden ist. Sie spricht Unverständliches. Ihre Stimme wechselt immer wieder den Ton, als sie versucht, ein Dutzend anderer Stimmen in sich zu verkörpern. Zuerst passiert den drei Männern vor ihr nichts. Dann aber scheint sich die Verzerrung der erhitzten Luft um sie herum zu verstärken. Die Menge schreit vor Ekstase und Schrecken auf.

Im Sekundenbruchteil eines Schwindelgefühls, das einem die Eingeweide zu sprengen scheint, reißt die Realität um mich herum auf und formt sich neu.

Das Echo eines Schreis klingt in meinen Ohren. Meine Augen strengen sich krampfhaft an, etwas zu sehen, obwohl ich mich nicht an den Augenblick erinnern kann, in dem sie nichts sahen – an den Augenblick, in dem die drei Männer auf der Plattform zu einem und einem halben wurden.

Der am Leben gebliebene Mann steht für einen langen Moment bewegungslos da, starrt auf den halben Körper, der noch an den seinen gebunden ist. Und dann setzt er sich nieder und plappert vor sich hin. Ein roter Strom ergießt sich über die Kante der Plattform.

Voller Verwunderung beobachte ich, wie die besessene Frau aus ihrer Trance erwacht und auf die mit Bannern geschmückte Brüstung zuschwankt. Sie hält sich dort einen Augenblick fest, blickt auf das Ergebnis ihres Urteils hinunter. Ihr Mund verzieht sich zu einem Lächeln schrecklicher Befriedigung. Irgendwie hat sie dies mit einer Kraft, die ich mir nicht vorstellen kann, den Männern angetan.

Sie geht zu dem Überlebenden und löst mit einem Messer seine Fesseln. Dann richtet sie sich wieder auf, schüttelt ihre Fäuste in die Luft und ruft mit zitternder Stimme: »Dies ist die Wahrheit!« Halb klettert, halb fällt der Überlebende jene Leiter aus Gespinst hinunter, die die Plattform mit der Realität verbindet. Er kriecht weg, verschwindet in der Menge.

Die Frau steht an der Brüstung, sucht mit ihren Blicken in der Menge . . . Und dann plötzlich hat sie mich gefunden. Sie senkt einen Arm, bis er auf mich zeigt. Es ist so, als ob sie wußte, daß ich gekommen war, als ob sie diese Vorführung nur um meinetwillen auf die Bühne gebracht hat: um mir ihre Macht zu zeigen. »Bringt mir den Gefangenen!« ruft sie. Endlich kann ich ihr Gesicht klar erkennen, und ich atme schwer.

»Sie will dich«, sagte Goldbart, beinahe resigniert.

Natürlich will sie mich. In meiner leeren Brust macht mein Herz einen Sprung. Goldbart packt meinen Arm und stößt mich durch die Menge zu der schwebenden Strickleiter, aber jetzt bin ich genauso begierig darauf wie er, die Plattform zu erreichen. Irgendwie klettere ich hoch, und er folgt mir. Der Schmerz in meiner Schulter bedeutet mir nichts. Auch der See unter den zitternden, schwankenden Sprossen der zerbrechlichen Leiter bedeutet mir nichts, jetzt da ich weiß, daß meines Herzens Sehnsucht wartet.

Und sie wartet – so wie ich mich an sie erinnere, so wie ich sie vor so langer Zeit verließ. Aber jetzt ist sie die Königin, zu der sie bestimmt war. Ihr Haar fällt wie ein Leichentuch um sie, weiß/schwarz wie die Schneefelder, und ich bin schneeblind vor Sehnen. Ihr Gesicht ist von einem zarten Filigran roter Tupfen überzogen. Das Kleeblatt hebt sich glänzend von ihrer Robe ab. Ihre Augen sind wie Moosachat und Nebel. Als sie mir in die Augen sieht, kann ich ihrem Blick nicht widerstehen. Sie steht bewegungslos da, hält mich mit ihren Augen für einen endlosen Moment fest. Das Bewußtsein ihrer Macht, über diese Menschen, über mich, läßt mich zittern.

Goldbart pflanzt eine Hand in die Mitte meines Rückens. Ich taumele vorwärts, rutsche auf dem Blut aus, und falle zu ihren Füßen nieder. Ich berühre den staubigen Saum ihres rotgoldenen Mantels. »Mond . . .«, flüstere ich. »Ich wußte, daß du es sein würdest. Ich wußte es.« Ich blicke wieder zu ihr hoch, und in ihr Gesicht tritt Überraschung.

Hinter mir befördert Goldbart den verstümmelten Körper mit einem Fußtritt von der Plattform. »Wir fanden diesen Dreck

hier am Ufer, Song.« Er kommt nach vorne und zerrt mich auf die Füße. Wenn er spricht, verwandelt er ihren Namen in den Namen einer Göttin. »Er sagt, er ist wegen dir gekommen. Hatte sogar dein Bild.« Scharf blickt sie erst ihn, dann mich an. »Er ist ein Sibyll. Du willst ihn oder . . .?« Ein Stachel von Eifersucht ist in Goldbarts Stimme. Ich frage mich, ob ich ihn töten werden muß.

»Du hast keine Angst«, murmelt Mond und streckt die Hand aus, um mich zu berühren, als könne sie nicht glauben, daß ich es wirklich bin. »Du hast vor nichts Angst.« Sie zieht die Narbe auf meiner Stirn nach. »Ja . . ., o ja«, sagt sie zu Goldbart, »ich will ihn unbedingt. Du weißt nicht, wie lange ich auf diesen Augenblick gewartet habe . . .« Ihre Finger fühlen sich kühl und trocken auf meiner Haut an. Sie läßt sie meine Wange hinunter und über die Lippen wandern. Ich küsse sie hungrig, und sie zieht sie weg. »Ich wußte, daß er eines Tages kommen würde. Der See zeigte ihn mir. Jemanden, der keine Angst hatte, der die Antwort kannte . . . Und er kommt von meiner Mutter!« Sie stößt ein schrilles Lachen aus. Goldbart blickt sie verständnislos an.

Ihre ruhelose Hand fällt auf das Kleeblatt, das im Ausschnitt meines zerlumpten Hemds hängt. »Sibyll. Dann rief dich der See hierher?«

Ich schüttelte den Kopf. »Ich kam wegen dir.«

Unerwartet runzelt sie die Stirn. »Du trägst dies zu Recht?« Ihre Augen sind zu dunkel, als sie in die meinen blicken.

Wieder schüttele ich den Kopf, kaum merklich.

Ihre Hand verkrampft sich um das Kleeblatt, bis die Kette in meinen Nacken schneidet. »Du wirst es«, flüstert sie. Laut sagte sie: »Der See hat einen weiteren Diener gewählt! Der See hat mir sein Kommen angezeigt . . . Ich nehme ihn für den See in Anspruch, für mich selbst.« Sie hebt mein Kleeblatt hoch, so daß es das Licht einfängt. Die Menge murmelt verblüfft. Sie sieht Goldbart wieder an. »Gib mir den Solii, den du ihm abnahmst.«

Goldbart versteift sich. Langsam, zögernd holt er den Stein aus seinem Beutel und händigt ihn ihr aus.

Sie hält ihn hoch in die Luft, damit die Menge ihn sehen

kann, und dreht ihn zwischen den Fingern hin und her. Sie preßt ihn zwischen ihre Handflächen . . . und plötzlich liegt statt dessen ein funkelnder Edelstein in ihrer Hand. Die Menge lacht und jubelt. »Deine Belohnung.« Sie wirft das Juwel Goldbart zu. Er fängt es auf. Ich beobachte, wie sich Gier und Ehrfurcht in seinem Gesicht vermischen. »Mein Wächter«, sagte sie beinahe sanft, »endlich brachtest du mir den Richtigen – denjenigen, auf den ich gewartet habe, denjenigen, den ich mir selbst prophezeite.«

Goldbarts Ausdruck wird düster und unbestimmt. »Er will dich von uns wegholen«, sagt er. Die Stimme der Menge echot seinen Argwohn mit ahnungsvollem Unbehagen.

»Ich werde euch nie verlassen«, sagt sie ruhig, zu ihm, zu den Zuschauern. »Ich kann den See niemals verlassen.«

»Was willst du dann mit ihm?« Goldbarts Augen glühen vor Ärger. Sie sieht ihn an. Er schlägt die Augen nieder, blickt mit Furcht im Gesicht auf den See.

Sie wendet sich wieder der Menge zu. »Diese Zusammenkunft ist zu Ende!« Sie hebt ihre Hände und schlägt sie zusammen. Der rotgoldene Mantel gleitet von ihren Schultern, bleibt in einer Blutpfütze liegen. Sie trägt darunter nur ein dünnes, weißes Kleid. Das Kleid schmiegt sich eng an ihren schwitzenden Körper an und verbirgt nichts. Ich atme tief einen Hauch schmelzofenheißer Luft ein. Die Menge murrt und verleiht lautstark ihrer Enttäuschung Ausdruck. Sie verlangen mehr, sie wollen, daß sie ihnen einen Beweis dafür liefert, was ich bin . . . sie wollen weitere Wunder oder weiteres Blut. Aber sie ignoriert sie. Sie ignoriert auch mich, als ob mein Blick nicht ihr Fleisch verbrennt, wo er es berührt.

»Ich werde zum Turm zurückkehren«, sagte sie zu Goldbart. »Bringt ihn.«

So leichtfüßig wie ein Geist steigt sie die Leiter hinunter. Gestalten tauchen auf. Sie tragen einen Baldachin, um sie beim Gehen zu beschirmen.

Ich will ihr nachgehen. Goldbart weiß es; er richtet sein Gewehr auf mich. Er hält mich zurück, bis sie, dem Rand des Canyons folgend, in der Ferne klein wird, bis ich so weit bin, mich über die Brüstung zu stürzen, damit ich sie nicht verliere. »Niemand geht mit ihr«, sagt er. »Man geht nur *zu* ihr.«

Als sie aus dem Sichtfeld entschwindet, läßt er mich endlich die Plattform verlassen. Unten warten noch immer seine Männer. Als sie mich zur Stadt zurückbringen, behalten sie mich noch finsterer im Auge.

Wir überqueren zahllose mit Schutt übersäte Plätze, steigen roh in den Fels geschlagene Stufen und heißglühende Leitern hoch. Ich klettere unbeholfen, eine Hand dabei zu Hilfe nehmend. Türme ragen aus dem Irrgarten eingestürzter Bauten empor, runde, quadratische, zwei oder drei Stockwerke hoch, mit winzigen Fenstern, die wie die Augen von Skeletten starren. Dieser Ort ist alt, älter als die Erinnerung. Wir kommen zu einem Turm, dessen mittleres Stockwerk jetzt eine Platte aus rotem Stein ist. Der Weg zu ihrer Basis glänzt wie gehämmertes Metall. Ein Zaun aus Knochen winkt uns heran; ein menschlicher Totenschädel grinst über zwei menschlichen Wachposten, die vor der Wand am Fuß der kreisförmig nach oben führenden Stufen herumlaufen. Mir ist so, als ob ich diesen Ort kenne, der nur ihr gehören kann, der nur der Ort sein kann, auf den ich mich die ganze Zeit zubewegt habe . . . »Unsere Zeit ist gekommen«, flüstere ich. Goldbart sieht mich an.

Wir stehen unter dem leeren Blick des Totenschädels, als sich uns die Wachposten in den Weg stellen. Sie tragen die groteske Parodie einer Rüstung. Einer von ihnen ist eine riesenhafte Frau, fast zwei Meter groß. Der andere hat einen Topf über seinen Kopf gestülpt. Ich lache, und sie starren mich mit Tod in den Augen an. Goldbart spricht leise in einer Sprache mit ihnen, die ich nicht kenne, und sie weichen plötzlich zur Seite. Sie lassen mich durch, und Goldbart mit mir. Wir lassen seine Männer zurück.

Oh Götter, oh Götter, das ist der Weg der Rückkehr. Das ist alles, was ich tun kann, um mich am Laufen zu hindern, als wir die Stufen emporsteigen. *Bald, bald.* Jede Sekunde ist eine Ewigkeit, die vorübergeht, jeder Schritt schließt die Zwischenräume der Zeit. Wir umrunden den Turm aus Stein und durchschreiten eine schwere Metalltür, die in den Raum in seiner Spitze führt. Ein Hauch kühler Luft begrüßt uns. Verlegen streiche ich mit den Händen über meine verschmutzte Kleidung: Ich muß vor eine Königin treten. Es ist kalt in dem Raum, so kalt wie in der gefrorenen Wildnis von Tiamant, und ich fange an zu frösteln.

Mond erhebt sich von einem massiven, geschnitzten Sitz, der reich mit Decken und Kissen ausgestattet ist: der Thron einer Königin. Sie streckt ihre Hände aus. Ich will auf sie zustürzen, aber Goldbart reißt mich zurück.

»Laß ihn los!« befiehlt sie. »Er ist ein Erwählter des Sees. Du darfst ihm nichts antun.« Ärgerlich gibt mich Goldbart frei. »Laß uns allein«, sagte sie. Als Goldbart mit großem Widerstreben zur Tür geht, ruft sie ihm nach: »Wir wollen nicht gestört werden!«

Wir sind allein. Ich zittere jetzt aufgrund des Drangs, sie zu nehmen, ihren Körper zu spüren. Ich hebe die Hände, lasse sie wieder sinken.

Sie sieht mich an, fährt sich mit der Zunge über die Lippen, so als ob sie ganz genau weiß, was ich will. Sie berührt mein Kleeblatt. »Der Angelhaken – der Köder.« Ihre Finger gleiten hinunter zu meinem Gürtel und spielen mit dem Verschluß. »Niemand rührt mich jemals an. Es ist so lange her . . .«

Ich fühle, wie sich meine Erektion schmerzhaft gegen meine Hose drängt. Meine Hände machen Fäuste. *Nein! Ich bin kein Tier . . .!*, schreit etwas Sterbendes in mir.

Sie lächelt mich an – ein seltsames vorsichtiges Lächeln, wie ich es nie in ihrem Gesicht gesehen habe. »Warum bist du gekommen? Warum bist du es nach so vielen . . .?« Ihre Augen scheinen nur aus Pupillen zu bestehen, allwissend.

»Ich mußte es«, murmele ich. »Du weißt, daß ich es mußte.«

»Ja.« Sie nickt. »Ich weiß. Sag mir, wer du bist.«

»BZ«, sage ich verzweifelt und suche in ihrem Gesicht nach einem Zeichen. »BZ, Mond, Polizeiinspektor BZ Gundhalinu. Habe ich mich so stark verändert?«

Mit sanfter Belustigung mustert sie meinen zerlumpten, blutbeschmierten Körper von oben bis unten. »Sag mir, wer ich bin.«

»Mond! Mond, um der Götter willen, tu nicht . . . Du fandest mich in der Wildnis, du rettetest mich. Du gabst mir mein Leben zurück . . . du ließest mich meine Narben vergessen.«

Ich strecke ihr meine Handgelenke hin. »Und dann überließ ich dich ihm! Diesem verkommenen Schwächling, den du zu lieben glaubtest. Ich glaubte, daß es richtig war, ich glaubte, daß ich dem Kodex gehorchen und das tun mußte, was ehrenvoll war. Scheiß auf die Ehre! Ich bin frei . . . Nichts bedeutet mehr etwas, nur das, was ich will. Nichts wird diesmal zwischen uns kommen, nicht einmal die Zeit. Diesmal werde ich dich für immer haben . . .« Ich ziehe sie in meine Arme, bedecke ihren Mund mit dem meinen.

Sie wehrt sich überrascht, stößt mich weg. In ihren Augen wird eine Emotion lebendig, die ich zuerst fälschlicherweise für Zorn halte. Mit einem Fluch wendet sie sich von mir ab, ballt die Fäuste, schüttelt den Kopf. Ihr glänzendes Haar verschluckt alles Licht. Ich hole mehrmals tief Luft, um meinen Körper zu zwingen, mir zu gehorchen.

Ihre Schultern lockern sich. Sie atmet wieder ruhig und leicht. Sie wendet sich mir erneut zu und öffnet ihre Hand. Der unbearbeitete Solii liegt darin. Ich blinzele und lächle. Sie schließt ihre Hand, öffnet sie. Der Stein ist perfekt bearbeitet und poliert. Er glänzt in geheimnisvollem Feuer. »Sie sagen, er besitzt die Macht der Erleuchtung«, sagt sie. »Schluck ihn herunter, falscher Sibyll. Mach ihn zu einem Teil von dir.«

Ich kann ihr nichts verweigern. Zögernd hebe ich ihn an meine Lippen, nehme ihn in den Mund. Ich spüre, wie sich Speichel auf meiner ausgedörrten Zunge sammelt. Der Stein ist glatt und angenehm und gleitet meine Kehle wie Wasser hinunter.

Sie nickt. »Siehst du mich jetzt anders? Erkennst du schon die Wahrheit?«

Ich schüttele den Kopf.

»Du wirst es.«

Sie ergreift meinen Arm und führt mich wortlos in einen anderen Raum, zu einem Bett mit wohlriechend parfümierten Kissen. Ich falle quer darauf; meine Beine sind zu schwach, um mich noch länger aufrecht zu halten. Der Raum ist ein Lager seltsamer und wundervoller Dinge, die überall an den Wänden aufgetürmt sind. Ich sehe mich um, bis meine Augen verschwimmen, und versuche, ein Stück Farbe vom nächsten zu trennen.

Auf einem Tisch neben der Bettstatt befindet sich eine einzelne Kugel, gefüllt mit ruhelosem geschmolzenen Licht. Ich strecke hypnotisiert die Hand danach aus, aber als ich gerade beginne, ihre Hitze zu spüren, bringt sie eine runde Flasche mit duftendem Branntwein und preßt sie gegen meine Lippen. Ich leere sie völlig.

Sie sitzt neben mir, beobachtet mich, wartet. »Wer bin ich jetzt?«

Ich schüttele den Kopf. »Mond.«

»Woher hast du das Kleeblatt?«

Ich drehe es in meinen Händen hin und her. Ich versuche mich zu erinnern. »Es wurde mir gegeben . . .«

»Eine Frau gab es dir. Eine Sibylle. Meine Mutter. Ich weiß alles, was sie tut.« Sie blickt hinüber zu dem schmalen Fensterschlitz. Jenseits der Mauern ist der Himmel von einem blendend Blau, hell/dunkel, wie ihr Haar. »Sagte sie dir, daß ich verrückt bin?«

Ich erinnere mich. Ich nicke.

»Das ist es, was sie denkt. Ich sehe durch ihre Augen, und sie sieht durch die meinen. Und ich höre die Geheimnisse des Universums. Der See sagt mir alles . . .« Monds Augen glänzen, als würde sie sie jetzt hören. »Sagte sie dir, warum ich so bin?«

Ich schüttele den Kopf.

»Es ist ihr Fehler. Ich wollte eine Sibylle werden, wie sie. Ich ging zur Wahlstätte . . . Ich wurde beurteilt . . . und zurückgewiesen!« Sie zupft schmerzvoll an ihrem Haar. »Aber meine Mutter infizierte mich trotzdem . . .« Sie nimmt mich wieder wahr; ihre Augen brennen vor Haß. »Und nun will sie, daß ich aufhöre, sie zu quälen. ›Tödlich, eine Sibylle zu töten, tödlich, eine Sibylle zu lieben, tödlich, eine Sibylle zu sein!‹« Sie schlägt mich mit den Fäusten. »Sie schickte dich zu mir, du kommst von ihr!« Ihre Fingernägel zerkratzen meine Wange. »Aber ich werde dich zum Diener des Sees machen. Ich werde ihr zeigen . . .«

Ich packe ihre Handgelenke, überwältige sie und werfe sie quer auf das Bett. Ich lasse mich auf sie fallen, ignoriere den Schmerz, bin blind für alles außer ihrem Gesicht, das ich mit Küssen bedecke. Sie kämpft wild gegen mich an, als ich sie zur Gefangenen nehme und meinen Körper auf den ihren presse.

»Tu es nicht!« keuche ich. »Tu es nicht. Du bist Mond, ich liebe dich . . .«

Sie hat ihren Mund geöffnet, um mich zu beißen, um mich zu infizieren . . . Statt dessen holt sie tief und seufzend Luft und blickt mir in die Augen. Und dann füllen sich ihre Augen mit Tränen. »Ich liebe dich«, schreit sie, als ob sie mich haßt. »Ich hasse dich . . .«, ruft sie, als ob sie mich liebt. »Ich liebe dich . . .« Und sie sieht mich überhaupt nicht, als sich ihre Augen schließen und ihr Mund hungrig den meinen findet.

Ich reiße ihre Kleider und meine eigenen herunter, bis sich nichts mehr gegen unser Fleisch preßt als das Fleisch des anderen. Ihr ganzer Körper ist mit verschlungenen Mustern gefärbt. Ihr Hände strafen mich noch immer, geißeln und zerkratzen meinen Rücken. Raserei und Begierde sind in ihr so vereint, wie ich mir wünsche, daß sich ihr Körper mit dem meinen vereint. Ihre weichen, offenen Lippen verbrennen meine rissigen und aufgeplatzten Lippen mit heißen Küssen, ihre Zunge dringt in meinen Mund ein. Und als ihre Hand das pulsierende Leben unterhalb meines Leibs findet, ergreift sie es mit wildem Drängen.

Ich stöhne. Meine Hand liebkost ihre Brust, während die andere zwischen ihren Beinen begraben liegt und sie auseinanderschiebt, als ich die feuchten Tiefen ihrer geheimen Stellen erforsche. Ihr Körper bäumt sich auf und windet sich, drängend, verlangend, als ob es nicht genug Zeit gibt . . . aber ich weiß, daß wir jetzt alle Zeit der Welt haben. Unsere Zeit ist gekommen, alles wird für uns wieder in Ordnung sein.

Wir wälzen uns herum, winden und umfassen uns, verschlingen und erforschen einander, bis keine Geheimnisse mehr übrig sind. Ihr Mund wandert meinen Körper hinunter, leckt Schweiß und Schmutz weg, verzehrt mich, als sie mein Gesicht von dem ihren wegschiebt – nach unten, nach unten, bis es in ihrer feuchten Wärme vergraben ist und ich ihre Bittersüße schmecke. Ihr Körper hebt sich empor wie eine Welle, schäumend, brechend, und die Ekstase bricht aus ihr hervor wie ein Schrei des Schmerzens . . . noch einer . . . ein weiterer.

Und dann, keuchend, ergreift sie meine Männlichkeit. Ihre

Nägel bohren sich quälend in mein Fleisch, als sie mich auf sich zieht. Ich fühle meine schmerzende Härte in die feuchten Falten gleiten. Ich stoße wild, vergrabe mich selbst tief in ihr. Sie schlingt ihre Beine um mich, und ich tauche immer tiefer in ihre Dunkelheit ein. Ich stoße härter und schneller, getrieben von dem Bedürfnis, jede Erinnerung auszulöschen.

Und in meinem Bewußtsein schreit eine rasende Stimme, daß dies ganz anders ist als das letzte Mal, daß sie ganz anders ist als letztes Mal . . . Aber die Stimme ist verloren, verloren im Feuer. Ich fühle, wie sich die Lebenskraft in mir bildet, fühle das Brennen in meinen Lenden aufwallen, bis nichts mehr von mir übrig ist außer meinem Verlangen . . .

Ich komme mit einem bebenden Schrei, und als ich das tue, zieht sie mich zu sich herunter und drängt meine Lippen gegen die ihren. »Rette mich, rette mich . . .« wimmert sie. Meine Zunge dringt in ihren wartenden Mund ein.

Ihre Zähne schließen sich um meine Zunge, reißen sie auf, und ihr Speichel vermischt sich mit meinem Blut.

»Nein . . .« mein Schrei der Lust wird zu einem Schrei der Furcht. In dem plötzlich qualvollen Augenblick, in dem ich begreife, was sie getan hat, versuche ich, mich zu befreien. Feuer in meinem Blut, Eiszapfen in meinen Knochen, es ist zu spät . . . Ich spüre, wie ich falle und falle und falle, von der Verzückung in die Vergessenheit.

Die Stimmen wecken mich auf, tausend murmelnde, brüllende, flüsternde Stimmen. Ich öffne die Augen; mein Körper ist starr vor Entsetzen. Ich befinde mich in einem Zimmer, in einem seltsamen Zimmer mit roten Wänden, lang ausgestreckt auf einem Bett, nackt und allein. Meine Körper ist bedeckt mit Schleifen und Streifen von rötlich-brauner Farbe. Mit einem Ruck setze ich mich auf, schüttele den Kopf, aber die Stimmen bleiben, plappernd und rufend. Ich krümme mich zusammen, verberge meine Nacktheit, obwohl ich nicht sehen kann, wer mich verspottet. Ich bin krank vor Hunger. Mein Körper schmerzt und brennt, meine Zunge liegt wund und geschwollen im Mund. Ich wimmere, bedecke meine Ohren mit den Händen, aber die Stimmen sind in meinem Kopf.

»Laßt mich allein!«

Jemand betritt den Raum – eine Frau. Aber es ist schwer, sie durch die Stimmen zu sehen. Ich spüre mein eigenes Gesicht unter meinen Händen, strecke sie nach ihr aus wie ein Blinder. Ich spüre nicht, wie sie meine Hand berührt; sie berührt meine Hand nicht. Aber ich kenne ihr Gesicht. *Ich kenne ihr Gesicht . . .!* Ich schreie die Stimmen nieder, bis ich den Namen sagen kann. Ich habe es hundertmal gesehen, aber nur auf einem Bild. *Song. Dies ist Song.* Und letzte Nacht sah ich sie und sah sie doch nicht, als sich unsere Körper vereinigten. *Wie ein Traum – letzte Nacht . . . letzte Nacht . . .* Die Stimmen ertränken mich. Ich würge und keuche.

Songs Gesicht kommt den meinen ganz nah. Ich lese von ihren Lippen, denn ihre Stimme ist unter tausend anderen Stimmen verloren: »Falscher Sibyll, nun bist du ein richtiger. Nun weißt du, was ich weiß. Und nun weiß meine Mutter, was sie mir antat!« Sie lacht und hält mir das Kleeblatt, das ich trage, vor die Augen.

Ich versuche, mit meiner geschwollenen Zunge Worte zu formen, aber es kommt nur ein Stöhnen dabei heraus. *Götter, oh, Götter . . . infiziert . . . Ich bin wahnsinnig!* Ich stoße sie weg, stelle mich auf die Füße, taumele quer durch den Raum zum Fenster hinüber. Ich blicke über die Stadt hinweg und sehe Feuersee, unter dem grellen blauen Himmel bis zum Horizont reichend. Die tausend Stimmen in meinem Kopf brüllen bei seinem Anblick noch lauter. Ich falle auf die Knie, schlage meinen Kopf gegen den steinernen Sims.

Song ist hinter mir, zieht mich wieder hoch und schreit mir ins Gesicht. »Du hörst es? Du hörst die Stimme des Sees! Er wollte dich. Nun kann er *deinen* Geist verzehren. Er wird dich lebendig verzehren, es sei denn, du bist stärker als er.« Sie stößt mich zum Fenster. »Du gehörst jetzt zum Feuersee. Sieh dir dein Königreich an.«

Ich blicke über den See hinweg, und sein brennender Glanz saugt meinen Geist aus dem Körper wie einen Klagelaut. Die Luft flimmert über seiner funkelnden Oberfläche. Die Luft ist lebendig, fließt in Wellen durch sich selbst hindurch. Sie flutet in Farben – jetzt Karmesin, dann Saphir, wenn sich die Farben im Nichts zusammenfalten oder im Blickfeld erblühen. Es ist wie ein Fenster zu einer anderen Welt: Trugbilder im Herzen der Farbe, Phantome jener fremden Welt. Die Stimmen heben und senken sich in mir, wenn die Farben erblühen oder vergehen. Sie können sogar in ein Muster passen . . . könnten fast einen Sinn ergeben . . .

Ich schlage mit den Fäusten hart auf den Fenstersims. Für einen Augenblick befreit der Schmerz in den Händen meinen Geist. Und unter dem Lärm der Stimmen spüre ich noch etwas anderes, das sich um meine Gedanken windet, so formlos wie das Murmeln der Planetenseele . . . Wahnsinn. Alles, was ich sehe, ist eine Lüge, infiziert vom Wahnsinn. Es blitzt in den zerbrochenen Spiegeln meines Bewußtseins wieder und wieder auf, bis mich das Gewicht meiner eigenen Verzweiflung zu Boden schleudert. Mein leerer Magen kommt hoch, und ich sitze würgend da.

Aber wenn ich die flammende Verwandlung des Sees nicht sehen kann, fang ich an, mich besser zu fühlen. Nach einer Weile krieche ich vom Fenster weg, befreie mich aus Songs klammernden, höhnischen Händen und nehme ein Tuch vom

Bett, um meine Blöße zu bedecken. Ich hülle mich darin ein und steige die Treppen hinunter, hinaus aus dem Turm. Die Wachposten lassen mich passieren. Ich kann sie kaum sehen.

Ich laufe ziellos durch die beschatteten Ebenen der zusammengebrochenen Stadt. Die gemarterten Gebäude scheinen sich vor meinen Augen zu verschieben, scheinen einzustürzen und sich neu zu formen. Jetzt, vor der Mittagshitze, sieht man überall Menschen. Ich nehme Essensgerüche wahr, und mein Magen verlangt schmerzhaft nach Speisung. Ich trete durch eine offene Tür, nehme das Essen, das ich dort finde, und stopfe es mir in den Mund. Eine verschrumpfte alte Frau schreit tonlos auf mich ein. Ich sehe, wie sie mit einem Hackmesser auf mich zukommt, aber ich kann mich nicht auf sie konzentrieren. Ich nehme einen weiteren Bissen Brot zu mir. Sie bleibt plötzlich stehen. Sie treibt das Hackmesser in eine Tischplatte und verläßt den Raum.

Als ich satt bin, gehe ich wieder hinaus auf den vom Wind umwehten Platz. Er wimmelt von Gestalten, Hunderten, Tausenden. Einige von ihnen tragen stinkende Lumpen, andere glänzen wie Silber. Einige starren mich an. Andere gehen geradewegs durcheinander hindurch. Ich stolpere und stürze, fluche vor Angst, als das erste Mal jemand durch mich hindurchgeht. Aber dann begreife ich, daß sie Geister sein müssen, die diese tote Stadt heimsuchen, die mich heimsuchen . . . Als ich sie beobachte, beginne ich zu sehen, daß die Geister Aureolen aus dunklem Rot und Blau tragen, damit ich sie erkennen kann. Ihre Stimmen gehen wie ihre ruhelosen Körper durch mich hindurch, einige in fremden Zungen, andere in Sprachen, die ich kenne. Die Stimmen in meinem Kopf sind Geisterstimmen. Niemand sonst hört oder sieht Geister . . . *außer Song. Song ist ebenfalls verrückt.* Ich bin ein bißchen getröstet. Ich habe einen Fingerzeig gefunden. Ich begreife, daß ich nach etwas suche. Ich erinnere mich: *Ich bin ein Polizeiinspektor. Ich suche nach Fingerzeigen.* Und für einen Augenblick freut sich irgendein wahnsinniger Teil von mir so sehr über die strahlende Klarheit des Gedächtnisses, daß ich vor Ekstase keuche. Ich bleibe steif stehen, bis das Gefühl vorübergeht.

Eine Gruppe von lachenden Männern mit grausam leeren

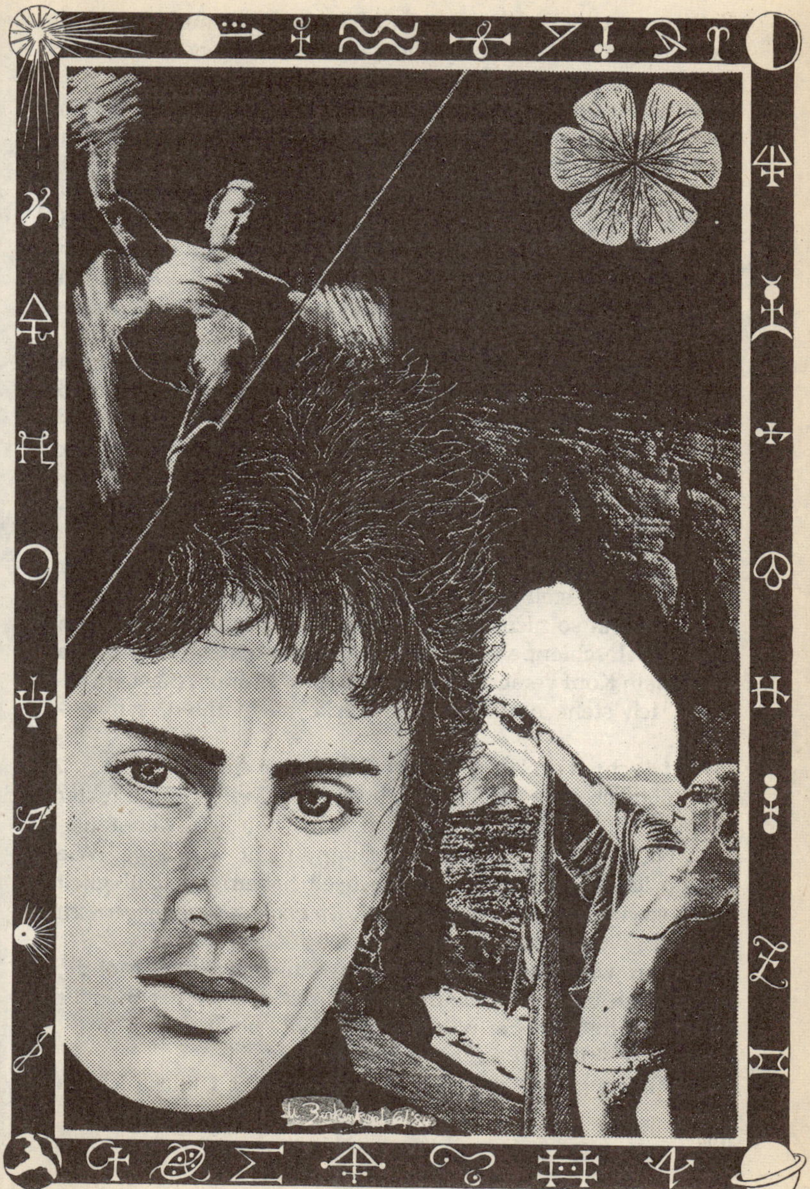

Gesichtern kommt mir entgegen. Sie umringen mich, gestikulieren, fassen mich an, stoßen Obszönitäten aus. Einer von ihnen reißt mir mein Bettuch weg. Das Kleeblatt fängt das Sonnenlicht ein, läßt es auf meiner Brust aufleuchten. Sie lassen das Bettuch fallen und hasten davon. Ich hülle mich wieder darin ein.

Ich wandere weiter, vorbei an einem Mann, der einen epileptischen Anfall hat. Er wälzt sich blutend auf dem Boden und fleht den einen oder anderen Gott an, ihm zu helfen. Ich schüttele mich und ziehe mir das Bettuch über den Kopf. Ich fange wieder an zu laufen, wie die Tiere Weltendes, die geistlos über Klippen laufen.

Aber als ich den Rand erreiche, wo ein Canyon wie ein Riß in der Realität des Plateaus liegt, bleibe ich stehen. Roter Staub und kleine Steine umwirbeln meine Füße. Tief unter mir sehe ich etwas Silbriges in der Sonne blinken. Der plötzliche Anblick davon erregt meinen hilflosen Geist wie der Anblick einer schönen Frau. Ich habe keine Ahnung, warum. Die Trostlosigkeit ergreift wieder von mir Besitz.

Der Rand des Canyons ist jäh. Die ersten fünfzig Meter oder so geht es fast steil nach unten. Ich weiß, daß ich wahnsinnig bin. Ich kann so nicht leben. Ich weiß, daß ich so nicht leben will . . . Ich schleppe mich näher an die Kante heran. Irgendwo in meinem Kopf versucht jemand verzweifelt, mir Angst einzujagen. Ich stehe am Rand und blicke nach unten, schwankend . . .

Warte! schreit er. *Warte!* Ich schließe meine Augen, warte . . . Und plötzlich sehe ich Mond. Ich sehe ihr Gesicht in perfekter Erinnerung: ihr Gesicht, das mich wünschen ließ, weiterzuleben. Nicht Songs Gesicht, überhaupt nicht wie Song. Wie konnte ich sie nur jemals verwechselt haben? Ungläubigkeit und Verwirrung steigen in mir auf. *Ich muß wahnsinnig gewesen sein . . .*

Ich bin wahnsinnig . . . Sibyllenwahnsinn. »Oh, Mond«, wispere ich und schüttele den Kopf. »Ich war deiner niemals wert.« Ich trete wieder näher an die Kante heran.

»Halt ein, halt ein!« schreit Monds Stimme.

»Ich kann nicht«, sage ich hilflos. Aber jetzt blicke ich im

Geist durch diamantene Fensterscheiben, und unter mir wimmeln die Straßen Karbunkels zur Festivalzeit vor Festteilnehmern. Draußen feiern die Menschen das kommende Schisma unserer Welten, aber hier in dem stillen Refugium unseres Zimmers sind Mond und ich die einsamsten Menschen im Universum . . .

Ihre Arme schlingen sich um mich, ziehen mich zurück, halten mich fest. »Du bist der anständigste, sanfteste, gütigste Mann, den ich jemals gekannt habe. Ich lasse nicht zu . . .«

Und endlich wende ich mich ihr zu, endlich nehme ich sie in meine Arme. Es scheint, als habe ich sie mein ganzes Leben lang geliebt, immer in dem Bewußtsein, daß sie niemals mein sein konnte . . . Aber dies ist die Zeit der Veränderung, in der unmögliche Dinge geschehen. Mond, deren Leben einem andern versprochen ist, deren Leben auch ohne mich vollständig ist, deren Schicksal mit dem meinem nur in Berührung gekommen ist, weil mein eigenes Leben jeden Sinn verloren hat, legt ihr Leben ab, um für eine zeitlose Nacht in das meine einzutreten . . .

Ihre Lippen beantworten die Frage, die ich niemals zu stellen wagte, mit einem Kuß, der so warm und lebendig wie der Frühling ist. Ich spüre, wie ihr gegen den meinen geschmiegter Körper zerschmilzt . . ., und selbst meine süßesten Phantasien waren nur ein blasser Schatten der Stunden, die wir in den Armen des anderen verbringen. Mein Herz spricht all die Worte, die mein Verstand niemals ausdrücken konnte, als ich mich ihr endlich hingebe. Und in dem Augenblick, in dem wir die Kontrolle verlieren, ruft sie die Worte, die zu sagen sie kein Recht hat: »Ich liebe dich, ich liebe dich . . .«

Schließlich öffne ich meine Augen und fühle mich lebendiger, dankbarer, lebendig zu sein, als ich es jemals gewesen bin . . .

Und plötzlich stehe ich am Rand einer Klippe, irgendwo auf einer anderen Welt. Allein. Mond ist gegangen, für immer. Ich setzte mich am Rand des Canyons nieder, lasse die Füße über die Kante baumeln. Ich bin verloren, weil ich sie verloren habe. Mein Leben prallte von dem ihren ab wie ein Insekt, das gegen ein Licht stößt und mit verbrannten Flügeln weiterflattert. Und nun bin ich hierher gekommen. Es gibt keine Hoffnung hier, denn dies ist das Ende der Welt.

Dennoch, irgendwie macht mich sogar die Erinnerung an sie stärker, ruhiger, getröstet. Die Sonne wärmt meine schmerzende Schulter. Das sich windende Wasser tief unten ist das Schönste, was ich jemals gesehen habe. Aber jetzt will ich nicht länger eins mit ihm werden.

Du lebst noch immer! sagt mir mein Bewußtsein heftig. *Denke. Sieh.* Ich blicke wieder über die Kante. *Frage.* Was ich unter mir sehe, ist eine physikalische Unmöglichkeit, und doch existiert sie. *Wieso? Warum?*

Geister sind unmöglich, antworte ich müde. Ich sehe sie, weil ich verrückt bin. Der Chor schnattert in mir.

Aber ich sah das Wasser schon früher.

Ich denke darüber nach. *Was wäre, wenn alles wirklich ist . . .?* Ich beobachte den roten Staub zwischen meinen Fingern. *Alles, was ich sehe? Alles, was ich höre? Sie sagt, ich höre den Feuersee. Niemand weiß, was er ist. Er macht seltsame Dinge. Vielleicht bin ich nicht verrückt, Vielleicht bin ich der einzige, der wirklich sieht und hört . . .*

Hoffnung flackert wild in mir auf. Ich blicke auf das Kleeblatt. Die Hoffnung hat gebrochene Flügel . . . Ich bin wahnsinnig.

Ich bin nicht wahnsinnig. Ich bin nicht . . . »Wer bist du!« brülle ich heiser. Meine Worte hallen über den Canyon und in meinem Kopf. Die Chöre des Chaos hallen wider wider wider.

BZ Gundhalinu. Polizeiinspektor. Techniker des zweiten Rangs. Ich bin kein Verrückter. Das Ganze folgt einem Muster. Wenn ich es nur finden könnte . . .

»Leck mich!« brülle ich in die Luft. »Was weißt du denn? Du bist infiziert!« Ich mühe mich auf die Füße und laufe durch die Stadt zurück, während die Geister in mir heulen.

Irgendwie ist es fast dunkel geworden, als ich Songs Turm wieder erreiche. Die Wachposten versuchen, mir den Weg zu verstellen. Aber als sie meine Augen sehen, lassen sie mich passieren.

Song sitzt auf ihrem geschnitzten Thron und summt leise vor sich hin. Der Ton schluchzt in der Luft wie ein verlorenes Kind.

Ihre Augen sind leer, aber als sie zu mir hochblickt, füllen sie sich mit finsterem Verrat. Ich sehe Gestalten, die sich in dem dunkel werdenden Raum bewegen, und zuerst halte ich sie für Diener. Aber dann begreife ich, daß es nur Geister sind. Sie ist allein, vollkommen allein . . . mit Ausnahme von mir. »Wo warst du?« schreit sie. Ich wende den Blick ab. Ich gehe in das Zimmer nebenan, lasse mich erschöpft auf ihr Bett fallen und kauere mich zitternd unter meinem Bettuch zusammen. Die Kühle des Turms verblüfft mich nach der Hitze draußen. Aber Song ist eine Zauberin. Sie hat mich verhext, sie ist eine Magierin . . .

Unter dem Tisch ist ein tragbares Kühlaggregat angebracht. Ich öffne die Augen und starre darauf. Langsam beginne ich zu begreifen, wo ich bin und daß ich lebe, immer noch lebe. Ich könnte heute gestorben sein . . ., aber der Tod war die einfache Wahl.

Mit einer Art Verblüffung wird mir klar, daß ich immer noch weiterleben will. *Ich will leben.* Ich denke wieder an Mond, und plötzlich fängt das Leben in mir Feuer. Seine Hitze sammelt sich in meinen Lenden und strömt in mein Gehirn. Ich hebe den Kopf. Zwei schattenhafte Figuren lieben sich auf dem Bett neben mir. Ihre Leidenschaft ergießt sich in mein Bewußtsein.

Mit einem Aufstöhnen rolle ich mich vom Bett. Auf dem Boden kniend beobachte ich mich selbst und Song in einem roten Nebel – unsere Gestalt gewordene Lust. Mein Körper pulsiert vor Begierde, als mein eigener Geist meinen Kopf mit unartikulierten Schreien ausfüllt. Ich taumele zurück ins Nachbarzimmer, und Song blickt mir entgegen mit Hunger in ihren Augen, als ob sie meine Halluzination teilt. *Wie können wir unseren gegenseitigen Wahnsinn teilen?* Aber ich höre nur auf die Stimme meines Blutes. Ich zerre Song von ihrem Stuhl auf den Boden und hole ihre Wirklichkeit in mein Traumbild, als ich mich meinem Verlangen nach ihr hingebe.

Aber sie ist nicht Mond . . .! schreien mich meine Augen an. Ich reiße mich von Songs Lippen los, atme schwer, schüttele den Kopf. *Nicht Mond.* Nicht die Frau, deren Berührung so warm und süß war wie der Frühling, deren sanftes Verständnis die Vereinigung unserer Körper in etwas verwandelte, das so wunderbar war wie das Leben selbst – in ein Fest, in eine Weihung . . . in einen Akt der Liebe. *Nicht Mond. Nicht Mond. Nicht.*

Das Feuer in mir wird zu Asche. Verlustgefühle und bittere Enttäuschung kristallisieren meine Gedanken. Ich blicke in das Gesicht einer Fremden. Endlich sehe ich sie ganz klar, sehe ich, daß das wahre Bedürfnis in mir nicht die gedankenlose Lust von gestern ist, sondern der Wunsch, das Schicksal zu ändern, die Zeit zurückzudrehen. »Nein«, flüstere ich, »ich liebe dich nicht. Ich kenne dich nicht einmal. So ist es nicht richtig.«

Wut und Enttäuschung blitzen in ihren Augen auf, als sie erkennt, daß ich nicht länger nach ihr verlange. Sie stößt mich von sich. »Geh weg von mir. Du bist nutzlos. Du bist nicht das, was ich brauche. Du bist nicht einmal ein Fick.« Sie spuckt mich an. »Ich glaubte, daß du derjenige warst, der die Antwort kennt – darum nahm ich dich, darum infizierte ich dich. Der See versprach ihn mir. Aber er log. Er lügt immer. Er ist wie du! Du bist schwach, du bist ein Nichts! Warum hast du dich da draußen nicht umgebracht? Ich hasse dich, du Versager, du Verrückter . . .

Ich sehe mein Spiegelbild in ihren Augen. Ich gebe ihr keine Antwort. Es gibt nichts, was ich sagen kann.

Ein Lächeln schrecklicher Bosheit tritt in ihr Gesicht, und plötzlich erinnere ich mich daran, was sie den Männern auf der Plattform antat. Ich weiche zurück vor ihr, voller Schrecken, daß sie sich ihrer Kräfte bedient und mich in Stücke reißt. »Du hast jetzt Angst vor mir . . .«, flüstert sie. Aber statt dessen zieht sie mich näher an sich heran und fragt mich ruhig. »Welches sind die ersten tausend Primzahlen?«

»Ich weiß es nicht«, murmele ich. Ich spüre ein Summen, ein Rauschen, als eine unwiderstehliche Kraft in meinem Geist braust und mein Bewußtsein vollständig verschluckt.

Ich liege am Herzen eines erstickenden Unlebens, in einer Dunkelheit, die eine Verneinung allen Seins ist und doch . . . *ist* – so uralt wie Stein, so unendlich wie der Weltraum, so intim wie eine Sekunde. Eine Ewigkeit vergeht innerhalb eines Augenblicks, ich werde alt und sterbe tausendmal, ohne daß jemand um mich trauert . . .

Bis ich, nach einer Ewigkeit, in meinen Körper zurückgeboren werde, geistlos vor mich hin wimmernd. Song sitzt in ihrem Sessel und beobachtet mich. »Welches sind die hundert wichtigsten Exportgüter von Kharemough?« fragt sie.

Ich weiß es nicht. Und ich werde wieder weggeschwemmt, diesmal zu meiner Heimatwelt, und mit meinen eigenen Augen sehe ich das Innere der Neuen Halle der Republik. Die berühmten ramosthenitischen Fresken, die meine Mutter in den Ruinen von Alt Dimmarh ausgrub, sind mir so nah, daß ich sie berühren könnte. Aber ich bin im Körper eines anderen gefangen, paralysiert. Ich kann nur mit hilflosem Sehnen starren und starren, als sich teilnahmsvolle Hände, die Hände meines Volkes, nach mir ausstrecken . . .

Ich bin wieder bei Song. Bevor ich auch nur etwas sagen kann, stellt sie mir eine andere Frage, und ich werde abermals in die absolute Schwärze gerissen.

Das Spiel geht weiter und weiter, als mich ihre Worte aus mir selbst heraussaugen und auf andere Welten oder allein am Ort des Nichts aussetzen . . . Bis sie schließlich des Spaßes müde wird, und als ich wieder einmal zu mir komme, erhebt sie sich von ihrem Sitz und stellt sich über meinen kraftlosen Körper. »Siehst du, Mutter?« schreit sie niemand besonderes an. »Siehst du, siehst du . . .?« Wild weinend läuft sie aus dem Zimmer.

Ich liege verkrampft auf dem staubigen Teppich, zu erschöpft, um mich zu bewegen. Der Schlaf breitet seine sanfte Decke über mich.

Ich wache auf und höre den Chor des Wahnsinns. Ich liege noch da, wo ich mich letzte Nacht hinlegte, in Fötushaltung auf dem Fußboden. *Götter, Götter . . .*, bete ich, aber ich weiß, daß es keine Antwort geben wird. »*Religion ist lediglich unser vergeblicher Versuch, dem Chaos Ordnung aufzuzwingen.*« Meine Mutter sagte dies zu mir, als ich in Kind war. Jetzt endlich verstehe ich den Sinn.

Mutter . . . Mama . . . Aber ich weiß, daß es keine Antwort geben wird. Ich verberge mein Gesicht in den Händen, ziehe die Beine noch mehr an.

»BZ . . .«

Ich öffne die Augen. Ich sehe das traurige, ungeduldige Gesicht meiner Mutter über mich gebeugt, in einem roten Nebel. Sie küßt mich auf die Stirn, und ich bin wieder ein fünfjähriges Kind. »Es tut mir leid«, wispert sie, »ich muß dich jetzt verlassen . . . Ich muß gehen.«

Ich richte mich auf, verängstigt und verwirrt, strecke die Arme nach ihr aus. »Warum?« Ich stelle die Frage, die ich mir selbst mein ganzes Leben lang wieder und wieder gestellt habe. *Was habe ich falsch gemacht?*

Sie schüttelt den Kopf, blickt zur Seite. »Weil ich nicht länger eine Lüge statt eines Lebens leben kann. Versuche, es zu verstehen . . . Sei ein guter Junge.« Sie küßt mich abermals und entzieht sich meinen Händen. »Lebwohl.« Und dann verläßt sie mein Zimmer und unser Haus für immer.

»Leb wohl, Mutter . . .«, flüstere ich. Und endlich verstehe ich.

Mit dem Gefühl, hundert Jahre gealtert zu sein, setze ich mich langsam aufrecht. Ich betrachte meine Hände und erwarte, daß sie runzlig und verkrümmt aussehen. Aber es sind meine eigenen, die Rückseiten glatt und braun, mit blassen Sommersprossen übersät und mit Farbe beschmiert. Meine Handgelenke sind noch immer vernarbt. Ich seufze und reibe meine schmerzende Schulter. Die Pein in dem verletzten Gelenk ist wie heiße Nadeln, aber ich koste sie aus. Als ich gestern erwachte, konnte ich sie kaum spüren . . . Als ich gestern erwachte, konnte ich kaum sehen und hören. *Man gewöhnt sich daran*, denke ich hoffnungsvoll. Aber dann erinnere ich mich an letzte Nacht, an die frische Wunde, die Song in meiner geistigen Gesundheit öffnete. *Der Transfer . . . der Sibyllentransfer. Nicht irgendwelche böse Magie.* Ich versuche mir einzureden, daß es nur das war. Ich weiß, daß Sibyllen menschliche Computerterminals sind, verbunden mit einer verborgenen Datenbank – *mit der Dunkelheit, mit dem Herz einer Maschine* – und Sibyllen auf anderen Welten. *Voraussehbare Reaktionen*, beharrt mein Verstand. *Kein Wahnsinn.* Aber richtige Sibyllen kontrollieren den Transfer. Sie verlieren sich nicht jedesmal, wenn jemand eine Frage stellt!

Song betritt das Zimmer. Meine Hände fliegen hoch, um mir die Ohren zuzuhalten, und ich lausche mit aller Willenskraft der Kakophonie in meinem Kopf. Songs Lippen verhöhnen mich, als sie vorbeigeht, wobei ihre durchsichtige, himmelblaue Robe hinter ihr her weht wie eine Wolke verlorener Seelen. Auf einem Silbertablett an der Tür steht Essen bereit. Sie nimmt nur eine einzige getrocknete Frucht und entschwindet die Treppenstufen hinunter.

Als sie gegangen ist, stehe ich auf. Vom Turmfenster aus beobachte ich, wie sie beschattet unter ihrem Baldachin und flankiert von Wächtern über den Platz schreitet. Die Menschen, die sie passiert, verbeugen sich vor ihr und werfen sich zu ihren Füßen nieder. Einige schenken ihr Gegenstände, die in der Sonne glitzern. Jemand kommt zu nahe an sie heran, und plötzlich ist Goldbart da und schleudert ihn weg. In der Ferne verwandelt sich der Feuersee ruhelos und murmelt mit Geisterstimmen. In dem Augenblick, in dem ich den See sehe, bin ich besessen und für Stunden verloren . . .

Schließlich taumele ich weg vom Fenster, fast ohnmächtig vor Hunger und Erschöpfung. Ich zwinge mich dazu, Songs übriggebliebenes Essen herunterzuwürgen, obwohl die Zwecklosigkeit des Essens meinen Magen zusammenkrampft. Und dann gehe ich zu ihrem Bett, lasse mich quer darüberfallen und schlafe wieder.

Als ich aufwache, ist sie noch immer weg. Ich habe keine Ahnung, welche Zeit es ist. Wie betäubt wandere ich durch die leeren, schweigenden Räume des Turms. Es überrascht mich, daß ich allein bin, daß sie hier nicht wie draußen von Dienern umgeben ist, die auf jeden ihrer Wünsche eingehen. *Haben Sie alle solche Angst vor ihr? Oder will sie ihre Untertanen nicht in so unmittelbarer Nähe haben?* Einer der Räume ist ein Badezimmer, und es funktioniert tatsächlich. Ich benutze es, unendlich dankbar für die Intimität und Behaglichkeit. Es fließt tatsächlich Wasser aus der gesprungenen Tülle der verzierten Wanne. Ich bespritze mich und versuche, den Schmutz und die Farbmuster von meinem Körper zu entfernen, zu müde, mich zu fragen, wie ich überhaupt an die Farbe gekommen bin, zu müde, darauf zu achten, daß ich den Schmutz eigentlich nur verschmiere. Ich kann mich jedenfalls nicht erinnern, warum es eine Rolle spielt. Fröstelnd kehre ich ins Schlafzimmer zurück. Meine Kleider sind noch da, zerrissene und stinkende Lumpen. Unbeholfen ziehe ich mir die Hose an; mein ungelenker Körper scheint jemand anderem zu gehören. Nur seine Schmerzen gehören mir. Ich seufze, als ich die Hose zumache, und hasse das Gefühl des steifen, schmutzigen Stoffs auf meiner wunden Haut, das mich dennoch irgendwie beruhigt. Es gibt andere, bessere Kleidung unter den Stapeln von Geschenken, die überall im Zimmer aufgehäuft sind.

Von allem, was je hier gemacht wurde, ist ein Stück vorhanden, denke ich und höre mein eigenes idiotisches Gelächter. Juwelen, Werkzeuge, diverse Möbelstücke und zerbrochene Ausrüstungsgegenstände. Ich nehme eine Lederweste hoch, in die Edelsteine und Metallplättchen eingewebt sind, und lege sie wie einen Schutzpanzer an. Aber als ich hochblicke, sehe ich den See, und er ruft mich. Ich kehre wieder zum Fenster zurück. Hilflos stehe ich da und starre ins Anderswo, während der See mein Bewußtsein von innen nach außen stülpt.

Bis plötzlich ein vertrautes klingelndes Läuten das Gefängnis meiner Besessenheit aufschließt. Abgelenkt drehe ich mich um und sehe meinen Gürtel auf dem Bett liegen. Die silberhelle Musik hört abrupt auf, ohne zu Ende gekommen zu sein. Ich haste zum Bett, öffne ungeschickt meinen Beutel. Alles was sich noch darin befindet, ist die Uhr meines Vaters. Ich schüttele die Uhr mit zitternden Händen und lausche, als sie ihr Läuten zu Ende führt. Ich küsse sie.

Die Zeit lebt! Die Schwerkraft hält mich noch immer auf der Oberfläche des Planeten fest. Irgendwo im Universum wirbeln Elektronen in geordneten subatomaren Bahnen, umlaufen Planeten Sonnen, bewegen sich Galaxien spiralförmig durch die Nacht. Ordnung gleicht das Chaos aus. Die Erkenntnis erfüllt mich mit Triumph . . . Triumph überwältigt mich, wird von den Spiegeln meines Wahnsinns hin und her geworfen, bis meine Gedanken auseinanderfallen.

Ich halte mir die Uhr vor die Augen und versuche verzweifelt, mich zu erinnern . . . »Meine Brüder! Ich kam hierher, um meine Brüder zu finden!« Ich schließe die Augen, stelle mir im Geist ihre Gesichter vor. Stück für Stück baue ich meine Zielvorstellungen aus zerbrochenen Fragmenten wieder zusammen . . .

Und als ich die Augen wieder öffne, stehen sie vor mir, zerlumpt und in blauen Nebel eingehüllt. Ich kann den Himmel durch ihren Rücken sehen. »HK? SB? Wo . . . wo seid ihr?« frage ich und kann kaum glauben, was ich sehe. »Lebt ihr? Sagt mir, wo . . .«

»Das meinst du doch nicht im Ernst«, sagt SB höhnisch. »Du willst es einfach *weggeben*?«

Er geht nicht auf das ein, was ich sage, sondern auf die Stimme eines wütenden Geistes in meinem Kopf. *Halt's Maul!* denke ich voller Zorn und versuche, meinen eigenen Wahnsinn niederzuschreien, weil ich plötzlich erkenne, daß die Geisterstimme, die ich höre, meine eigene ist.

Aber als mein Blick wieder klar ist, bin ich allein und lausche der Erinnerung einer Unterhaltung mit meinen Brüdern – nicht der, die ich gerade hatte, sondern einer anderen, von der ich weiß, daß sie niemals stattgefunden hat.

Ich stehe vom Bett auf, die Uhr fest in der Hand, und fluche vor Enttäuschung. Der Raum ist ein Hinderniskurs aus Objekten, die Song ihren Anbetern abgenötigt hat. Ich bahne mir mit den Füßen einen Weg durch silberne Schüsseln und auseinandergenommenen Terminals. Ich gehe im Kreis und zwinge mich, immer wieder am Fenster vorbeizugehen, ohne nach draußen zu blicken. Und jedesmal, wenn ich das tue, macht mich der Drang, das Sehnen, das zwingende Bedürfnis, auf den Feuersee hinauszublicken, ganz schwach. Irgendwie bin ich das Opfer des Sees, ganauso wie ich das Opfer Songs bin. *»Du gehörst jetzt dem See.«* Alles, was sie mir nach der Infizierung sagte, muß wahr sein. Ich fange an, den unglaublichen Beweisstücken zu glauben, die mir meine Sinne übermitteln, selbst wenn ich nicht weiß, wie oder warum der Feuersee in meinen Geist eingedrungen ist. Ich mag verrückt sein, aber die Macht des Sees über mich ist real genug.

Und wenn sie real ist, dann muß es irgendeinen Weg geben, um sie zu brechen. Ich gehe zum Bett zurück und lege mich wieder nieder. Ich zähle, ich rechne, ich sage ein halbes Dutzend verschiedener Alphabete laut auf, um mir meine Gedanken nicht wegnehmen zu lassen. Die Uhr läutet und zeigt bedeutungslose Segmente der Zeit an. Außerhalb des Fensters verdunkelt sich der Himmel; der Raum füllt sich mit dem Glühen von Songs Feuerkugel. Ich fange an, meine Stimme zu verlieren, ich fange an, mich zu wiederholen. Ich versuche, mir Mond vorzustellen, die einzige Person, deren Gesicht zu sehen ich noch ertragen kann. Ich spreche mit ihrer Erinnerung über unsere gemeinsamen Erinnerungen, versuche, ganz vernünftig zu sprechen . . . bis ihre Erinnerung für mich allmählich so real wird, daß ich sie wirklich *sehe*, die Hände nach mir ausstrekkend, in einem Halo aus blauem Licht. Ich setze mich auf, rufe ihren Namen . . .

Unglücklich zwinge ich mich zum Einmaleins zurück. Ich zähle mit den Fingern, während mich mein kranker Geist wie der eines Süchtigen bekämpft, nur von dem Wunsch getrieben, sich dem Chaos hinzugeben, in die gespenstische Traumwelt des Sees hinauszufließen. Der Kampf ist zwecklos; das Chaos wispert in meinem Kopf. Ordnung ist eine Illusion, eine Lüge, das Universum ist zufällig. Sonnen sterben, Welten kollidieren, das Leben ist eine Zufallserscheinung, bedeutungslos und nichtig. Du bist wahnsinnig. Du kontrollierst nichts . . .

»Das periodische System der chemischen Elemente ist keine Lüge!« brülle ich heiser und weigere mich zuzuhören. Und als die Zeit weiterkriecht, merke ich, wie meine Zuversicht zurückkehrt, ein bißchen. *Ich kann standhalten. Er kann mich nicht zwingen, etwas zu tun, was ich nicht tun will. Ich werde lernen, mit ihm zu leben, wenn ich es denn muß. Song tut es.* Aber ich weiß, daß ich diese Kontrolle nur behalten kann, wenn ich mich voll darauf konzentriere. Das kann ich nicht immer tun. Es ist nur eine Frage der Zeit . . . Verzweiflung überkommt mich wieder.

Und was ist mit dem übrigen? schreit es. Ich bin infiziert! Jedesmal, wenn ich eine Frage höre, die ich nicht beantworten kann, verläßt mein Geist den Körper. Auf diese Weise kann ich kein vernünftiges Leben führen!

Ich kann lernen, es zu kontrollieren.

Nur Sibyllen können das. Ich bin kein Sibyll. Ich wurde nicht ausgewählt, ich bin nicht dazu bestimmt! Ich bin nicht stark genug. (Meine Beine verfangen sich im Bettzeug, und ich falle.) Ich kann es nicht!

Woher weiß ich das? Ich habe es nie versucht.

»Aber ich bin *verrückt* . . .« Ich sitze auf dem Boden, schlage mit den Fäusten auf meine Knie.

Nicht so verrückt wie ich war, als ich hierher kam.

Ich beobachte bestürzt, wie Erinnerungen, die unmöglich die meinen sein konnten, vor mein geistiges Auge treten. Ich erinnere mich an meine Reise hierher. Ich erinnere mich an ihr Ende . . . Ich sah das Gesicht einer Frau auf dem Körper einer anderen, und ich benutzte sie, wie ein Tier . . .

Ich ermordete kaltblütig einen Mann.

»Nein, nein, nein . . .« Ich halte meinen Kopf fest, denn ich weiß, daß die Erinnerung an das blutige Messer, das sich in seine Brust bohrt, aus meinem Kopf herausplatzen wird, daß mein Herz zum Stillstand kommen wird, daß mich die Verdammnis jetzt letzten Endes gewiß mit Haut und Haaren verschlingen wird . . .

Er tötete Ang! Er würde auch mich getötet haben! Ich mußte, mußte ihn töten . . .

Aber nicht auf diese Weise. Nicht auf diese Weise. Die Stimmen in meinem Kopf erheben ein Klagelied – die Stimmen von einem Tausend Ahnen, die meine Schande beweinen, rächende Furien, die mich auf immer für mein Verbrechen quälen werden. Ich sinke wieder nieder, nehme meine Strafe und meine Schuld an. Letztlich gehöre ich hierher. Es ziemt sich so.

Und doch beharrt ein kleiner, widerspenstiger Teil meines Bewußtseins darauf, daß ich nicht länger das bin, was ich einmal war, daß sogar meine Schuld dies beweist. Daß ich ein neuer Mensch bin, wiedergeboren . . .

Nach einer langen Zeit bin ich wieder ruhig genug, um mich darauf zu besinnen, wo ich bin. Ich höre, wie jemand den äußeren Raum betritt. Dem leichten Schritt nach vermute ich, daß es Song ist. Ich stolpere auf die Füße, krank vor Vorahnungen. Wie kann ich mein Bewußtsein vor ihr schützen – wie kann ich den Transfer kontrollieren?

Den Transfer kontrollieren. In einer plötzlichen Anwandlung klaren Denkens erkenne ich die halbe Antwort – und vielleicht noch mehr.

Song erscheint im Türeingang. Ihr Gesicht glänzt im rötlichen Licht des Zimmers. Bevor sie den Mund öffnen kann, rufe ich: »Eingabe, Sibylle! Ich habe eine Frage für die Sibylle Mond Dawntreader Sommer auf Tiamat . . .« Ich weiß nicht, ob ich das Unmögliche verlange, kümmere mich auch nicht darum.

»Nein!« Song reißt protestierend die Arme hoch, aber ihr Körper versteift sich und ihre Augen werden glasig, als der Transfer sie davonträgt.

Ich rücke an sie heran, beobachte sie mitleidlos und forsche nach Anzeichen der Gegenwart einer anderen. Ihre Augenlider flattern, ihre Augen sehen mich an, gehen durch mich hindurch, an mir vorbei . . . und kehren wieder zu mir zurück. Sie keucht.

»Mond?« murmele ich. »Mond, bist du es wirklich?« Unsicher streiche ich über Songs Wange. Ich kann nicht glauben, daß ich sie wirklich hierher zu mir gerufen habe.

Songs Körper bebt, als ob jemand anders danach verlangt, ihn zu bewegen. »Ja . . .«, flüstert sie. »BZ! Wie . . . was . . . willst du von mir? Bitte . . . gib mir weitere Informationen.«

Das ist alles, was sie tun kann, gefangen im Auge des Transfers. Ich versuche, meine eigenen verwirrten Gedanken zu ordnen, voller Furcht, sie zu verlieren . . . »Ich bin . . . ich

bin hier auf Nummer Vier, an einem Ort, der Feuersee genannt wird. Ich brauche Hilfe. Irgend etwas dringt die ganze Zeit in meinen Kopf ein und . . .« *»Geschwätz! Hör auf!«* »Ich bin ein Sibyll, Mond! Jemand hat mich infiziert, die Frau, die mich jetzt an deiner Stelle sieht. Sie war nicht dazu bestimmt, eine Sibylle zu sein . . . Sie ist nicht bei Verstand.« Ich schlucke unter Schmerzen. »Und ich glaube . . . ich glaube, mir geht es genauso. Ich bin hier gefangen, ich kann sonst von keinem Hilfe bekommen. Sag mir, wie du den Transfer kontrollierst! Jedesmal wenn ich eine Frage höre . . .«

»Ein Sibyll . . .« Songs Stimme dringt an mein Ohr, aber es ist Mond, die die Worte mit Mitleid erfüllt. »Fürchte dich nicht vor der Infektion, BZ. Sie muß dich nicht wahnsinnig machen. Die Angst davor kann dein größter Feind sein. Ich kenne dich . . . Ich weiß, daß . . .«, Songs Hände zucken, » . . . daß der anständigste, sanfteste, gütigste Mann, dem ich jemals begegnet bin, dafür bestimmt sein mußte. Daß du irgendwie ausgewählt werden mußtest . . .« Song macht einen tiefen Atemzug.

»Es ist schwer für jeden, am Anfang. Völliges Verstehen . . . völlige Kontrolle über den Prozeß nimmt viele Monate in Anspruch. Aber ich kann dir genügend Hilfestellung geben. Es gibt Wortformeln, um die Stimuli in die richtigen Kanäle zu leiten, Muster, die im Laufe der Zeit zu einem Teil deiner Denkprozesse werden, wie . . .«, sie unterbricht sich, als das Sibyllenbewußtsein nach einer sinnvollen Analogie sucht, » . . . die Adhani-Disziplin, die auf Kharemough praktiziert wird.«

»Wirklich? Ich praktiziere sie . . .«

»Dann benutze sie. Sie wird dir helfen, dich zu konzentrieren. Aber du brauchst dazu gewisse Schlüsselwörter. Du weißt, daß der formelle Sibyllentransfer nach einer Art Ritual abläuft. Er beginnt mit dem Wort *Eingabe*. Keine anderen Fragen brauchen anerkannt zu werden, Lerne, beiläufige auszuschließen, indem du dich auf das Wort *Halt* konzentrierst.«

»*Halt!*« sage ich ungläubig. »Ist das alles?«

»Ja. Es ist sehr einfach, es muß so sein. Aber es gibt viel

mehr . . . .« Ihre Worte fließen jetzt ganz leicht, ein klarer Strom.

Als ich jede einzelne Wortwendung wiederhole, blicke ich in ihre Augen und sehe Songs Gesicht, weiß jedoch, daß Monds Herz und Geist dahinterliegen. Dieses Wissen hilft mir, mich auf ihre Worte zu konzentrieren. Ich habe Angst, auch nur ein einziges in der tumultartigen Wildnis zu verlieren, die Song aus meinem Bewußtsein gemacht hat.

Schließlich hat sie mir alles gesagt, was möglich ist. » . . . es braucht Zeit. Glaube an dich. Es ist keine Tragödie, es könnte ein Segen sein. Vielleicht war es so gedacht.«

Niemals, denke ich, weil ich nur zu genau weiß, zu was ich geworden bin. Aber ich flüstere: »Danke.« Wieder berühre ich Songs Gesicht. In ihren Augen schimmern Tränen. »Du weißt nicht, was mir das bedeutet . . .« Ich nehme ihre Hände in die meinen und küsse sie. »Ich liebe dich, Mond. Ich werde niemals eine andere lieben. Ich habe mich stets gehaßt, seit ich Tiamat verließ.« Ich holte tief Luft. »Ich kann dir das jetzt sagen, weil ich weiß, daß ich dich niemals wiedersehen werde.« Ich versuche, sie mir so vorzustellen, wie sie jetzt sein muß – nicht länger ein blasses, widerspenstiges Barbarenmädchen, sondern eine Frau, eine Königin, die Führerin ihres Volkes. Die einst schmerzliche Erkenntnis veranlaßt mich nur, sie noch mehr zu lieben.

Song blinzelt, und plötzlich laufen Tränen ihre Wangen hinunter. »Ich brauche dich«, ruft sie mit einem Schrei, der sich anhört wie das Schreien der Seevögel. Ihre Augen beginnen, starr zu werden.

»Mond?« Ich klammere mich an Songs Schultern, klammere mich an den Geist, der in ihr wohnt. Mein Kuß erstickt die letzten Worte, die über ihre Lippen kommen: *»Keine weitere Analyse!«*

Song taumelt. Ich fange sie auf, als sie fällt, und lege sie aufs Bett. Ich richte mich wieder auf und fühle noch immer den feuchten Druck ihrer Lippen auf den meinen. *»Ich brauche dich.«* Waren dies wirklich Monds Worte oder ihre eigenen? Sie starrt mich finster an und fährt sich über die Augen, aber sie sagt nichts. Ich blicke zur Seite. Zweimal habe ich jetzt ihren Körper benutzt, um mein Bedürfnis nach Mond zu befriedigen. Ärgerlich versichere ich mir, daß ich ihr damit nicht halb so viel Schlimmes angetan habe, wie sie mir angetan hat.

Ich lasse sie allein im Turm zurück und gehe nach Freistatt hinein. Die Nacht ist rot vom Glühen des Sees. In der relativen Kühle der Stunde sind noch viele Menschen unterwegs, die durch die Geister in den Ebenen der uralten Stadt hindurchgehen. Ich sehe Lichter in den Fenstern und höre Rufe und Gelächter und Schreie. Einige der Lichter sind Phantome, und einige der Stimmen hallen in mir wider. Ich höre Spadrins letzten Schrei und taumele gegen eine Mauer, klammere mich an den rauhen Stein.

Ich reiße mich los und gehe weiter, schreite durch Geister und beobachte, wie Gebäude zerschmelzen und sich wie mutierendes Gewebe in Wolken aus Geisterlicht neu heranbilden. Es ist fast so, als ob ich durch die Zeit blicke und sehe, wie sich die Geschichte Freistatts vor mir entfaltet und der Realität aufgepfropft wird. Ich frage mich, wie viele Menschen hier tatsächlich in der Gegenwart leben – und wie viele davon geistig gesund sind . . . Ich greife kurz nach dem Kleeblatt, lasse es wieder gegen meine Brust fallen und berühre es während meiner Wanderung dann und wann mit den Fingern.

»Nun Pilger, hast du gefunden, weswegen du herkamst?« fragt mich unerwartet eine Stimme.

Die plötzliche Frage schleudert mich fast in den Transfer. Mein Geist taumelt und reißt sich verzweifelt zusammen. *Halt! Halt!* »Ja . . . was?« Ich sehe mich Goldbart gegenüber und starre in sein geflecktes Gesicht. »Was willst du?« Ich funkle ihn an, denn sein Ausdruck erfüllt mich kalter Furcht. Ich erinnere mich, daß er mich zu Song hat sagen hören, ich wäre kein Sibyll. *Aber ich bin ein Sibyll* . . . Weggleiten, weggleiten. *Konzentriere dich! Stop.* Ich hole ein paarmal tief Luft, murmele einen Adhani. Ich weiß, daß es vergeblich ist, habe aber irgendwie trotzdem Erfolg.

»Ich will haben, was mir gehört . . .«

Für einen Augenblick glaubt mein verwirrter Verstand, daß er die Uhr meint.

». . . den Solii.«

Ich blinzele. »Den . . . Song gab dir deine Belohnung.« Ich versuche, mich an ihm vorbeizuschieben, aber er packt meinen Arm.

»Ein lausiger Diamant. Wo ist der Solii?«

Ich muß nachdenken und mich erinnern. Und dann sage ich es ihm.

In schwachsinniger Ungläubigkeit sperrt er den Mund auf, klappt ihn voller Wut wieder zu. »Ich schneide dir den Bauch auf und finde ihn, Pilger . . .« Er schüttelt mich. »Nur . . .« Abrupt läßt er mich los. »Sie sagt, daß man dich nicht anrühren darf. Sie sagt, du gehörst jetzt dem See.« Er starrt mich an, als sähe er die schweißdurchtränkten Muster in meinem Gesicht zum erstenmal.

Ich nickte, begierig, es ihn glauben zu lassen.

»Du hörst den See reden?« fragt er. »Du siehst die Zukunft und die Vergangenheit?«

»Tut . . . tut sie das?«

»Sicher.« Er nickt, und ich spüre einen schwindelerregenden Anflug von Erleichterung. Die Geister, die Gebäude sind keine Halluzinationen . . . sie sind etwas anderes . . . *Ich hatte recht.* Ein Sympton weniger, ein Fingerzeig mehr. »Siehst du sie?« frage ich.

Er lacht und spuckt aus. »Nee. Sie ist die Sibylle, die, die Macht über den See hat. Er hat sie und läßt uns in Ruhe.«

»Was meinst du damit?« Je mehr ich über Song weiß, desto mehr werde ich über das wissen, was sie mir wirklich angetan hat.

Er zuckt ungeduldig die Achseln. »Ich habe es dir gesagt. Der See macht verrückte Sachen. Er saugt dich auf und spuckt dich zu einer anderen Zeit wieder aus. Er läßt die Dinge sich so verändern, daß du sie nicht wiederfinden kannst. Sieh dich hier um . . .« Er macht eine Handbewegung, die einen Halbkreis durcheinandergewürfelter Ruinen umfaßt. »Allein hier ist es jetzt besser, seit der See sie hat. Sie sorgt für uns.« Er schlägt sich mit einer riesigen Hand vor die Brust. »Und ich sorge für sie. Ich beseitige jeden, der ihr etwas antun will.« Seine Augen glühen mit einem fanatischen Versprechen. »Aber sie befahl, dich in Ruhe zu lassen . . . für jetzt.«

»Was will er mit ihr?«

»Sag du es mir!« schnaubt er. »Sag du es mir, Pilger. Was will er mit dir? Was will sie mit einem Schlappschwanz wie dir? Hat sie dich gehabt?« Er mustert mich von oben bis unten, fixiert die farbigen Schleifen, die meine Haut bedecken. Echos der Lust und plötzlicher Scham brennen in mir, Feuer und Eis.

Er liest die Antwort in meinem Gesicht, und plötzliche Mißgunst tritt in sein eigenes Gesicht. Seine Hände ballen sich zur Faust. Selbst er hat Angst, sie anzufassen . . . Und nun erkenne ich die wahre Quelle ihrer Macht. Ihre Magie ist nur ein Spiel. Selbst ihr Sibyllenblut ist nichts als ein Symbol. Ihre ganze Macht über sie stützt sich auf den See, auf ihre Kontrolle über ihn. Aber Goldbart versteht von der Macht des Sees nicht mehr als ich.

Sie sagte, daß ich derjenige bin, der verstehen sollte. Aber ich verstehe nicht! Ich spüre, daß sich meine Konzentration auflöst wie Blasen in einem unterseeischen Wellengang der Zwecklosigkeit. Es gibt noch jemanden, über den ich Goldbart befragen muß, noch etwas, was ich wissen muß. Und er kann es mir sagen, wenn ich mich nur zusammenreiße . . .

Als ich die Herrschaft über mein abschweifendes Bewußtsein wiedergewonnen habe, ist er gegangen, und ich stehe allein inmitten einer Gruppe klappernder blauer Geister. Sie schweben in der Luft, scheinen irgend etwas Technisches zu machen . . . Ich kann nicht die Kraft finden, mich zu fragen, was es ist. Ich schiebe mich durch sie hindurch, als ob sie gar nicht da sind, und gehe weiter ziellos in die Stadt hinein.

Sie sagte, daß ich derjenige bin; aber ich bin der Falsche. Sie ist verrückt – und ich bin es auch. Die Hoffnungslosigkeit von allem betäubt mein Gehirn. Ich will nur noch vergessen . . . Ich lasse mein Bewußtsein wandern, bis ich irgendwie Szenen aus einer Romanze des Alten Empires wiedererlebe, die ich vor langer Zeit gelesen habe – die Geschichte der ersten Sibylle, die jemals lebte, und wie sie in den Tagen des Untergangs des Empires überlebte. Als Tochter von Biowissenschaftlern, durch den göttlichen Wahnsinn, der das Vermächtnis ihrer ermordeten Eltern war, mit Segen und Fluch beladen, war sie auf fremden Welten verloren und wurde von der Familie, der sie vertrauen zu können glaubte, mißbraucht. Sie besaß nur einen wahren Freund in der ganzen Galaxis, einen Mann, der sie liebte und der wußte, daß sie nicht wahnsinnig war. Und sie glaubte, daß er tot war . . .

Ich stolpere in einen Abfallhaufen und stürze zu Boden, wobei ich mir meine Hose an den Knien zerreiße und mir die Handflächen aufscheuere. Der Schmerz macht meinen Kopf klar, und ich fluche vor Widerwillen. Dummer, romantischer Quatsch – ein Buch, das ich auf Tiamat zurückließ, weil ich es nie wieder sehen wollte. Ich frage mich, wieso ich mich überhaupt daran erinnere . . .

Weil sie niemals aufgab! sagt mein Bewußtsein ärgerlich. Sie kämpfte um ihre geistige Gesundheit, um ihr Leben, und sie gewann. Sie rettete sich selbst und die Zukunft . . . *Es ist noch nicht vorbei. Es ist nicht vorbei, bis du aufgibst.*

Ich lehne mich an einen Pfeiler und klammere mich mit aller Kraft an der Gegenwart fest. Ich blicke hoch und richte mein Augenmerk auf die im Schatten liegende Säulenhalle des aufgegebenen Gebäudes. Ein undeutlicher Finger aus rötlichem Licht zeigt ins dunkle Innere des Gebäudes und berührt eine Wand aus massivem Stein. Es befindet sich niemand darin, nicht einmal ein Geist. Ich frage mich, was diese Örtlichkeit einmal war . . . *Was war diese Stadt?* Irrationales Vergnügen überkommt mich, als ich die Frage stelle, und dann unkontrollierbare Enttäuschung, als ich keine Antwort darauf geben kann. »Ich sollte es *wissen!* Warum *weiß* ich es nicht . . .?«

Ich reibe meine Fäuste an den staubigen Platten des Eingangs, bis der Anfall vorübergeht. Und dann, darum kämpfend, die Kontrolle zu behalten, fange ich an, die Rituale zu praktizieren, die mich Mond lehrte. Ich zwinge mich zu der Erkenntnis, wie ähnlich die Disziplinen dem Adhani sind, so wie sie es sagte. Vielleicht haben sie sogar einen gemeinsamen Ursprung. Die Vertrautheit beruhigt mich, und langsam beginne ich zu glauben, daß ich sie zu einem Teil von mir machen kann, zu einem Schild gegen das Chaos, das in meinem Bewußtsein tobt.

Aber als ich den Glauben in mir Fuß fassen lasse, überströmt mich eine Flut irrationalen Vergnügens und schwemmt alles weg.

»Mond!« schreie ich. »Mond . . .« Ich schaffe es, mich auf die einzige Person zu besinnen, die noch an mich glaubt, auf die einzige Person, die mich noch liebt. Und die blinden Freudegefühle verwandeln sich in meine Liebe zu ihr, echt, meßbar, real – ein Anker im Meer. Die Realität um mich herum nimmt wieder feste Gestalt an.

Erschöpft sinke ich zurück gegen die Pfeiler. Welchen Sinn hat es, die Sibyllenlitaneien zu praktizieren . . .? Mit unsicheren Händen drehe ich das Kleeblatt hin und her. Sie mögen mich vor dem Transfer retten können, aber sie können die Anfälle manischer Depression nicht aufhalten, die meinen Geist jedesmal in Trümmern zurücklassen, wenn ich rational zu denken versuche. Das ist der Unterschied zwischen richtigen Sibyllen und Verrückten . . .

Jedesmal . . . Mit plötzlicher Erregung gibt mir mein Bewußtsein einen Denkanstoß. *Jedesmal? Dann folgen die Attacken einem Muster.* Ich murmele einen Adhani, versuche die Kraft aufzubringen, noch einmal einen Gedanken bis zum Ende zu verfolgen. Es ist sogar noch schwerer, mich dazu zu zwingen, etwas so Abstoßendes wie meinen eigenen Wahnsinn ernsthaft zu betrachten . . . aber ich weiß, daß ich jedesmal, wenn ich Augenblicke der Erleuchtung habe oder einen weiteren Fingerzeig auf das mit mir Geschehene entdecke, obszönes Vergnügen empfinde. Rationale Reaktionen, wahnsinnig verzerrt und jenseits meiner Kontrolle, weil mich etwas Fremdes kontrolliert. Etwas, das viel stärker ist, als ich es bin, etwas, das auch Phänomene verursacht, die nur eine Sibylle spüren kann. Das leibhaftige Chaos treibt mich in den Wahnsinn, wie eine Frage ohne Antwort. *Aber es will, daß ich gewinne. Es glaubt, ich kann es.* Es belohnt mich mit Vergnügen, wenn ich es versuche, und bestraft mich, wenn ich scheitere . . . *behavioristische Konditionierung.*

Ich fange an zu lachen, weil ich mir sicher bin, daß dies alles nur meiner eigenen armseligen Paranoia entspringt. Verrückte denken immer, daß sie geistig gesund sind. Und doch *ist* seit dem Augenblick, in dem mich Song infizierte, eine fremde

Präsenz in meinem Bewußtsein gewesen, wie ein Abhörgerät um meine Gedanken geschlungen, immer dann am stärksten, am schlimmsten, wenn ich den Feuersee sehe. *Der Feuersee. Kann er möglicherweise ein . . . denkendes Lebewesen sein?*

Triumpgefühle antworten mir. *Aber wie? Warum? Irgendeine unbekannte Lebensform . . . ist das wirklich möglich?* Ich spüre keine Reaktion. Die Hoffnung ist wieder real für mich, und mit ihr das Scheitern. Was auch immer von jetzt an geschieht, ich weiß, daß es nur vorwärtsgehen kann, bis ich die Lösung dieses Geheimnisses finde oder bei dem Versuch sterbe. Ich bin ein Sibyll, und ob ich nun gerüstet bin, einer zu sein oder auch nicht, so ist die Veränderung doch unausweichlich und dauerhaft. Und irgendwie hat sie mich an Feuersee gebunden . . . Mit dieser neuen Erkenntnis fühle ich mich stärker, auf hilflose Weise stolz und erschreckt.

Voller Nervosität stehe ich auf. Meine Füße führen mich durch die Stadt, bis ich mich abermals am Rand des Canyons stehend wiederfinde. Ich frage mich flüchtig, warum ich mich immer hier, wo nichts ist, wiederzufinden scheine. Die Tiefe liegt in dunklem Schatten, aber ich höre, wie das Wasser tief unter mir über Geheimnisse gluckst. Als ich über die Kante hinabblicke, sehe ich einen schwachen Lichtschimmer pulsieren und erblassen. Ich erinnere mich daran, daß ich einmal etwas Silbriges in den Tiefen des Wassers sah. Etwas an seiner Form war vertraut, aber in der Dunkelheit ist nichts zu erkennen. Ich blicke zu dem Stadtviertel hinüber, das am gegenüberliegenden Rand liegt und sehe es im Geisterlicht flackern; Bilder blitzen auf und vergehen. Es gibt dort überhaupt keine wirklichen Menschen, keine wirklichen Lichter. Die Gesetzlosen bleiben in Songs Nähe, unter ihrem Schutz. *Aber warum? Warum braucht der See sie – oder mich? Was bedeutet das . . .?*

Ich habe zu viele Puzzleteile und nichts, wo sie hineinpassen. Ich presse mein Gesicht in die Hände und fühle, wie meine Gedanken im Lärm ertrinken. Augenblicke geistiger Klarheit reichen nicht aus . . . Das Besiegtsein lastet wie Eisen auf mir. *Ich bin müde . . . ich bin des Versuchens so müde.*

Ich kehre zu Songs Turm zurück, warum, weiß ich nicht; wohl nur, weil es nichts anderes gibt, wohin ich gehen könnte.

Als ich zwischen den Skelettreihen entlanggehe, frage ich mich plötzlich, ob sie ihren Wächtern befohlen hat, mich zu töten. Aber ich gehe weiter, und sie lassen mich passieren. Meine Anspannung wächst, als ich die Stufen zu ihrem Zimmer hinaufsteige. Die Räume sind dunkel und still. Sie liegt noch immer auf dem Bett; sie schläft. Die Feuerkugel badet sie in düsteres, blutiges Licht. Sie rührt sich, als ich den Raum betrete; ihr Gesicht ist von einer Erschöpfung überschattet, die so tief ist wie meine eigene.

»Warum läßt du mich leben?« frage ich dumpf.

»Der See«, sagt sie. »Der See braucht dich.« Sie läßt den Kopf zurücksinken und liegend passiv und einladend auf den seidenen und samtenen Kissen. »Und ich brauche dich.«

Ich lege mich voll angezogen nieder – auf den Boden, wo ich sie nicht einmal berühren muß. Sie murmelt einen Fluch, schweigt dann. Ich spüre nichts als kalte Wut und schmerzende Einsamkeit.

Als ich wieder aufwache, herrscht Dämmerung. Die Stadt sieht aus wie poliertes Kupfer. Ich habe von meinen Brüdern geträumt; die Erinnerung daran reißt mich völlig aus dem Schlaf hoch. Song sitzt mit angezogenen Beinen auf dem Bett und starrt mich an. Ich versuche, ihr Fragen nach meinen Brüdern zu stellen, aber sie will nicht zuhören. Sie steht auf und läuft aus dem Zimmer.

Als ich auf dem Boden sitze, wird mir klar, daß mein Körper an keiner Stelle mehr schmerzt. Ich bin über Nacht geheilt. *Über Nacht?* Die Unberechenbarkeit der Zeit erfüllt mich nur mit einem vorübergehenden Gefühl des Unbehagens. Ich recke mich, ohne daß es weh tut, zum erstenmal in . . . seit einer längeren Zeit, als mich erinnern kann, und ich bin dankbar dafür. Ich kratze mich an den spärlichen Bartstoppeln an meinem Kinn.

Der See ruft mich ans Fenster, und ich blicke auf ihn hinaus. Ich beobachte, wie er bei seinen zufälligen Veränderungen mutiert und flutet, hilflos . . . *Hilflos. Woher weiß ich das?* Meine Hände ballen sich auf der steinernen Fensterbrüstung zu Fäusten. Ich schließe die Augen, rezitiere einen Adhani und spüre, wie der Dämonenchor in mir verstummt. Ich lausche der dunklen Stimme, die darunter verborgen liegt, der Stimme, die ich für meinen Wahnsinn hielt – der Stimme des Sees. Ich öffne die Augen hole tief Luft und bin bereit, es erneut zu versuchen.

Wie gelangt diese Wesenheit in mein Bewußtsein? Als ich mir diese Frage stelle, begreife ich, daß es nur eine Antwort geben kann: Weil ich ein Sibyll bin, wie Song. *Aber wie sieht der Mechanismus aus?* Ich zwinge meine Gedanken in die Bahnen von Frage und Antwort. Wenn ich das nur verstehen kann, werde ich besser erkennen, ob ich wirklich wahnsinnig bin, ob ich jemals wieder geistig gesund sein kann. *Der Virus verursacht eine veränderte Gehirnstruktur, eine Empfänglichkeit für ein*

Medium, das schneller ist als das Licht . . ., meine Erregung wächst . . . *was bedeutet . . . was bedeutet . . .?*

»Scheiße!« Ich entferne mich ruckartig vom Fenster, als meine Konzentration zusammenbricht und das Ding in mir seine Enttäuschung herausschnattert. »Verdammt! Verdammt . . .« Ich bin nicht einmal sicher, ob meine Flüche meine eigenen sind.

Song schreit im Raum nebenan auf, als ob sie alles, was ich tue, mitfühlt. Ich gehe in das Zimmer, und sie schleudert mir ein Keidungsstück entgegen. »Geh raus! Geh weg, von mir, du Versager. Laß mich allein!« Ihre Stimme bebt vor Schmerz, aber ihre Augen sind wie Obsidian. Sie preßt die Feuerkugel gegen ihre Brust.

»Ich habe dich um all dies nicht gebeten!« fauche ich mit gereizter Verbitterung. »Ich bin hierher gekommen, um meine Brüder zu finden, nicht um deine Probleme zu lösen.«

»Lügner!« Sie tigert auf und ab, wobei ihre Robe aufklappt, so daß ich bei ihren Bewegungen einen Blick von Brust oder Schenkel aufschnappen kann. »Du konntest es nicht abwarten, mich anzupacken. Du wolltest mich – jeder will mich, weil ich Macht besitze. Sie würden alles tun, um mich zu haben. Aber sie haben alle Angst vor mir, nur du nicht.« Ihre Hände berühren ihre Brüste. Ich blicke zur Seite. »Du hattest keine Angst . . . Ich dachte, du wärst anders. Aber du bist nicht mehr der Mann, der hierher gekommen ist . . .«

»Was willst du von mir?« schreie ich wütend. »Du hast mich infiziert! Du wolltest einen verrückten Mann, und den hast du auch bekommen! Sag mir, was, zur blutigen Hölle, du . . .« Ich breche ab.

Ihre Augen sind glasig . . . sie ist in den Transfer gegangen.

»Song?« Ich starre sie an. Für einen Augenblick kann ich mich nicht einmal erinnern, welche Frage ich gestellt habe. Und wen ich gerufen habe, um sie zu beantworten . . .

»Hilf . . . mir«, flüstert sie. »Ich will . . . hilf mir. Befiehl mir.«

Der See tobt in meinem Bewußtsein. Ihre Stimme hallt in mir wider, bis ich kaum noch sprechen kann. »Befehlen – dir – was? Wer bist du? Wo bist du?«

»Verloren . . .«, stöhnt sie. *(Verloren verloren verloren.)* »Rette mich . . .«

»Verdammt . . .« Ich bohre mir die Fäuste in die Augen, bis ich Sterne sehe. Ich weiß, daß dies wichtig ist, ungeheuer wichtig. Aber der See ist überall um mich herum. »Der See? Bist du eine Gefangene des Sees?«

»Nein . . . See. Hier.«

»Wo? Was . . .« Ich versuche zu denken. »Was bist du?«

»See. See.« (See See See . . .)

Mir stockt der Atem. Der See spricht zu mir, durch Song. »Aber was *bist* du?« schreie ich, die Echos in meinem Kopf niederschreiend.

»Dein Diener . . . See.:« Songs Augen sind leer, hilflos.

Ich wende mich ab, schüttele den Kopf und habe den Wunsch, sie zu schütteln. »Wie kann ich dir helfen?«

»Stell . . .«, keucht sie, »stell die richtigen Fragen.«

Was bist du, was willst du von mir, wie kann ich dir helfen . . .? »Ich kann an nichts anderes denken!« Eine unbeschreibliche Qual überkommt mich.

Song fällt aus dem Transfer heraus und wird zu einem schluchzenden Häuflein Elend. »Bitte, bitte . . .!« schreit sie, als ob ihr Herz bricht. »Ich kann . . . ich kann es nicht ertragen. Hilf mir . . .«

Ich falle neben ihr auf die Knie, nehme sie in die Arme und drücke sie an mein Herz, weil ihr Schmerz mein Schmerz ist, so bitter und nicht stoppbar wie Tränen. »Es tut mir leid, es tut mir leid«, ächze ich sie an, ächze ich das rasende Monstrum an, das uns gefangenhält. »Ich habe es *versucht.*« Jetzt erkenne ich, daß sie genauso seine Gefangene ist, wie ich das bin. »Warum tut dir – uns – der See das an? Bei allen Göttern, was will er von uns? Sag es mir, Song! Ich schüttele sie jetzt doch, um sie zum Zuhören zu bringen.

Sie sieht mich voller Furcht an, als ob sie denkt, daß sie wieder in den Transfer fallen wird. »Tu es nicht!« brülle ich. Sie tut es nicht. »Er ist so allein . . .« Ihre Stimme zittert. »Es gibt sonst niemanden, der ihn hört – nicht seit tausend Jahren. Darum behält er mich hier . . . Ich behalte ihn hier . . .« Sie fährt sich über die Augen. »Er ist verloren in der Zeit. Er *braucht* . . .« Sie liebkost die Feuerkugel, die in ihrem Schoß liegt.

»Was?« frage ich.

»Von dir wurde erwartet, daß du es weißt. Von dir wird erwartet, daß du es . . . *weißt.*«

»Warum? Wieso ich? Warum nicht . . . Goldbart oder sonst jemand? Warum nicht du?«

»Ich kann es nicht. Niemand kann ihm antworten, niemand weiß, was er will, niemand weiß, was er ist! Ich bin verloren! Ich kann mich an nichts halten. Er nimmt mir alles weg.« Sie klammert sich an mich, birgt ihr Gesicht an meinem Nacken. Ihr ganzer Körper wird geschüttelt. »Er verschlingt mich lebendig.«

»Götter . . .« Ich wische mir die Nase, schluchze vor Selbstmitleid. Ich habe wieder versagt, elend versagt, und ich weiß nicht einmal, wobei. Warum ich? Was weiß ich schon Wesentliches? Ich bin ein Niemand . . . »Ich dachte . . . ich dachte, du kontrollierst den See. Ich dachte, *du* wüßtest, was er ist! Ich sah dich mit diesen Männern. Du riefst eine Macht und tötetest sie . . .«

»Der See tötete sie!« Sie stößt mich von sich. »Er brachte sie irgendwo anders hin. Er berührt die Menge durch mich. Wenn er so nahe herankommt, passieren *Dinge*. Die ganze Zeit passierten in Freistatt Dinge, das sagen alle. Bis ich kam. Jetzt passieren sie nur, wenn ich nicht warten kann, wenn ich sie so sehr hasse . . .« Ihre Hände verkrampfen sich. »Ich weiß nur nie, *was* . . .«

»Waren diese Männer schuldig?«

»Ich weiß es nicht.« Sie sieht mich seltsam an. Plötzlich bohren sich ihre Finger in mein Fleisch. »Es kümmert mich nicht! Sie sind alle schuldig, diese Ratten! Ich leide, um sie zu retten . . . Laßt sie auch leiden!« Sie fängt wieder an zu weinen und preßt ihre Fäuste gegen meine Weste.

»Hilf mir, meine Brüder zu finden«, sage ich weich. »Ich weiß, daß sie hier sind. Du hast sie sogar gesehen, hast ein Urteil über sie gesprochen. Hilf mir, sie zu finden, und ich werde dich von hier wegbringen.«

»Das ist nicht die Antwort!« Ihre Augen sind wieder wie

schwarzes Glas. »Ich kenne sie, zwei Kharemoughis. Sie waren Würmer. Nicht einmal der See wollte sie. So ließ ich Goldbart sie verkaufen.«

Ich richte mich auf. »Wem gehören Sie? Wo kann ich sie finden?«

»Du willst es gar nicht wissen. Darum bist du nicht hergekommen. Du kümmerst dich nicht um deine Familie. Niemand tut es; es ist alles Lüge.«

Die Worte dringen in mein Herz wie ein Messer. »Das ist nicht . . . das ist nicht wahr. Mein Vater . . . deine Mutter . . .«

»Ich hasse meine Mutter. Sie verstand niemals etwas. Sie brachte meinen Vater dazu, sich wie ein Nichts zu fühlen, weil er . . . voller Träume war. Sie hatte niemals Träume. Sie verstand nie, was es heißt, eine Sibylle zu sein. Es war nur ein Job für sie. Sie ließ sich durch die Gesellschaft benutzen und gab uns nichts. Sie war eine Sibylle, sie hätte alles verlangen können! Aber sie wollte nirgendwo hingehen, wo wir reich und angesehen sein konnten. Sie wollte nicht auf uns hören . . .«

»Sibyllen sollten eigentlich nicht nach Geld oder Macht verlangen«, sage ich schwach, aber sie hört nicht zu.

»Sie verstand nicht, als ich ihr sagte, daß sie mich infizieren solle. Sie wußte, daß ich lüge, aber sie tat es trotzdem. Und jetzt tut es ihr leid, aber es ist zu spät, zu spät . . .« Sie wringt ihre Hände. Ich begreife endlich, daß nicht Weltende sie in den Wahnsinn treibt, sondern daß ihr Wahnsinn sie nach Weltende trieb.

Der meine auch? Ich stelle mich langsam auf die Füße, starre aus dem Fenster auf den See. »Ich hasse meine Brüder«, sage ich belegt. »Ich weiß nicht, warum ich kam . . . es sei denn, daß ich mich selbst noch mehr haßte.« Ich wende mich ihr wieder zu. »Mein ganzes Leben lang versuchte ich immer, das Richtige zu tun, aber es kam immer das Falsche dabei heraus.« Ich war von derselben Selbsttäuschung befallen wie alle anderen in C'uarrs Lokal, wie die, die ich verachtet hatte, weil sie nach Weltende davongelaufen waren.

Aber dies muß nicht das Ende der Welt sein. »Wir können hier weggehen, Song. Nichts hält uns hier. Sag mir, wie ich meine Brüder finden kann.«

»Du wirst hier niemals weggehen. Nicht, wenn du nicht die richtigen Fragen stellst!«

»Wie?« Ich werfe die Arme hoch. »Was kann ich sonst noch versuchen?«

Sie starrt mich nur an, wobei sich ihr Gesicht verfinstert. Sie springt plötzlich auf die Füße und geht mit der Kugel in den Händen ins Schlafzimmer. Nach einer kurzen Weile höre ich sie jemanden aus dem Fenster rufen. Ich folge ihr in den Raum nebenan.

Sie steht vor einem verzierten Spiegel und hält einen Topf mit roter Farbe in den Händen. Sie hat das weiße Kleid angelegt, das ich sie an dem Tag, als ich hierher kam, tragen sah, an dem Tag, an dem ich sah, wie der See die Männer auf der Plattform tötete. Als ich ihre Reflexion im Spiegelbild betrachte, sehe ich, daß das Kleid an der Schulter und am Hals zerrissen ist. Ich erinnere mich, daß ich es war, der das Kleid zerriß. Verlegen blicke ich zur Seite, als sie mich anschaut. »Was sonst kann man noch versuchen?« frage ich ihr Spiegelbild.

»Du wirst sehen«, sagt sie und blickt durch mich hindurch. Sie taucht ihr Finger in die helle Flüssigkeit und zieht Schleifen und Linien über ihr Gesicht. Ich erinnere mich an die Muster, die sie trug, als ich sie auf der Plattform sah. Ich blicke auf die verblichenen Muster auf meinen eigenen Armen hinunter. Endlich weiß ich, wie sie dahin gekommen sind.

Ich höre, wie die Turmtür auffliegt und schwere Schritte den Fußboden des Raums nebenan überqueren. Plötzlich steht Goldbart im Eingang. Mit krankhaftem Eifer blickt er von Song zu mir. »Ihn?« fragt er und spreizt seine Finger. »Jetzt, Song?«

Song zieht gemächlich eine rote Linie über ihren nackten Arm und lächelt. »Halt ihn nur fest«, sagt sie sanft.

Erstarrt stehe ich da, zu verblüfft durch das Unerwartete dieser Aktion, um überhaupt etwas zu tun. Goldbart stellt sich hinter mich. Seine riesigen Hände schließen sich um meine Kehle und drücken zu. Meine eigenen Hände fliegen mit einem Reflex hoch, um den Griff zu lösen.

»Tu es nicht«, sagt Song. »Beweg dich nicht, und er wird dir nichts tun.« Sie fährt ganz ruhig fort, sich zu bemalen.

Meine Hände sinken nach unten, und der Druck auf meine

Kehle läßt etwas nach. Ich hole tief Luft und versuche, nicht zu denken. Furcht macht mein Bewußtsein zu klar. Song kommt mit dem Farbtopf auf mich zu. Wieder taucht sie ihre Finger in die Flüssigkeit. Sie zieht eine Linie über meine Wange, dann eine weitere. *Ist das alles?* frage ich mich unsicher. Aber die Farbe hat eine seltsam vertraute Konsistenz . . . einen leicht Übelkeit erregenden Geruch. Die Farbe . . . Ein bißchen davon tröpfelt auf meinen Mundwinkel, und ich lecke mit der Zunge daran. Eine salzige Süße füllt meinen Mund.

Blut. Ich spucke und würge, schlage Songs gerötete Hand zur Seite. Goldbarts dicke Finger legen sich wie ein Eisenband um meine Kehle und drücken auf meine Luftröhre, bis meine Ohren singen, meine Sicht verschwimmt und die Knie unter mir nachgeben. Und ich höre auf, mich zu wehren.

Er hält mich auf den Füßen und läßt mich wieder keuchend atmen, während mich Song liebevoll mit Blut beschmiert. Sie bemalt mein Gesicht, meine Arme, meine Brust aufs neue mit tropfenden Arabesken. Wie ein wildes Tier zucke ich jedesmal zusammen, wenn sie mich berührt. »Warum . . .?« frage ich.

Aber sie antwortet wieder nur: »Du wirst sehen.« Sie greift nach ihrem rotgoldenen Mantel und legt ihn an. Sie verläßt den Turm. Goldbart folgt ihr und zerrt mich mit. Wächter umringen uns, als wir den Fuß der Treppenstufen erreichen. Die Baldachinträger erscheinen, um Song vor der Hitze zu beschirmen.

Song führt die Prozession durch ihre Untertanen und ihre Geister und die morgendlichen Schatten, den einen so blind gegenüber wie den anderen. Auf ihren Befehl streut Goldbart Münzen aus, und Menschen beginnen uns zu folgen.

Sie nimmt den Weg am Canyonrand vorbei, der zu der tödlichen Plattform am Ende der Klippe führt. Eine größer werdende Menschenmasse zieht sich beim Marsch über das Plateau hinter uns her. Als ich begreife, wohin wir gehen, versuche ich umzukehren, aber Goldbart und die Wächter umringen mich. Und als wir den Weg fortsetzen, weiter und weiter, beginnt eine fremdartige Erregung in mir aufzusteigen, die mein Grauen übermannt.

Schließlich erreichen wir die Plattform. Ich sehe sie vor mir, auf der Krone jener blutrollen Welle aus Stein schwebend. In meiner Erinnerung ist sie ein Wunder, ein Ort der Magie, mit seidenen Bannern behangen. Aber was jetzt auf mich wartet, ist lediglich ein schäbiges Floß aus Treibgut und verblichenen Lumpen.

Wir klettern die zitternde Strickleiter hoch, nur Song und ich diesmal. Der Feuersee liegt lebendig unter uns, murmelnd, sich verändernd, hypnotisierend. Ich fühle, wie meine Willenskraft aus mir heraustropft wie Schweiß, bis ich nicht einmal mehr Angst empfinden kann. Wir stehen zusammen über der Menge.

»Der See . . . der See ruft . . . der See wird zu euch sprechen.«

Songs Stimme ist dünn und schrill, als sie zu der Menge spricht. Elend schimmert in ihren Augen. Aber sie beginnt zu taumeln, hebt die Arme und rollt mit den Augen wie ein falscher Okkultist. Sie ist eine Schauspielerin und gibt ihnen das Spektakel, das sie erwarten. Leute in der Menge fangen an, ihr Fragen zuzubrüllen – zufällige, nichtige, absurde Fragen. Ich halte mir mit den Händen die Ohren zu.

Fast bevor ich es erkenne, ist sie wieder in Transfer gegangen. Die Fragen hören auf, und sie antwortet . . . Aber ihre Antworten sind so zufällig und bedeutungslos wie die Fragen. Sie spricht in Sprachen, die ich kenne, und in solchen, von denen ich nie gehört habe, rezitiert Bruchstücke aus Unterhaltungen, obskure Daten, Streitfragen, Beschwerden. Ich weiß, daß dies echt ist, obwohl ich mich frage, wie es möglich ist. Die Menge steht vor Ehrfurcht schweigend da, und einige knien tatsächlich nieder. Ich spüre, wie die Energie des Sees die Luft um mich herum in Schwingungen versetzt. Ich danke den Göttern, daß heute keine Opfer aufgeboten sind, um der schrecklichen Macht dargebracht zu werden, die sie anzieht wie ein Blitzableiter.

Ihre Besessenheit geht weiter und weiter. Mein eigenes Bewußtsein wird schwer und trübe. Ich stehe da und starre auf die Fläche aus Feuer, bis meine Sicht verbrennt und alles, was ich sehe, die Phantome sind, die mein geistiges Auge verhexen. Der heiße Wind, der die Klippe emporsteigt, betäubt mich. Ich sehe mich selbst dahinschmelzen und abwärts fließen, um auf die Oberfläche des Sees zu treffen . . .

Song bricht wieder aus dem Transfer hervor und fällt nach vorne gegen das Geländer der Plattform. Der Beifallssturm der

Menge reißt mich aus meiner Betäubung. Song richtet sich vor dem Geländer auf und streicht sich das Haar aus dem schwitzenden Gesicht. Sie hebt wieder die Hände, ringt um Atem, um zu rufen: »Gibt es ein Urteil zu fällen? Heute wird der See euch richten – durch ihn!« Sie zeigt mit dem Finger.

Sie zeigt auf mich. »Nein«, sage ich. Ich versuche, zur Leiter zu laufen, aber meine Füße halten mich fest. Mein Körper gehört jetzt dem See, nicht mir. Wie gelähmt sehe ich zu, als Goldbart jemanden die Leiter zu mir hochtreibt – zwei Männer, verängstigt und wütend. Sie fangen an zu diskutieren, beschuldigen sich gegenseitig: »Er hat mir meinen Sklaven gestohlen . . .« »Ich habe ihn auf ehrliche Weise gewonnen . . .«

Ich kann nicht zuhören, ich weigere mich zuzuhören und ringe um die Kraft, das zu stoppen, was mir Song antun will. Ich halte mir wieder die Ohren zu, als sie schreit: »Was ist die Wahrheit?« Aber Goldbart reißt mir die Hände runter und dreht sie mir auf den Rücken. Die beiden Männer weichen mit großen Augen vor uns zurück.

»Laßt mich in Ruhe!« Ich werfe mich nach vorne und nutze den Schmerz in meinen verdrehten Armen aus. Ich brülle eine Sibyllenlitanei, um mein Bewußtsein daran zu hindern, sich wie ein Faden aufzurollen, als Song die Frage wieder und wieder stellt. Ich schließe die Augen vor dem Anblick des Sees, aber er brennt sich durch meine Lider. *Kein Entkommen . . .*

»Was ist die Wahrheit?«

Ich taumele . . . Ich fühle, wie ich die Kontrolle über mich verliere . . . und plötzlich geht mit dem See tief unter mir eine Spektralverschiebung vor sich – *rot* orangegelbgrün *blau.*

Ich löse mich auf, fließe hinaus in den See – nicht mein Körper, sondern mein Geist. Ich bin körperlos und unendlich, explodiere und forme mich neu, werde entstofflicht und wiedergeboren, hier, dort, jetzt, dann. Millionen Erinnerungen, die keine gemeinsame Grundlage haben, kochen in mir hoch. Kettenreaktionen ohne Ketten, geordnete Atome, die sich in Zufälligkeit und Widernatürlichkeit aufspalten. Ich bin ein amorphes Gefühlswesen, hilflos, verfolgt, rasend . . . gequält vom Verlust, von dem Bedürfnis nach einer Zeit, die war oder sein würde: *nach einer Zeit, die stromabwärts fließt, die geordnet, bestimmt und unter Kontrolle ist – Kontrolle . . . Kontrolle . . .*

»Kontrolle!« schreie ich hysterisch die Menge an. »Kontrolle!« Ich taumele zum Geländer, keuche wie ein Ertrinkender. Die Menge bricht in bedeutungslosen Jubel aus, während der See sein wahnsinnig machendes Gift der Frustration in mir ausgießt. *Warum? Warum?* Ich begreife, daß ich das Herz der Wahrheit an sich gesehen habe . . . und noch immer verstehe ich nicht. *Was bedeutet es, was bedeutet es . . .?*

Dann erinnere ich mich plötzlich an die beiden Männer. Ich drehe mich langsam um, zwinge meine Augen, offen zu bleiben. Die beiden Männer starren mich an, mit glasigen Augen voller Furcht – aber sie leben und sind vollständig. Der See hat sie nicht angerührt. Irgendwie habe ich sie geschützt. Die Erleichterung macht mich kraftlos. »Macht, daß ihr hier wegkommt«, flüstere ich mit brechender Stimme. Sie tun es.

Betäubt und desorientiert lehne ich mich an das Geländer. Als ich wieder anfange, mich darum zu kümmern, was um mich geschieht, sehe ich, wie Song mit den Armen winkt und sich brüstet, sich mit ihrer Kontrolle über die Menge brüstet und all das, was geschehen ist, als ihr Tun ausgibt. Der Anblick erfüllt mich mit Widerwillen. Aber sie wirft mir einen Blick des versteckten Zorns und der Qual zu. Sie weiß, daß ich die Antwort noch immer nicht habe. Sie benutzt mich, so wie sie sie alle benutzt . . . Aber sie ist selbst immer noch ein Opfer, genauso wie ich es bin.

Ich muß diesem Ort entfliehen. Ich gehe zur Leiter und schicke mich an, sie hinunterzusteigen. Song macht keine Bewegung, um mich aufzuhalten. Auch Goldbart scheint jetzt zu glauben, daß ich besessen bin. Ich frage mich, ob ich dasselbe sinnlose Geschwätz ausstieß, das Song von sich gab . . . Ich mache auf halbem Weg halt, klammere mich an die Sprossen. Ich weiß, daß ich diese Bruchstücke zufälligen Geredes schon vorher gehört habe. Ich höre sie noch immer, in meinem Kopf: Die Geisterstimmen. Menschliche Stimmen. *Warum ist er so auf Menschen fixiert? Was können wir etwas so Femdem nur bedeuten?* Der See rührt sich; ich spüre, wie sich seine Erregung in mir ausbreitet. Ich falle die letzten Meter bis zum Boden hinunter, als ich meinen Griff um die Leiter löse.

Der Mob weicht vor mir zurück. Ich rappele mich auf die Füße, und sie bilden eine Gasse, um mich durchzulassen. Sie beobachten mich nervös, so als ob sie von mir dieselbe theatralische Schau erwarten, die sie von Song geliefert bekommen. »Bleibt mir nur vom Leibe!« brülle ich. Sie scheinen mir nur zu gerne zu gehorchen.

Am Rand des Canyons gehe ich zurück in die Stadt, allein unter einer Menge von Geistern. Das Plateau ist wie ein Amboß unter dem Hammer der Hitze. Ich wünsche mir einen Sonnenhelm . . . ich wünsche mir Schuhe. Ich bin barfuß – ich bemerke es erst jetzt, als meinen aufgeschürften und blutenden Füße auf dem steinigen Pfad ins Stolpern geraten. Aber der Schmerz ist jetzt beinahe eine Erleichterung, genau wie Hunger und Durst. Ein Beweis meiner Realität. Ich frage mich, wie viele solche Vorstellungen wie die soeben Song ihren Untertanen schon geboten hat . . . Und welche andere Wahl sie hat. *Und welche andere Wahl habe ich, gefangen zwischen ihr und dem See?* Ich fahre mir mit unsicheren Händen übers Gesicht. Ich bin in den Geist des Sees eingetreten, so wie er in den meinen eintritt. Ich habe das Herz des Chaos berührt . . .

Und er sehnt sich nach Ordnung. Die Erkenntnis läßt meine Gedanken wie klatschende Hände zusammenschlagen. *Ich hatte die ganze Zeit über recht.* Er will, daß ich für die Kontrolle kämpfe. Er will, daß ich . . . *Ordnung für ihn schaffe.*

Die Begeisterung des Sees schreit in mir. Ich sinke auf die Knie und kämpfe darum, meine Gedanken über Wasser zu halten, bis sie sich legt. Als ich dazu in der Lage bin, stelle ich mich wieder auf die Füße und gehe weiter.

Wie kann ich dem See Ordnung geben? Ein menschlicher Geist könnte eine so überwältigende Kraft niemals kontrollieren, selbst wenn er verstünde, was sie kontrollierte. *Und ich verstehe nicht einmal das.* Verzweifelnd blicke ich hinab in den purpurn überschatteten Canyon – und sehe tief unten das unnatürliche Glänzen von etwas Silbrigem. Wartend, wartend . . . Ich bin wieder an der Stelle, wo sich die Canyons teilen. Ich blicke hinab auf das Wasser, auf das Geheimnis, das in seinen Tiefen liegt. Ich verstehe nicht, warum ich von diesem Fleck besessen bin. Nur daß mir dieses Ding irgendwie vertraut vorkommt. Ich habe es schon gesehen, irgendwo. Wenn ich nur nahe genug herankommen könnte . . .

Plötzlich sehe ich – *weiß* ich –, wo es einen schmalen Pfad gibt, der an der Stirnseite der Klippe nach unten führt. Meine Augen entdecken winzige Gestalten, die sich tief unten den Pfad entlangbewegen. Ich erreiche den Anfang des Wegs und beginne, ihn hinunterzugehen.

Die anderen, die den Pfad beschreiten, befördern überwiegend Wasser, und die meisten von ihnen tragen Lumpen und Ketten. Gefangene aus der Wildnis. Sklaven. Schmerzvoll erinnere ich mich plötzlich meiner Brüder. Wenn sie noch leben, dann müssen sie dies hier erdulden. Die Sklaven halten die Köpfe gebeugt und wenden den Blick ab, wenn ich in ihre Gesichter sehe. Sie versuchen, sich unsichtbar zu machen.

Ich beginne, einen Mann nach meinen Brüdern zu fragen, aber sein Gesicht ist vollkommen leer. Ich lasse ihn vorbei und halte einen anderen an. Er preßt sich gegen die Mauer und wimmert. Seine Furcht läßt mich meine eigene Macht spüren. Ich möchte ihn schlagen, bis er mir sagt, was ich wissen muß . . .

Ich gebe ihn abrupt frei, als sei er glühend heiß, und laufe den Pfad weiter hinunter. Als ich den Grund des Canyons erreiche, falle ich am Rand des Flusses auf die Knie, bespritze mich mit Wasser und schrubbe meinen Körper mit Sand ab, bis keinen Blutspuren mehr an mir haften. Das Wasser ist eiskalt. Ich stecke mein Gesicht hinein und trinke, als ob es auf dem ganzen Planeten nicht genug Wasser gibt, um meinen Durst zu stillen.

Schließlich stelle ich mich wieder auf die Füße. Tropfend stehe ich am Rand des Wassers und sehe zu, wie seine sich windende Oberfläche unmögliche Schleifen und Muster bildet – der Schwerkraft und meinem eigenen Bedürfnis Hohn sprechend, den Fluß wie jeden Fluß fließen zu sehen, den ich je gesehen habe. Ich versuche zu glauben, daß das Wasser nicht plötzlich seine unsichtbaren Fesseln sprengt und mich ertränkt. Das Wasser murmelt und wispert, aber die Luft um mich herum ist tot. Keine Echos hallen von den Wänden des Canyons zurück. Ich bin jetzt allein hier, mit Ausnahme der Geister. Ein Geist mit einem roten Halo behaut den Phantomstein der Treppenstufen am Fuß des Wegs hinter mir. Ich höre sein Summen in meinem Kopf und verdränge seine Stimme mit einer Willensanstrengung aus meinen Gedanken. *Was bedeuten dir diese Menschen?* frage ich den See und warte auf eine Antwort, von der ich weiß, daß sie nicht kommen wird.

Als sich Sonnenlicht über den Rand des Canyons ergießt, sehe ich in den Tiefen des Flusses ein silbernes Aufblitzen. Es trifft mich wie das pure weiße Licht der Erleuchtung. Ich beobachte, wie das Sonnenlicht die Canyonwände in Flammen verwandelt und die blaugrünen Tiefen des Flusses illuminiert. Endlich erkenne ich den silbrigen Lichtfänger ganz klar. Er liegt viele Meter tief in der dunkelgrünen Mündung, wo das Wasser aus dem verborgenen Herzen der Welt zusammenströmt, um diesen unmöglichen Fluß zu speisen. *Strandgut.* Ich identifiziere die verbogenen, zerbrochenen Metallteile als das, was sie sind, und meine Erregung steigert sich. Ich bewege mich an dem schmalen Uferstreifen entlang und klettere auf einen Haufen geborstener Gesteinsblöcke, um besser sehen zu können.

Das Metall ist alt, korrodiert und durch die Zeit und den Fluß aufgezehrt worden. Einst muß mehr davon da gewesen sein – viel mehr. Der Fluß wogt und glitzert, und plötzlich *ist* viel mehr da. Ich erspähe ein zusammengedrücktes Gebilde so groß wie . . .

Das Phantom verflüchtigt sich beim nächsten flimmernden Zucken des Wassers, beim nächsten Lidschlag meiner Augen. Ich bin nicht einmal sicher, daß ich es wirklich sah . . . Ich bin verrückt, ich sehe Geister. *Halt, verdammt noch mal! Analyse!* Es ist immer noch Strandgut im Wasser, aber nicht alles davon sieht alt aus. Ich zwinge das Strandgut meiner Gedanken zu neuerlicher Betrachtung. Da ist ein Teil einer Hülle . . . *ein Teil einer Hülle.* Die Erkenntnis wird durch einen schwindelerregenden Wonnerausch belohnt. Ich werfe den Kopf hin und her, schüttele die Ablenkung ab. *Ein Teil einer Hülle.* Ich habe diese unverwechselbare Form schon irgendwo gesehen, aber sie paßt zu keinem Schiff, das ich jemals in den Raumschiffwerften gesehen habe. Und doch sieht das Metall neu aus, jetzt – *ein Trick von Licht und Wasser*. Irgend etwas trübt die perfekt erhaltene Oberfläche: Symbole, Buchstaben, Worte . . . aber nicht in der Sprache einer der Welten, die ich kenne. Und doch *kenne* ich sie. Ich beuge mich angestrengt vor; meine schwitzenden Hände gleiten über die warme Oberfläche des Felsbrockens. Ich kann es fast sehen . . . fast im Geist sehen. *Wo habe ich das schon gesehen?*

Plötzlich bricht die Erinnerung hervor und gibt mir meine Antwort: Ich sehe die Universität, die Aufnahme – das Bild entfaltet sich wieder in meinem Kopf wie vor so vielen Jahren . . . Die Sprache ist ST'choull. Die Sprache ist seit tausend Jahren tot gewesen. Und das Schiff ist ein Estade-Frachter Klasse 4 des Alten Empires.

Ich rutsche von den Felsen, taub durch das Geheul in mir. Ich kämpfe mit mir selbst um Raum für klare Gedanken. Langsam kommen sie und bringen weitere Antworten. Ein Schiff des Alten Empires ist hier abgestürzt. Es muß während des Untergangs des Empires geschehen sein, als Flüchtlinge von Welt zu Welt flohen. Vermutlich erbauten die Überlebenden des Absturzes die Stadt auf dem Plateau. Aber dann gaben sie sie auf. Für Jahrhunderte hat sie hier vergessen gelegen, verloren im Herzen der Trostlosigkeit. Warum sollte jemand hier eine ganze Stadt errichten und sie dann aufgeben? Was könnte sie veranlaßt haben . . . *Der See. War der See immer hier?*

Mein Körper wird von Ekstase geschüttelt. Ich winde mich an den Steinen, als mich der See besitzt und belohnt. *Hör . . . hör auf! Laß mich allein!* flehe ich. Ich erkämpfe mir den Weg zurück zur Vernunft, kauere kraftlos am Fuß der Felsblöcke und keuche mit hilfloser Dankbarkeit und Enttäuschung. »Wen kümmert es?« brülle ich meinen Dämon an. »Wen kümmert eine tote Stadt? Wen kümmert es, warum sie gegangen sind?« Meine Enttäuschung verwandelt sich in mörderische Verzweiflung und Verwirrung. Ich fühle, wie mein Bewußtsein wieder auseinanderfällt. *Götter, ich bin wirklich wahnsinnig* . . . Ich verberge das Gesicht in den Händen. *Es hat keinen Zweck.*

»Die Fingerzeige waren alle da. Sie sind natürlich die ganze Zeit über da gewesen«, sagt eine Stimme ironisch; sie spricht in

Sandhi, der Sprache meiner Heimat. Es ist eine sehr vertraute Stimme.

Ich öffne die Augen. Ein in Blau gehüllter Geist steht vor mir, mit einem Gesicht, das so vertraut ist, daß ich bei seinem Anblick für einen Augenblick wie vom Donner gerührt bin. Mein Vater – so wie er ausgesehen haben muß, bevor ich geboren wurde. Aber dann begreife ich, daß es nicht mein Vater ist . . . Ich bin es.

Ich – und doch ein Fremder, Jahre älter. Ein Kleeblatt glänzt wie ein Stern zwischen den Medaillen und Ehrenabzeichen, die meine Uniform schmücken. Als ich sie sehe, scheine ich zu wissen, wann und wo mir jede einzelne verliehen wurde, obgleich ich sie vorher noch nie gesehen habe. Ich sitze beobachtend da, als mein anderes Ich weiterredet, flüssig, mit fast zynischer Leichtfertigkeit, wie es mir beim Sprechen vor einer Menge nie gelungen ist. Er blickt mich an, durch mich hindurch, wendet sich an sein Phantompublikum: . . . obgleich ich mich zu jener Zeit nicht als glücklich betrachtete, in der Lage zu sein . . .« Er lächelt, aber seine Augen verbergen Geheimnisse.

Ich . . . er hebt die Hände. Es sind keine Narben an seinen Gelenken. Mein Herz krampft sich zusammen. Er legt eine Pause ein, wartet auf Gelächter. Ich höre das Gelächter in meinem Kopf und frage mich, was ich hinter mir sehen würde, wenn ich mich umdrehte und nachsähe. Ich drehe mich nicht um, um nachzusehen. »Ich erinnere mich, wie ich mir ganz am Anfang selbst sagte, daß jemand die Antwort finden würde, wenn sie einer Sibylle nur die *richtigen* Fragen stellen würden . . .«

Er schlägt die Augen nieder, zieht bei irgendeiner privaten Erinnerung eine Grimasse, und sein Gesicht – mein Gesicht – beginnt zu verblassen.

»Warte! Warte!« Ich strecke die Hände aus, fasse durch ihn hindurch. »Welche Fragen?« Meine Hände stoßen auf solides Fleisch, schließen sich um einen Arm. Ich zucke vor dem unerwarteten Kontakt zurück.

»BZ?« murmelt eine rauhe Stimme in Sandhi. »BZ, bist du das? Bist du das wirklich?« Wieder hängt ein vertrautes kharemoughisches Gesicht vor dem meinen – vertraut und doch wesentlich verändert.

»HK . . .«, flüstere ich ungläubig. Ich berühre das Gesicht, und meine Hand bestätigt seine Realität. »HK!« Ich mühe mich auf die Füße und packe ihn an den Schultern. »Heilige Hände Edhus! Ihr Götter, ich dachte nie, daß ich euch lebend finden würde.«

Er sackt gegen mich, die Beine knicken unter ihm weg, als ob der Schock zu groß für ihn ist. Ich lege ihn auf dem Boden nieder und kauere mich neben ihn. »Du . . . du . . . was tust du hier?« fagt er beinahe anklagend. »Ich habe dich kaum erkannt.«

»Ich kam, um euch zu suchen.« Es ist beinahe schmerzlich, ihn weiter anzusehen. Sein einst fleischiges Gesicht ist hager und verhärmt. Sein Körper ist schmutzig und mit wunden Stellen übersät, seine Kleidung hängt in Lumpen. An seinem Hals befindet sich ein Metallkragen, an seinem Bein ein offenes Geschwür. Ich frage mich morbid, wie ich in seinen Augen aussehen muß.

»Du kamst?« fragt er wieder. »Du bist hierher gekommen, um uns zu finden?« Seine Stimme hebt sich. »Du Dummkopf, du Dummkopf – du bist der größte Dummkopf von allen!« Irritation macht sich in mir bemerkbar. Seine Blicke bleiben an dem Kleeblatt hängen, das an meiner Brust baumelt. Er greift danach. »Du sagtest ihnen, daß du ein Sibyll wärst? Hast du es so gemacht? Wenn sie es herauskriegen, werden sie dich töten . . .« Er läßt das Kleeblatt los; seine Hände zittern.

»Nein, das werden sie nicht«, sage ich so ruhig, wie ich kann. Ich fasse ihn an den Schultern. »Ich bin wirklich ein Sibyll, HK.«

»Du? Ein Sibyll?« Seine Augen konzentrieren sich wieder auf mich. »Du sagtest, du könntest nicht . . . du könntest nie . . . Wie? Wann? Warum?«

»Song. Song infizierte mich.« Ich blicke nach unten, spüre, wie ich rot werde, als ob er in meinen Augen lesen könnte, wie es passierte. »Als ich hierher kam.«

»Song!« Seine Augen bohren sich in meinen Kopf. »Dann mußt du verrückt sein, genauso wie sie es ist!« Er reißt sich von mir los. »Ich sah dich, als ich hier herunter kam. Du sahst verrückt aus. Du sprachst mit dir selbst . . .«

Mit mir selbst. Für einen Moment wird mir nicht klar, daß er meint, ich hätte mit der Luft geredet. *Ich sprach mit mir selbst. Ich sah mich selbst . . . ich sah meine eigene Zukunft. Und ich werde geistig völlig gesund sein – ich bin es.* Ich fange an zu lachen, zum erstenmal seit Monaten oder vielleicht auch seit Jahren. »Ich bin geistig gesund!« Ich packe HK wieder, schüttele ihn, biege mich vor Lachen. »Ich bin es wirklich, HK. Alles wird gut werden!« Mir wird klar, daß ich in sein verzerrtes Gesicht schreie, und versuche, mich unter Kontrolle zu bringen. Ich tat recht daran, an mich selbst zu glauben, tat recht daran, weiter um meine geistige Gesundheit zu ringen, tat recht daran, weiterzuleben . . . Erleichterung und Stolz erfüllen mich, und all diese Gefühle sind meine eigenen. *Ich schwöre beim Grab meines Vaters, daß ich nie wieder einem Problem aus dem Weg gehen werde.*

»HK, hör mir zu«, sage ich, ruhiger jetzt. Er wendet den Blick ab. Ich veranlasse ihn, mich wieder anzusehen. »Irgend etwas ist mit mir passiert, und ich weiß wirklich noch nicht, wie ich damit fertig werden soll, das ist alles. Aber ich lerne. Ich werde mit allem klarkommen. Irgendwie war es so bestimmt, daß es geschehen sollte.« Ich hatte mir nie gewünscht, ein Sibyll zu sein, hatte mir nicht einmal vorgestellt, daß ich fähig war, es zu versuchen . . . *aber ich bin dazu fähig.* Ich nehme wieder das Kleeblatt in die Hände und befühle seine mit Schmerz gespickte Schönheit. *Nach allem, was ich getan habe . . . wie ist es möglich?* Ich schlucke den würgenden Kloß in meiner Kehle herunter und erinnere mich plötzlich an den Augenblick, in dem ich den Solii herunterschluckte, kurz bevor mich Song infizierte. *»Erkennst du die Wahrheit schon?«* fragte sie mich. Und als ich den Kopf schüttelte, sagte sie: *»Du wirst es.«*

HK sitzt da und beobachtet mich schweigend. Ich kann nicht sagen, was er jetzt denkt.

»Was ist mit SB?« Ich blicke hoch und versuche uns beide davon zu überzeugen, daß ich wirklich ganz klar denke. »Wo ist er? Geht es ihm gut?«

»Gut?« HKs Mund zuckt. Er kratzt sich unter seinen Lumpen. Ich versuche, mich an einen Zeitpunkt in unserer Jugend zu erinnern, an dem ich ihn überhaupt mal schwitzen sah. »SB geht es so gut wie jedem hier. Er ist ein Werkzeug.« Seine Stimme wird bitter.

»Was ist das?«

»Ein Sklave mit speziellen Privilegien. Anubah vertraut ihm . . . Und er weiß genug über die Geräte, um sich nützlich zu machen.« HKs Hände ballen sich zu Fäusten.

»Was ist mit dir? Du hast an der Rislanne studiert . . .«

»Ich weiß kaum, wie man einen Terminal bedient!« Er funkelt mich an. »Du weißt das. Du hast es mir immer vorgehalten. Glaubst du wirklich, das Techs klüger geboren werden als alle anderen? Glaubst du wirklich immer noch, daß wir ganz oben waren, weil wir es verdienten?«

»Nein.« Ich blickte auf meine Handgelenke und schüttelte den Kopf. »Ich bin nicht mehr verrückt.«

HK steht auf. »Du warst verrückt, hierher zu kommen«, sagt er.

»Ja.« Ich sehe zu, wie sich das Wasser bewegt. »Ich weiß.«

»Ich muß zurück.« Er nimmt zwei Eimer hoch und füllt sie unbeholfen am Rand des Flusses. Irgendwie ruht das Wasser gehorsam in den Eimern. Er steht da und blickt mich an. »Wenn du zu SB willst, bringe ich dich hin.« Hinkend setzt er sich in Bewegung. Ich schließe zu ihm auf und nehme die Eimer, als wir anfangen, den Pfad hinaufzugehen. Er stützt sich schwer auf meine Schulter, bis ich kaum noch das Gleichgewicht bewahren kann. Meine eigenen Füße hinterlassen eine blutige Spur.

»HK«, sage ich, »ich werde uns hier rausbringen.«

Er sieht mich freudlos an. »Sag das nicht. Niemand kommt hier jemals raus.«

»Wir schon«, verspreche ich. Aber der See rührt sich in mir, und plötzlich weiß ich, daß ich diesen Ort niemals lebend verlassen werde, daß ich niemals wieder richtig frei und in Kontrolle über mich selbst sein werde – es sein denn, ich entschleiere das Geheimnis, das in meinem Kopf lebt, löse das Rätsel und stelle die richtigen Fragen . . .

»Siehst du?« murmelte HK. »Du weißt es ebenfalls.«

Ich gebe keine Antwort. Wir erreichen den Gipfel der Klippe, schwer atmend und benommen durch die mitleidlose Hitze, und machen uns auf den Weg in die Stadt. Ich bemühe mich, nicht zurückzuzucken, als Geister durch mich hindurchgehen, und hoffe, daß HK nichts merkt. *Mein eigener Geist . . .* Ich *sah* mich selbst, sicher und gesund in der Zukunft. Ganz in Blau. So wie ich meine Mutter in der Vergangenheit sah, in Rot. Song in Rot, meine Brüder in Blau. Wie ich meine eigenen Erinnerungen sah, verwandelt in Geister . . .

Aber wie kann ich mich an Dinge erinnern, die noch nicht geschehen sind? Wie kann ich so etwas glauben, wie kann ich wissen, daß es sich nicht ganz einfach um Täuschungen handelt? Mein Selbstvertrauen zerbröckelt. *Sie sind in Einklang!* beharrt mein Verstand. Vergangenheit und Zukunft sind immer Farben, die sich in Einklang befinden . . . *Warum? Und was ist mit den übrigen Geistern – wessen Erinnerungen sind sie?*

Diese Dinge bedeuten etwas im Zusammenhang, sie sind zu vertraut. Ich verhalte meinen Schritt. *Der See wurde blau.* Als ich dort auf Songs Bühne in den Transfer glitt, glaubte ich zu sehen, daß Feuersee von Rot zu Blau überging . . . *Zeitverschiebung.* Die visuellen Effekte sind dieselben wie die Farbenveränderungen des Weltraums, gesehen von einem Schiff aus, das sich der Lichtgeschwindigkeit nähert. Das Universum verschiebt sich nach vorne zum Blauen hin, nach hinten zum Roten, den Farben ganzer Galaxien, die sich in der Unendlichkeit des Raumes mit annähernder Lichtgeschwindigkeit unserer eigenen Galaxis nähern oder sich von ihr entfernen.

Wie sieht die Zeit von der anderen Seite aus?

Paradox. Ich lebe in einem Paradox. Die Zeit fließt in beide Richtungen . . . Ich spüre, wie die Ekstase jeden Nerv unter Feuer setzt. *Nein, warte!*

»BZ! Verdammt noch mal . . .!«

Ich liege ausgestreckt auf dem Boden. Ich begreife, daß HK mich zu Boden gestoßen hat. Ich richte mich auf, schüttele den Kopf. Ich sitze in einer Pfütze.

»Du hast das Wasser verschüttet!« greint er. »Du hast alles verschüttet, verflucht! Jetzt muß ich wieder nach unten gehen . . .« Er wischt sich mit der Hand die Nase ab und murmelt vor sich hin.

Ich stehe auf, wische mir die Hände an der Hose ab und hinterlasse dabei rostrote Sandsteinspuren. Ich kann nicht verstehen, warum er sich so aufregt, da mein eigenes Problem doch viel bedeutsamer ist. »Ich bin so *nahe*!« Meine Hände machen Fäuste. »Ich brauche einen Ort, um in Ruhe nachzudenken . . .« Ich blicke zur Seite, zu Songs Turm hinüber.

»SB wird mich umbringen! Du selbstsüchtiger . . . Du hast es verschüttet. Du gehst zurück und holst neues.« HK wedelt mit der Hand.

»Was?« ich blinzele ihn an.

»Neues Wasser! SB will es haben. Er wird . . .«

Ich bringe ihn mit einem Blick zum Schweigen, angewidert. »Bring mich einfach zu ihm. Er wird verstehen, wenn er mich sieht.«

HKs Schultern sacken nach unten. Er nimmt die leeren Eimer hoch, und wir gehen weiter durch die Stadt. Wir erreichen das Ende einer Mauer, die zur Hälfte aus purem Fels besteht. Dahinter sehe ich jemanden im spärlichen Schatten eines Türeingangs hocken. Ich weiß, wer es ist, bevor er den Kopf hebt.

»SB?« ruft HK.

SB blickt hoch. Auch er trägt einen Kragen. Er hat sich verändert, aber nicht so stark wie HK. Er ist glattrasiert. Die Linien seines Gesichts sind härter, schärfer, als sie es früher waren. Eine graue Narbe ist an seinem Kinn sichtbar. »Wo, zur Hölle, bist du gewesen? Was hast du so lange gemacht?« Er stellt sich finster blickend auf die Füße.

»Sieh doch, SB, sieh . . .« HK schiebt mich nach vorne wie einen Schild.

»Wer bist du?« fragt SB, aber er starrt mich bereits an. Ein paar Falten erscheinen auf seiner Stirn. »BZ . . .?« Er streckt die Hand aus, um mich zu berühren. »Ich glaube es nicht. Du siehst aus wie Scheiße, kleiner Bruder.« Er grinst.

Ich nickte, lasse mich ebenfalls lächeln. »Das ist gegenseitig.«

»Ihr Götter«, flüstert er, als die Erkenntnis einsickert. »Du bist uns gefolgt.«

Ich nicke abermals.

»Und du hast keine Armee mitgebracht, die Blauen . . .«

»Nein.« Ich zucke die Achseln. »Ich habe es selbst kaum bis hierher geschafft.«

»Wundervoll«, sagt er säuerlich. »Und du sagtest immer, daß die Kinderdiebin HKs Hirn einem Niedriggeborenen gab . . .« Er nimmt das Objekt hoch, an dem er arbeitete, als er uns sah – eine nur für den Dienstgebrauch bestimmte Kompaktstrahlpistole. Er wirft sie mir zu, und fange sie mit einem Reflex auf. »Da. Ich kann die nicht reparieren – ich habe vorher noch nicht mal eine gesehen. Tu du es.«

Alte Ressentiments stechen wie Zahnschmerzen, aber ich setze mich hin und greife nach seinen Werkzeugen. »Ich finde es auch wundervoll, dich wiederzusehen.«

»Was, zur Hölle, erwartest du? Sollen wir uns freuen, dich genauso in der Falle zu sehen wie uns? Damit wir alle gemeinsam verotten können?« SB sieht wieder zu HK hinüber. »Wo ist das Wasser?«

»BZ hat es verschüttet.« HK scharrt mit den Füßen.

»Dann geh und hol neues.« SB macht eine Bewegung mit dem Kinn.

»Ich bin krank, SB. Ich bin müde. Ich kann nicht . . .«

»Laß ihn sich ausruhen, um der Götter willen«, sage ich zu SB. »Es ist heißer als in der Hölle.«

SB ignoriert mich. »Willst du, daß ich Anubah sage, du bist schon wieder zu müde? Daß du zu krank bist, um noch für ihn zu arbeiten?«

HKs Sommersprossen heben sich blaß von seiner Haut ab. »Nein, SB . . .« Er blickt nervös auf den mit einem Teppich verhangenen Eingang. »Ist er da?«

SB schüttelt den Kopf. »Er ist bei Gerth. Und du weißt, was für eine Laune er anschließend hat.«

HK nimmt die Eimer und hinkt mit ihnen davon.

SB blickt ihm mit einem gelangweilten Lächeln nach.

Ich lasse den Kolben der Kompaktstrahlpistole aufspringen

und betrachte ihre Glühfäden durch einen Vergrößerer. *Er ist dein eigener Bruder!* Die inhaltsleeren Worte veranlassen mich, die Kiefer zusammenzupressen. *Und ihr beide seid noch immer meine Brüder.* Ich frage mich, was ich erwartet habe. Ich zwinge mich dazu, mich auf den Mechanismus der Waffe zu konzentrieren. Meine Hände prickeln mit dem unerwünschten Vergnügen des Sees an meiner Kompetenz.

»Warum bist du gekommen?« fragt mich SB schließlich.

Ich sehe ihn an. »Weil ich nicht wußte, wo ich sonst hingehen sollte.«

Er lächelt wieder dieses verkrüppelte Lächeln und blickt auf die Narben an meinen Handgelenken. »Dachtest du, Weltende würde tun, was du nicht den Mumm hattest, selbst zu tun?« Er spielt an seinem Kragen herum.

Ich blicke auf meine Narben hinunter und wieder auf SB. Ich erinnere mich an die Verachtung in seinen Augen, als wir uns das letzte Mal trafen. An seinen Handgelenken sind keine Narben, auch nicht an HKs. Und plötzlich sind die Striemen an meinen eigenen Armen nur noch verheiltes Fleisch, nicht mehr. SB bricht meinen Blick. Ich klappe die Waffe wieder zusammen und gebe sie ihm. »Es ist nichts daran kaputt. Die Ladung hat sich erschöpft, das ist alles.«

Sein Stirnrunzeln kehrt zurück. Er nimmt sie wortlos entgegen.

»Anubah . . . besitzt euch?« Die Worte fühlen sich peinlich und häßlich an.

»Ja.« Ich kann seine Antwort kaum hören. Seine Finger fummeln an der Waffe herum.

Ich hole tief Luft und schließe die Augen, um mich vor einer stechenden Erinnerung an Käfige und Schmerzen zu schützen. »HK sagt, er vertraut dir. Er vertraut dir genug, um dich an so einer Waffe arbeiten zu lassen?«

SB lacht hart auf. »Solange ich das hier trage.« Er zieht wieder an seinem Kragen.

»Ein Block?« frage ich und betrachte den Kragen mit plötzlichem Erkennen.

Er nickt. »Wenn wir versuchen, irgendwas mit einer Energieladung zu benutzen, während wir dies tragen . . .« Er machte eine abrupte, brutale Bewegung. »Anubah hat die Kontrolle.«

Ich schüttele den Kopf. »Wo, zur Hölle, bekommen sie so etwas her?«

»Sie tauschen es ein, tauschen alles, was sie da draußen finden – gegen alles, was sie nicht von armen Bastarden wie uns stehlen können.«

»Bei wem?«

»Bei der Gesellschaft.« Er zuckt die Achseln. Ich hebe die Augenbrauen. »Tausende von Leuten arbeiten für die Gesellschaft«, sagt er, »und die meisten können kaum von dem leben, was sie dafür bekommen. Es gibt viele, die bereit sind, mit echten Kriminellen Geschäfte zu machen, da sie ohnehin schon für Diebe arbeiten. So kriegen sie wenigstens auf diese Weise ihren Anteil mit.«

Ich erinnere mich an Ang und nickte.

»Du trägst keinen Kragen.« Er starrt mich an. »Bist du frei? Wieso? Warum?«

Ich zeige auf das Kleeblatt. »Ich trage dies.«

»Ein Sibyllenzeichen?«

Wieder erkläre ich, so kurz wie möglich.

Mit offenem Mund blickt er mich an, genau wie es HK tat. »Bei allen unseren Ahnen, du bist der letzte, von dem ich erwartet hätte . . . Aber du hörst dich geistig gesund genug an. Bist du sicher, daß du infiziert bist?«

Ich sehe einen Geist durch ihn und durch den Teppich, der bewegungslos im Türeingang hängt, hindurchgehen. Der See regt sich ruhelos in mir. Ich lache kurz auf. »Ich bin sicher.«

»Nicht jeder hier hat Angst vor Sibyllen. Einige von ihnen sind wirklich wahnsinnig . . . und einige von ihnen besitzen nicht genug Vorstellungskraft, um verrückt zu werden oder vor irgend etwas Angst zu haben. Dein Glück wird nicht ewig anhalten.«

»Sie rühren Song nicht an.« Aber ich erinnere mich daran, daß sie sich trotzdem Goldbart und eine Truppe von Wächtern hält.

»Song!« Er verwandelt ihren Namen in einen Fluch. »Jeder braucht Götter – besonders an einem Ort wie diesem. Wenn sie keine Götter haben, dann erfinden sie welche. Sie denken, sie hat Macht über Feuersee – daß ihr Hiersein Freistatt davor schützt, zu zerschmelzen und in einem Riß im Raum zu verlaufen.«

»Sie tut es.«

»Was?« Er schnauft vor Lachen.

»Sie steht mit dem See in Verbindung. Genau wie ich. Es hat etwas zu tun mit der Überlicht-Empfindlichkeit der Sibyllen, aber ich verstehe es noch nicht völlig. Ich sehe und höre Dinge, die du nicht glauben würdest, weil . . .«

»Scheiße, du bist wahnsinnig.« Er blickte zur Seite. »Und sie ist es auch. Sie ist verrückter als jeder andere hier – oder sie ist eine bessere Schauspielerin als alle, die ich jemals gesehen habe.«

»Sie ist beides.« Ich seufzte und erinnere mich an das erste Mal, daß ich sie sah. »Aber sie ist hier gefangen wie der Rest von uns. Und ich habe geschworen, sie rauszubringen . . .«, ich sehe, wie Ungläubigkeit in sein Gesicht tritt, » . . . genauso wie ich geschworen habe, dich hier rauszubringen, und HK.«

»Warum, um der Götter willen?«

Ich starre ihn an. Schließlich schüttele ich den Kopf. »Ich wünschte, ich wüßte es.« Ich strecke die Hand aus. »Gib mir die Pistole.«

Er weicht zurück; sein Körper spannt sich. »Anubah . . .«

»Sag ihm, sie war nicht zu reparieren. Er vertraut dir.«

SB schneidet eine Grimasse. Aber dann nickt er und händigt mir die Waffe aus. »Wenn du einen Energiepack finden kannst, wirst du deine Freiheit wohl noch ein bißchen länger behalten.«

»Lange genug, um uns alle hier rauszubringen.« Ich kämpfe einen Anflug von Selbstzweifeln nieder. »Ich schaffe es!« Ich stecke die Waffe in meinen Gürtel und verberge sie unter meiner Weste.

SB sieht sich mit verkrampften Händen nach allen Seiten um. »Ja, bei allen Göttern! Du kannst es schaffen, BZ. Bring uns hier raus. Wir werden einen Flieger stehlen. Wir können es jetzt tun, bevor Anubah . . .«

»Nein. Ich muß . . . ich muß . . . etwas finden . . .« Ich stolpere über die Worte, als der See seine Qual in mich strömen läßt. »Ich kann noch nicht gehen . . . Ich muß . . . ich weiß noch nicht, *warum* nicht . . .«

»Was ist los mit dir?« brüllte SB. Er versetzt mir einen Schlag. »Verdammt, vergiß Song. Wir sind deine Brüder! Sie ist nur eine Verrückte.«

Ich rappele mich auf, fahre mir übers Gesicht. Als ich aufstehe, packt er mich an den Kleidern und versucht mich festzuhalten. Ich reiße mich los, als HK hinter uns auftaucht. HK bleibt unsicher stehen; sein Gesicht ist schweißüberströmt. Plötzlich beginnt die Uhr in meinem Gürtelbeutel zu läuten.

»Meine Uhr«, murmelt HK, als das Läuten aufhört. Er streckt die Hand aus, betastet meinen Gürtel. »Laß mich sie sehen. Laß mich sie haben . . .«

Ich schlage seine Hand zur Seite. »Du hast sie verloren. Ich habe sie wiedergeholt. Sie gehört jetzt mir.« Ich blicke nach unten und berühre den Gürtel. »Abgesehen davon war sie nie dein.«

Sein Gesicht verzieht sich. »Aber sie war alles, was ich noch besaß.«

»Du hast immer noch dein Leben.« Ich sehe SB an. »Ich werde zurückkommen. Ich habe immer meine Pflicht getan.«

Ich bahne mir einen Weg durch die wirren, von Steinen und Abfällen erstickten Passagen zwischen den Gebäuden zu einem freien Platz, wo ich mich sammeln kann. Ich steige nach oben, erklettere Leitern und Stufen, um die Höhen zu erreichen, wo Songs Turm liegt. Ich werde dort hingehen und auf sie warten. Ich versuche, nicht darüber nachzudenken, was dann passieren wird, denn ich habe Angst vor der Reaktion des Sees, wenn er jeden meiner Gedanken erfährt . . .

Ich biege um eine Ecke und stoße mit jemanden zusammen. Flüche reißen mich in die Gegenwart zurück. »Du Drecksack . . .«, sagt der Fremde. »Er unterbricht sich und schüttelt den Kopf. »Wem gehörst du?« fragt er. Seine Augen verengen sich, als er mich mustert und keine Waffe sieht. Seine Stimme ist aufgrund von Alkohol oder Drogen belegt; die Augen sind blutunterlaufen.

Für einen Moment ist mir nicht klar, was er gefragt hat.

»Ich gehöre keinem . . . Ich bin ein Sibyll.« Ich berühre mein Kleeblatt.

Statt Angst tritt Habgier in sein Gesicht. »Dann kann ich dich gebrauchen.«

»Ich gehöre dem See!« sage ich. »Ich stehe unter Songs Schutz.«

»Davon hat sie mir nichts gesagt.« Er lacht und hat auf einmal ein Messer in der Hand. Ziemlich nachlässig läßt er es vor mir aufblitzen. »Komm mit, Pilger.« Seine andere Hand schließt sich um meinen Arm und verdreht ihn.

Ich stoße ihm mein Knie in den Unterleib. Er brüllt vor Schmerz auf und und läßt das Messer fallen. Ich sprenge seinen Griff und hole den Strahler aus meinem Gürtel.

Er starrt mich stumpfsinnig an, als ob ich wie Songs Magie gewirkt hätte. Ich bin ein Opfer, ein Sklave; er kann nicht glauben, daß ich ihm Widerstand entgegensetze.

Ich hebe das Messer auf. »Ich tue dir einen Gefallen«, sage ich, bevor ich anfangen kann zu denken. »Ich sagte dir, daß ich dem See gehöre. Ich könnte dich in Stücke gerissen haben . . .«

Er runzelt die Stirn, vor Schmerz noch immer vornüber gebeugt.

»Komm mir nach, und ich tue es noch«, schließe ich und sage ihm damit etwas, was er wohl verstehen wird. Ich drehe ihm den Rücken zu und gehe weiter, versuche dabei, durch das Murmeln meiner Stimmen hindurch jeder Bewegung hinter mir zu lauschen. Aber er folgt mir nicht. Nachdem ich einen weiteren Gebäudeblock zwischen uns gelegt habe, beginne ich wieder zu atmen. Jetzt trage ich die Pistole und das Messe ebenso offen wie das Kleeblatt und erkenne, daß SB recht hat – mein Glück neigt sich dem Ende zu. Ich gehe schneller.

Ich verberge die Pistole wieder, als ich Songs Turm erreiche und die Wachposten sehe. Der Pfad aus Knochen und der Eingang mit seinem höhnischen Totenschädel machen mich krank. Ich kann nicht glauben, daß ich diesen Weg einmal eifrig entlanggegangen bin – und doch ruht die Erinnerung so tief und vollkomen wie ein Solii in mir. Ich passiere die Wächter. Wieder einmal folgen mir ihre Blicke, als ich die Stufen hinaufsteige.

Song ist bereits zurückgekehrt. Sie steht am Fenster ihres Turms und starrt auf den Feuersee hinaus. Sie scheint mich nicht zu hören, als ich den Raum durchquere. Ich berühre ihren Arm, sage leise ihren Namen, um sie nicht zu erschrecken.

Sie dreht sich um, blinzelt mich an, und ihre Augen sind vom Weinen rot.

»Was ist . . .?« beginne ich. Aber ich weiß es bereits: die Hilflosigkeit, das schreckliche Gefühl von Verlust und Ohnmacht – der See, der an unserem freien Willen nagt und uns niemals allein läßt. Ich bin kaum in der Lage gewesen, dies alles so lange zu überleben, selbst mit Adhani und Monds Anleitungen. Aber sie besitzt überhaupt keine Kontrolle, keinen Schutz. Wie lange hat sie diese Tortur schon erduldet? Wie lange hat sie auf jemanden gewartet, der sie beenden kann?

»Song«, sage ich wieder, »ich habe meine Brüder gefunden. Wir können jetzt alle hier weggehen.« Mir wird klar, daß sie es sehr einfach für uns machen kann. Niemand wird sie anrühren oder ihr nicht gehorchen.

Aber ihre Augen füllen sich mit Entsetzen. »Nein! Ich kann den See nicht verlassen . . . Warum *rettest* du mich nicht?«

»Ich werde . . .«

»Du lügst. Du willst hier weggehen.«

»Und dich mitnehmen!«

»Nein! Du verstehst nichts!« Sie läßt mich stehen und geht zerstreut durch das Zimmer. Als sie sich wieder umblickt, glimmen ihre Augen und sind nicht deutbar. »Ja, ich werde kommen. Aber ich möchte, daß du mir etwas holst.«

Ich nicke ermutigend, und sie deutet durch die Tür in den Raum nebenan. Ich gehe zur Tür, um zu sehen, was sie will. »Da drüben«, sagt sie, »die Feuerkugel.« Ich setze mich in Bewegung, und sie stößt mich in den Raum. Die Tür wird hinter mir zugeschlagen.

»Song!« Die Tür ist natürlich verschlossen. Ich hämmere mit den Fäusten dagegen. »Tu mir das nicht an! Öffne die Tür, verdammt noch mal!« Die Tür besteht aus Metall – *Schiffsmetall*, denke ich irrelevant –, und ich scheuere mir die Hände auf. Ich kann sie durch das Filigranwerk eines eingesetzten Paneels sehen.

»Bleib da!« schreit sie. »Bleib da, bis du mich rettest, oder bis du verhungerst!«

Ich trete gegen die Tür und wende mich ab, sie und meine eigene Leichtgläubigkeit wild verfluchend. Ich gehe zum Fenster und blicke hinaus und nach unten. Der Turm steht auf einem Felsenvorsprung, ein Fall würde mich töten. Ich blicke wieder hoch, und der See beobachtet mich, blinzelt mich mit seinen vielfach facettierten Augen an, Augen, die vorwärts und rückwärts durch die Zeit blicken. »Was bist du, du Seelenfresser?« brülle ich. »Lebst du? Bist du irgendein Fremder?« Aber dies sind nicht die richtigen Fragen, und die Stimmen in meinem Bewußtsein kreischen ihr altersloses Geschwätz. »Dann sei verdammt!« Leute starren zu mir hoch. Ich ziehe mich vom Fenster zurück.

Und mein Vater steht vor mir im Zimmer, mit einem roten Halo.

Ich keuche und taumele zurück gegen die Brüstung, fahre mir mit der Hand über den Mund. *Sein Geist.* »Va . . . Vater?« frage ich und warte darauf, daß er mir sagt, was er will.

»Du bist das einzige, was mich stolz macht«, sagt er. Seine Hand streckt sich nach mir aus. Seine Augen bitten mich zu verstehen, was er nicht fragen kann, was er nicht sagen will . . .

»Sag es!« brülle ich mit rauher Stimme. »Sag es diesmal, um der Götter willen, du Feigling! Sei verdammt, du Feigling, du Feigling! Warum hast du mich verantwortlich gemacht? Es war deine Pflicht, nicht meine! *Deine,* deine, deine . . .«

Ich sinke auf den Boden, in einem Haufen Krimkrams, schleudere Gegenstände quer durch den Raum und höre sie zerschellen. *Es war nicht mein Fehler. Nein.* Ich spüre, wie der Druck nachläßt, der Schmerz verebbt, das Geschwür in meiner Seele ertrinkt . . .

»Götter, Vater . . .«, murmele ich schließlich und lasse mich gegen den kühlen Stein der Wand sinken. »Die Antwort war damals so einfach.« Ich mühe mich hoch, hole ein paarmal tief Luft und rezitiere eine Adhani, um mich zu konzentrieren. Um die richtige Antwort zu bekommen, muß man die richtigen Fragen stellen. Letzten Endes ist das Sprechen mit dem See nicht viel anders als der Tranfer. Ich stoße mich von der Fensterbrüstung ab und fange an, in der Mitte des Raums auf dem kleinen freien Raum hin und her zu gehen. Ich zähle meine Schritte, messe die Grenzen meines Gefängnisses ab und zwinge meinen Verstand, ganz ruhig und rational zu werden. Ich habe mein ganzes Leben damit verbracht, vor diesem Augenblick davonzulaufen. Diesmal werde ich mich dem Problem gegenüberstellen und die Antwort finden, ansonsten wird es diesmal wirklich das Ende sein.

Ich werde mir klar darüber, daß ich etwas brauche, was mir hilft, an meinen Fingerzeigen festzuhalten, falls mich der See wieder die Kontrolle verlieren läßt. Zum erstenmal seit ich hierhergekommen bin, erinnere ich mich an meinen Gürtelrecorder. Ich schalte ihn ein. Er arbeitet noch. Ich erschauere, als ich meine letzten Worte höre. Ich lasse ihn weiterlaufen. Ich fange an, die Daten aufzunehmen, die ich gesammelt habe, die Teile, die fast passen. Weil ich mir nicht vorzustellen wage, was für eine Art von Störungen er festhalten würde, wenn ich es mit Gedankenaufnahme versuche, spreche ich laut.

Was habe ich gesehen? Ich zähle die Anomalien an den Fingern ab: »Relikte des Alten Empires, ein Schiff. Elektromagnetische Verzerrung. Raum- und Zeitverzerrung. Ein Fluß, der sich selbst zu einem Knoten bindet. Gebäude, durch Steinstücke halbiert. Dinge, die aller Vernunft Hohn sprechen, aber doch real sein müssen . . .«

Was fühle ich? Hilflose Erwartung strömt auf mich ein. Ich schließe die Schleusen meiner Konzentration mit aller Willenskraft. »Emotionen, die nicht meine eigenen sind. Bilder, Geister – Erinnerungen aus der Vergangenheit und der Zukunft . . . irgendwie. Alles scheint an die Empfänglichkeit einer Sibylle gebunden zu sein. Nur eine Sibylle erfährt diese Dinge, diese Sensibilität gegenüber dem See.«

Was ist der gemeinsame Nenner? Ich versenke meine Zähne in der Faust und halte den Gedanken fest, als die Erregung des Sees wächst. Ich sehe ein Muster, ein nicht zu leugnendes Muster: »Das Schiff! Das Schiff ist der Schlüssel; das Schiff, das hier abstürzte, flog mit Überlichtgeschwindigkeit. Das Alte Empire besaß einen Raumschiffantrieb, auf biotechnischer

Basis, um das Raum-Zeitgefüge zu manipulieren . . . eine künstliche Intelligenz!«

Ich renne zur Tür, klammere mich an das Flechtwerk der Metallranken. »Song!« brülle ich.

Sie wendet sich vom Fenster ab; ihr Körper ist gespannt vor Erwartung.

»Was hat dich gebildet?« Ich sehe zu, als sie beinahe eilfertig in den Transfer fällt. Der See rauscht in mein Bewußtsein. Ich fahre fort, Fragen herauszubrüllen: »War es der Antrieb des Schiffs, das hier abstürzte? Lebt er noch immer . . .?«

»Ja . . .«, wispert der See; das Echo, Echo hallt in meinem Kopf wider. »Verloren . . . verloren in der Zeit . . . lebendig begraben! Dein Diener . . .«

Meine Sicht, mein Hören stehen mit Phantomen in Flammen. Endlich verstehe ich die Versessenheit des Sees auf Menschen – auf seine Schöpfer, seine Götter.

Aber er vertrieb sie. »Warum hast du diese Stadt zerstört? Warum verursachst du Chaos in Weltende?« Der Sternenantrieb war nur zu einem Zweck bestimmt: er sollte das Raum-Zeit-Kontinuum manipulieren, sollte einem Schiff die zeitgleiche Bewegung durch den Weltraum ohne Paradox ermöglichen. Ihm konnte niemals gestattet werden, aus einer Laune heraus zu agieren, denn dann würde er die menschliche Zivilisation auf katastrophale Weise auseinanderreißen. Aus seiner Definition heraus war er ein Geschöpf von perfekter geistiger Gesundheit und Kontrollierbarkeit. *Aber er agiert zufällig, unvorhersehbar . . . wahnsinnig.*

»Ordnung«, wispert der See. »Verloren . . . verloren . . . bring mich in Ordnung!«

Qual erschüttert mein Bewußtsein. Ordnung, Unordnung, Wahnsinn – *warum?* Welches Trauma hatte er durchgemacht . . . *Natürlich.* »Der Absturz!« Ich keuche, halte mich an der Tür fest, halte mich . . . »Der Absturz hat dich beschädigt.« Der Absturz mußte seinen Ordnungssinn zerstört und seine Raum-Zeit-Interaktionen zufällig gemacht haben. Seine Fähigkeit, die eigenen physische Integrität zu bewahren, war zu einer unkontrollierbaren Veränderlichkeit geworden . . .

Bis jetzt gibt es zahllose voneinander unabhängige Zustände

potentieller Ordnung, die alle in ihrer eigenen Realität durchaus voll wirksam sind. Zusammen jedoch bringen sie Wahnsinn, Hilflosigkeit, Verzweiflung hervor – einen gequälten Geist. *Den Feuersee.*

»Ich versteh!« flüstere ich. Er hat darauf gewartet, daß seine Schöpfer ihn hören, ihn heilen, ihm den Grund für seine Existenz zürückgeben . . .

Und endlich, nach tausend Jahren des Wartens, hat jemand geantwortet. Letzten Endes bin ich doch der Richtige, derjenige, der begreift. Ich presse meine Stirn gegen das Metallfiligran, das durch die solide Realität der Tür gestützt wird. »Ich weiß, was du brauchst.«

»Ja!« Song schreit mit der Stimme des Sees. Sie wendet sich vom Fenster ab. Ich sehe, wie sie die Hände nach mir ausstreckt, während ihr Tränen die Wangen hinunterlaufen. Aber als der See in mein Bewußtsein eintritt, um mich zu belohnen, ist es nicht ihr Gesicht, das ich sehe, sondern das Monds.

Ich rühre mich auf dem Boden und setze mich aufrecht. Ich schüttele den Kopf, verziehe das Gesicht und frage mich, wieviel Zeit vergangen ist. Es ist Nacht draußen, aber das bedeutet hier nichts. Ich weiß nicht, warum ich überhaupt immer noch versuche, die Zeit nachzuhalten.

Der See . . . Ich ziehe mich an der Tür hoch, bis ich so eben stehe. Nach den stundenlangen Freudenbezeigungen des Sees fühlt sich mein Körper gummiartig und schwach an. Ich fahre mit den Händen unsicher über meine verschmutzte Kleidung, um mich zu vergewissern, ob noch alle Teile da sind. Ich sehe an mir hinunter, aber nicht zu genau, wissend, aber nicht bereit, mich an zu viel zu erinnern. Ich lache, und dabei schwingt noch immer ein bißchen Hysterie mit. Ich glaube, daß ich nie wieder Angst haben werde, mich gehen zu lassen, mich in zu viel sensuellem Vergnügen zu verlieren, denn nichts in der menschlichen Erfahrung könnte möglicherweise dem gleichen, was gerade hinter mir liegt.

Nachwirkungen und Bildechos funkeln und glimmen noch immer in meinen ausgebrannten Nervenfasern, aber mein Verstand ist klar genug, um wieder denken zu können. Ich taumele durch das glühende Leuchten ihrer Feuerkugel zu Songs Betttisch. Zum erstenmal betrachte ich die Kugel eingehend und begreife endlich, daß sie einen gefangenen Tropfen des Sees selbst enthält. Ich berühre sie mit unsicheren Händen und spüre durch die dicke, schützende Oberfläche seine Hitze, fühle, wie der See unerbittlich an die Ufer meines Bewußtseins schwappt. Ich entstöpsele den Branntwein und nehme einen tiefen Schluck. Der Schnaps brennt in meiner Kehle und läßt mich husten, gibt mir aber neue Kraft. Als ich genug Kraft habe, um mich wieder zu bewegen, gehe ich zurück zur Tür. Sie ist immer noch verschlossen. Song hat es nicht bis zu ihr geschafft, bevor uns der See beide überwältigte. »Song?« rufe ich, aber sie antwortet nicht. Ich kann sie in der Dunkelheit nebenan nicht sehen.

Nach einigem Suchen finde ich einen Lichtknopf und drehe das Licht im Zimmer an. Mir wird klar, das es hier tatsächlich irgendwo einen Generator gibt. Ich fange an, Songs Schatzhaufen zu durchwühlen. Es muß sich in diesem Konterbandenlager irgend etwas mit einem Energieelement befinden, das ich für den Strahler gebrauchen kann.

Ich finde meine Wüstenstiefel und winsele, als ich sie über meine geschwollenen Füße ziehe. Und schließlich finde ich, was ich suche – ein zerbrochenes Modul aus dem Rover irgendeines unglücklichen Pilgers. Ich ramme eines der überdimensionierten Magazine in den Pistolenkolben und hoffe, daß es noch genug Ladung besitzt, um mir zu nutzen. Ich richte die Waffe auf den Schließmechanismus der Tür. Ich schließe die Augen vor dem grellen Leuchten und drücke den Feuerknopf nach unten, wobei ich bis zehn zähle. Als ich sie wieder öffne, befindet sich an der Stelle, wo das Schloß war, ein glühendes Loch. Ich trete die Tür auf.

Ich sehe Song in einer Flut aus Licht auf dem Boden liegen. Ich gehe zu ihr, berühre ihre Kehle und fühle ihren Puls. Sie lebt, ist aber ohne Bewußtsein. Ich setze mich erleichtert neben ihr nieder.

Aber es ist Nacht. Ich komme zu dem Beschluß, daß jetzt die beste Zeit ist, den Versuch zu unternehmen, hier rauszukommen. Ich schüttele sie sanft, aber sie rührt sich nicht. Ich hole den Branntwein und träufele ihr etwas davon in den Mund. Sie hustet und schluckt krampfhaft. Blinzelnd öffnen sich ihre Augen.

Sie starrt mich erstaunt an. Ihr Erstaunen verwandelt sich langsam in Begreifen und in strahlenden Frieden. »BZ . . .«, murmelt sie, »du verstehst!« Ich nickte, lächle leicht. »Ich dachte nie, du würdest . . . Ich dachte, niemand würde je . . .« Tränen steigen in ihre Augen auf. Sie verbirgt das Gesicht in ihren ringgeschmückten Händen.

»Song«, sage ich und ziehe an ihrem Ellenbogen, versuche, sie zum Aufstehen zu bringen. »Wir sind noch nicht aus der Sache raus. Aber wir können jetzt hier weggehen.«

»Weggehen?« Ihr Gesicht füllt sich mit Entsetzen. »Nein! Ich kann nicht weggehen . . .«

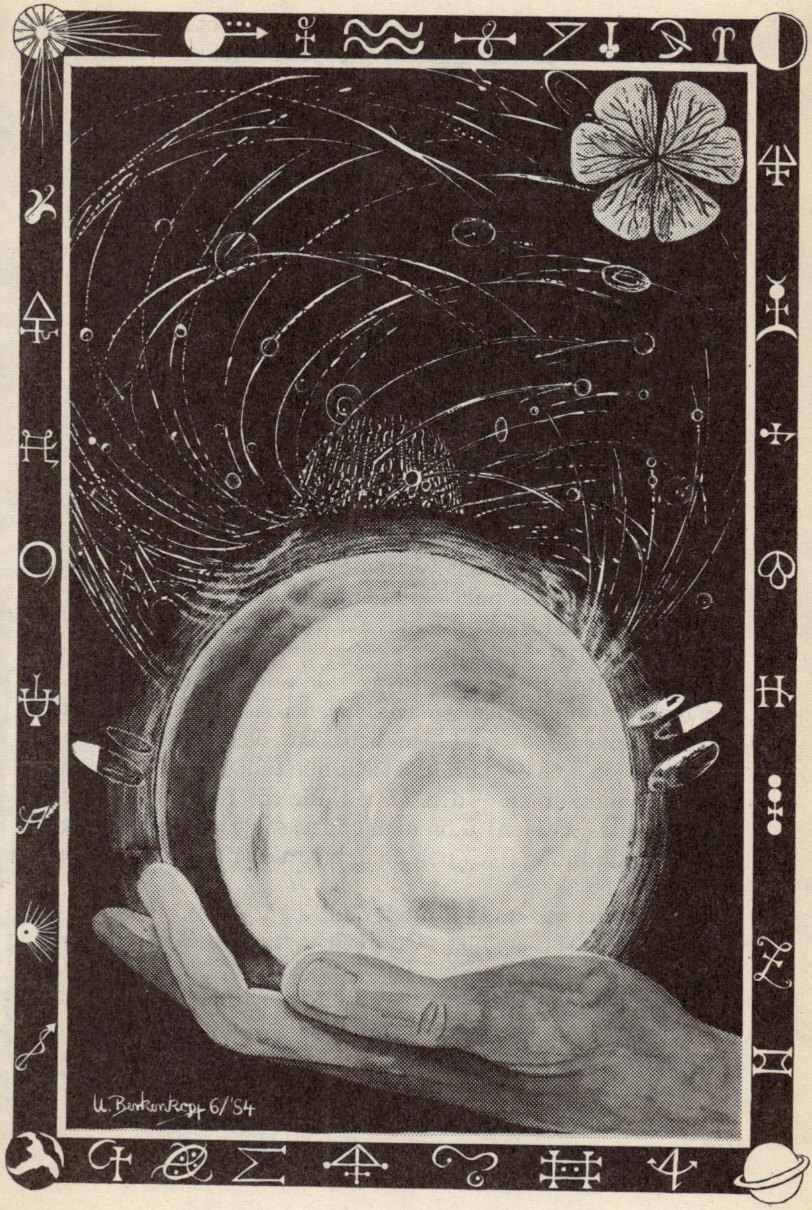
U. Berkenkopf 6/'84

Und all die Hilflosigkeit, die Bestürzung, die Schrecken, von denen ich befreit zu sein glaubte, strömen in mein Bewußtsein zurück. Jede mögliche Sache, die falsch laufen könnte, wenn wir entfliehen, blitzt vor meinem geistigen Auge auf und paralysiert mich. »Aber ich verstehe doch!« brülle ich. »Es ist nicht fair!« Ich packe Song an den Schultern. »Was, zur Hölle, willst du von mir . . .!«

Sie fällt in den Transfer, und der See stöhnt. »Brauche dich . . . brauche *dich* . . . bring mich in Ordnung . . .« Plötzlich begreife ich, daß Verstehen keine Kur ist – Wahnsinn zu erkennen bedeutet nicht, einen verdrehten Geist zu heilen. Er braucht mehr . . . mehr, als wir ihm jemals geben können.

»Ich kann dich nicht heilen!« Ich sage diese Worte zu Song. Ich denke daran, wie hilflos ich hier bin, hilflos den See zu retten, zu kontrollieren, ihm zu geben, was er wirklich will. »Ich kann dich nicht heilen. Song kann es nicht. Es gibt aber Menschen, die es können . . .« Menschen, die die Technologie seit Jahrhunderten verstanden hatten, aber nicht im Besitz der Rohstoffe gewesen waren, sie zu verwirklichen. »Diese Menschen würden alles für das Wissen opfern, das ich in meinem Kopf habe! Aber ich muß es ihnen mitteilen! Wenn ich hier bleibe, werde ich sterben, und die Wahrheit wird mit mir sterben.«

Hilflosigkeit und Schrecken wogen in mir . . . und schwinden dahin. Song erschauert, wird wieder sie selbst und liegt schlaff in meinen Armen. Ich habe ihn dazu gebracht, zu verstehen. Ich hole tief Luft und stelle mich auf die Füße, danke dabei tausend Ahnen – den Ahnen, die die Technologie des Alten Empires schufen. »Komm mit mir«, sagte ich sanft. »Jetzt ist alles in Ordnung.« Ich nehme ihre Arme und versuche, sie aufzuheben.

Sie entgleitet mir und schüttelt den Kopf. »Nein.«

»Aber du haßt es hier. Du haßt, was der See mit dir macht . . .«

»Er braucht mich. Er ist allein, er braucht mich. Ich bin wichtig hier, ich bin eine Königin! Ich gehöre hierher, ich möchte bleiben . . .«

»Verdammt noch mal«, brülle ich, die Geduld verlierend,

»du bist verrückt! Du brauchst mehr Hilfe als der gottverdammte See, und ich werde dafür sorgen, daß du sie bekommst. Komm . . .« Ich zerre sie auf die Füße.

Sie reißt sich von mir los und fängt an zu schreien. Ich schlage sie. Der Schrei hört auf, und sie sackt zu Boden.

Ich gehe zur Tür und brülle zu den Wachposten hinunter: »Irgend etwas ist mit Song passiert!« Sie kommen die Stufen heraufgelaufen, mit gezogenen Kanonen. Ich treffe den ersten mit einem Stuhl, als er durch den Türeingang kommt, so daß sie beide die Treppe hinunterfallen. Sie kommen nicht wieder hoch.

Ich schicke mich an, Song hochzunehmen, mache halt und gehe in das Zimmer nebenan. Ich nehme die Kugel, die den Tropfen des Feuersees enthält. Ich wickele sie in ein Stück dicken Soff und binde sie an meinem Gürtel fest. Dann hülle ich Song in einen dunklen Teppich und trage sie auf den Schultern die Treppe hinunter.

Unbehelligt verlassen wir den Skeletturm, und ich suche einen Weg durch die trügerischen, in Licht und Schatten liegenden Gassen der Stadt. Ich verlaufe mich ein halbes Dutzend Mal, bevor ich den Ort wiederfinde, wo ich meine Brüder zurückließ, aber keiner von denen, denen ich begegne, ist verrückt genug, einen bewaffneten Mann herauszufordern, der einen Körper durch die Gegend trägt.

Ich zögere, als ich die Tür erreiche, die ich für die Anubahs halte. Die Räume im Innern sind dunkel, aber ein Stück weiter die Gasse hinunter lacht und spielt eine Gruppe von Männern im Licht einer Solarfackel.

Eine Gestalt tritt durch die Tür, und ich versteife mich.

»BZ?«

»SB?!« Ich gehe auf die Tür zu, aber er hält eine Hand hoch.

»Ruhig, Anubah ist drin und schläft.« Mit einer Handbewegung dirigiert er mich zur Gebäudewand. »Dank den Göttern«, murmelt er. »Ich dachte schon, du kommst nie zurück.«

»Ich sagte, daß ich immer meine Pflicht tue.«

Er runzelt die Stirn. So sorgfältig wie ich kann, lege ich

Song neben mir nieder. Ich setze mich gegen die Wand, mit zitternden Armen und Beinen. Vage frage ich mich, wie lange es her ist, seit ich etwas gegessen habe.

»Ist sie das?« frage SB.

»Ja.«

Er grunzt etwas, das sich wie »Idiot« anhört und wendet sich wieder dem Türeingang zu. »HK«, flüstert er.

HK taucht auf; er trägt einen kleinen Behälter. Sie kauern sich neben mir nieder. »Hier sind die Werkzeuge.« SB nimmt HK den Behälter aus den Händen. »Befreie uns von diesen Blöcken. Kannst du sie kurzschließen?«

»Nicht, wenn ihr eure Köpfe behalten wollt. Könnt ihr nicht an den Kontrollkasten kommen?«

»Nein. Ich weiß nicht, wo Anubah ihn aufbewahrt . . .« Er bricht ab, beugt den Kopf nach unten, als jemand vorbeigeht.

Als der Fremde weg ist, sage ich: »Ich habe die Pistole funktionstüchtig gemacht. Laß uns jetzt hier endlich verschwinden.«

»Nein! Ich will das hier loswerden! Ich will hier wie ein freier Mann weggehen, in Ehren.« Er packt meinen Arm. »Du verstehst das.« Seine Augen brennen Löcher in die Dunkelheit.

»In Ordnung.« In dem schwachen Licht, das von den Wänden reflektiert wird, gehe ich die Werkzeuge durch. »Es ist zu dunkel hier . . . wartet.« Ich packe die Feuerkugel aus. Ihr rastloses Glühen badet ihre Gesichter mit warmen Strahlen.

»Was ist das?« wispert HK. »Lava?«

»Ein Tropfen des Feuersees,« Ich blicke auf, grinse vor Begeisterung. »Es ist ein Sternenantrieb, HK! Der ganze verdammte See! Die wahre Bedeutung meiner Entdeckung fängt erst an, mir richtig bewußt zu werden.

»Was redest du da?« schnappt SB. »Hör auf mit dem verrückten Gerede und mach uns frei.«

»Ich bin nicht verrückt.« Ich treffe seinen Blick. »Ich habe entdeckt, was Feuersee wirklich ist. Ein Schiff des Alten Empires ist hier abgestürzt, und niemand wußte es. Sein Antrieb hat hier ungezügelt gebrütet, seit tausend Jahren. Das ist es, was alle die anomalen Phänomene hervorruft. Denk mal darüber nach, SB! Denk mal darüber nach, was das für die Hegemonie bedeutet!«

»Bist du sicher? fragt er. »Bist du sicher?«

»Absolut.«

»Götter . . .« HK seufzt. »Und wir sind die einzigen, die es wissen.«

»Ein weiterer Grund, hier lebend rauszukommen.« Ich stelle den Vergrößerer an und studiere das Glühen des unsichtbaren Netzwerks der Blockstromkreise an der Oberfläche. Ich folge den mikrofeinen Wegen nach innen, mehr vom Instinkt als von der Sicht geleitet. »Alles klar . . . Gib mir eine Tonbox.« HK drückt sie mir in die Hand. Ich drücke eine Kodesequenz ein – halb hörbare, halb stumme Noten in meinen Ohren. Die nadelstichgroßen Lichter an den Kragen der beiden erlöschen. »Deaktiviert. Ihr seid frei. Nun kommt, laßt uns . . .«

»Eine Sache noch«, sagt SB grimmig. Bevor mir klar wird, was er tut, nimmt er den Strahler an sich und verschwindet in der Tür. Ich fluche. »Was hat er . . .«

Ein wütendes Aufbellen, eine leise sprechende Stimme. Ein Lichtblitz und ein Schrei . . .

Die Männer weiter unten in der Gasse blicken hoch, als SB aus dem Türeingang stürmt. Einige von ihnen schicken sich an aufzustehen oder rufen Anubahs Namen.

»Jetzt fühle ich mich wie ein Mann!« SB grinst HK an und hält die Pistole hoch.

»Du hast ihn getötet?« flüstere ich.

»Sicher.« Er nickt. »Er hat es verdient.«

Taub blicke ich weg – zu viele Stimmen in meinem Kopf.

»Götter, SB«, greint HK zu laut, »Sie wissen, was du getan hast!« Er deutet die Gasse hinunter, zuckend vor Panik.

»Ruhig . . .«, murmele ich, aber er packt die Feuerkugel und begingt wegzuhumpeln. Irgend jemand brüllt uns an. SBs Arm kommt mit der Kanone hoch. »Nein!« sage ich, aber er feuert wild. Ich sehe Waffen hochfliegen, und die anderen kommen wie ein Mob auf uns zu. Ich hebe Song auf, und wir laufen alle los. Sie ist ein totes Gewicht, aber der Zorn auf meine Brüder verleiht mir mehr Kräfte, als es die Furcht tut.

Die sich windenden Gassen, der Irrgarten von Stufen und

Leitern sind unser Feind und unser Freund. Während des Laufens schaffe ich in meinem Bewußtsein ein Abbild der Landeplatte, der wartende Rover – *Entkommen, Freiheit* – und wünsche mir, sie vor uns zu sehen.

Und abrupt sehe ich sie, als ob ich die Macht besitze, Zeit und Raum zu manipulieren. Mit letzter Kraft laufe ich auf das Landefeld hinaus. Aber in der scharfen Grelle der Lichter sehe ich weitere Gesetzlose – und Goldbart, der brüllt und auf uns zeigt . . .

»Da! Er hat sie! Er hat Song geraubt!«

SB feuert auf ihn, und Goldbart bricht zusammen, aber der Rest kommt als tobende Masse auf uns zu.

»Laß sie, setz sie ab«, keucht SB und zieht HK am Arm. »Es ist sie, die sie wollen! Sie werden uns in Stücke reißen!«

Ich renne statt dessen auf den nächsten Rover zu und zerre Songs Körper an Bord. SB und HK werfen sich nach mir durch die Türöffnung. Ich versiegele die Tür und fummele die Fernbedienung in mein Ohr. Ich keuche ein Vorrangkommando und sacke in den Pilotensitz. Die Kontrolltafel erwacht zum Leben. Ich hebe ab und höre SB und HK grunzen, als der Start sie gegen die Rückwand schleudert. Ich kann meine bleiernen Hände kaum auf den Kontrollen halten, als wir von dem Plateau in die Dunkelheit aufsteigen.

Song, die neben mir auf dem Boden liegt, rührt sich schließlich. Mit einem verwirrten Wimmern zieht sie sich an der Kontrolltafel hoch und blickt hinaus in die Nacht über den Feuersee. »Nein . . .«, murmelt sie. Sie sieht mich an und fängt an zu schreien. »Nein, Nein! Bring mich zurück!« Ihre Fäuste schlagen auf die Tafel ein.

Ich ignoriere sie, wische mir den Schweiß aus den Augen und zähle die Abbilder auf dem Schirm, bei denen es sich um Gesetzlosenflieger auf unserer Spur handelt. Dieser Rover ist zu alt, zu langsam, zu unbeweglich, um ihnen allen davonzufliegen. Und wenn sie uns nach unten zwingen . . .

Song fängt an, hysterisch zu kreischen. Mein Kopf füllt sich mit Lärm, mit dem Klagelied von tausend Erinnerungen . . . mit einer flammenden Energieexplosion. Unter uns explodiert der See in unerwarteten Feuerausbrüchen. Der Rover schüttelt sich und torkelt, als er von den Schockwellen getroffen wird. Und mit geblendeten Augen sehe ich das Plateau, auf dem Freistatt steht, schimmern, sehe ich, wie es zu zerbrechen beginnt, sehe ich, wie es aus der Existenz gerissen wird, als ob es nie dagewesen wäre.

Aber meine ungläubigen Augen zeigen mir unter uns noch immer unsere Verfolger, die näherkommen, näher, näher . . .

Ich schließe die Augen und konzentriere mich auf das Unmögliche: ein klarer Himmel, keine Verfolgung, ein neuer Tag, der Feuersee weit hinter uns . . .

»Nein!« schreit Song, ein letztes Mal.

»Was ist passiert?« brüllt SB. »Heilige Großväter, was ist passiert? Wo sind wir?«

Ich sitze da und starre hinaus auf einen volkommen klaren Himmel, der sich nach oben hin vom blassesten Blau bis zu Indigo im Zenit verdunkelt. Weltende blitzt unter uns dahin, fällt in die Vergangenheit. Auf dem Schirm ist nichts zu sehen. Es ist ein neuer Tag. Und das Schweigen in meinem Kopf ist betäubend. Der See ist gegangen.

»SB . . . übernimm die Kontrollen . . .« Ich bringe den Rover auf automatischen Kurs.

Er gleitet in den Sitz, als ich aufstehe. Meine Beine knicken ein. Ich muß mich an der Kontrolltafel festhalten. Ich blicke hinunter auf Song, die starr im Copilotensessel sitzt. »Song?« Ihre Augen sind offen und starren, aber sie bewegt sich nicht. Ich schüttele sie sanft. Sie fällt zurück in den Sitz, völlig schlaff, noch immer starrend. »Song!« Meine eigene Stimme brüllt in meinen Ohren. Der See ist gegangen, und das Schweigen ist beinahe unerträglich . . . *Götter, was habe ich getan?*

»Was, zur Hölle, ist passiert?« fragt SB abermals und zieht an meinem Arm. »BZ . . .«

»Der See«, sage ich, und für einen langen Augenblick ist das alles, was ich sagen kann. »Er hat uns gehen lassen.«

Ich fühle, wie sie sich und dann wieder mich ansehen. »Dann ist alles, was du sagtest, wirklich wahr«. haucht HK.

»Wo sind wir?« SB blickt auf die Anzeigen auf der Tafel.

»Auf einem Kurs, der uns in ungefähr einem halben Tag in die Zivilisation zurückbringen wird.« Der schmerzlose, normale Flug eines halben Tages. Meine Hände berühren mein Gesicht. Ich spüre eine Art Verblüffung. Wir haben überlebt.

»Du meinst, der See lebt?« HK sitzt hinter mir. Er hält die Kugel hoch, schielt auf den Tropfen Sternenantrieb.

Ich nicke, erleichtert, daß er ihn noch hat.

»Und du kannst mit ihm reden?«

»Ich tat es. In gewisser Weise.« SB blickt sich zu mir um. HK stellt kindische Ehrfurcht zur Schau, als ich in den Sessel neben ihm falle. »Ich höre ihn nicht mehr. Ich erwarte auch nicht, daß er mich noch hört.« Ich fühle mich leer, blutlos. Ich blicke wieder auf Song.

»Dank den Göttern, daß du das da nicht fallengelassen hast«, SB blickt über die Schulter auf die Kugel.

»Dies fallenlassen?« HK schüttelt den Kopf und hält die Kugel hoch. »Ich würde vorher sterben. Ich würde vorher töten. Ihr Götter, SB, weißt du, wieviel das wert ist?« Er kichert. »Niemand weiß, wieviel es wert ist! Mehr als sich jeder erträumt hat! Wir haben unseren Schatz gefunden.« Er blickt auf Weltende hinaus. »Zur Hölle mit dem Gedanken, die Familienbesitztümer zurückzukaufen. Wir werden ganze Planeten kaufen!«

SB lacht. »Wir werden es an den Meistbietenden verkaufen! Wir werden es *vermieten*! Der Premierminister wird vor uns auf den Knien liegen und uns um unser Geheimnis anflehen . . .«

»Wir werden das Wasser des Lebens kaufen! Wir werden für immer leben!«

Ich drücke mich hoch. Ich strecke die Hand aus und nehme HK die Kugel ab. Sie wispert leise, beruhigend. »Vergeßt ihr nicht etwas?« frage ich.

Sie sehen mich verständnislos an.

»Dies ist meine Entdeckung.«

»BZ . . .«

»Du kannst doch nicht . . .«

Ihre Stimmen lärmen in dem engen Raum der Kabine, hallen von den Wänden wider.

» . . . selbstsüchtig . . .«

» . . . allem, was wir durchgemacht haben . . .«

» . . . es mit *uns* teilen?«

»Wir verdienen es!«

»Haltet den Mund!« Ich funkele sie an. »Der Sternenantrieb gehört den Menschen der Hegemonie. Es ist ihr Erbe, ihr Recht. Und ich gebe es ihnen zurück. Niemand wird ein Lösegeld dabei herausschlagen.«

»Du willst es *einfach weggeben*?« sagt SB verächtlich. »Das meinst du doch nicht im Ernst.«

»Es ist mir noch nie ernster in meinem Leben gewesen . . .« Ich blinzele und runzele die Stirn, als das Leben zum Echo der Erinnerung wird . . . *Genauso wie ich es sah.* Die letzten Schatten des Zweifels an meiner geistigen Gesundheit beginnen sich zu verflüchtigen. Ich begebe mich wieder zu Song und halte ihr die Kugel vor die Augen. »Lausche«, bitte ich sie. Sie scheint ihr Augenmerk darauf zu richten, bewegt sich jedoch nicht.

SB beobachtet uns. »Sie hat endlich bekommen, was sie verdient.«

»Aber BZ . . .« HKs Stimme belästigt mich. »Was ist mit dem Familienbesitz? Willst du ihn nicht zurückhaben? Willst du nicht . . .«

SB faucht ihn an, und er hört auf zu reden. SB blickte mich an. »Du wirst deine Meinung ändern.«

Ich schüttele den Kopf.

Den Rest der Reise legen wir in völligem Schweigen zurück.

Das Schweigen in meinem Geist ist viel schlimmer. Die Gedanken, die kommen sollten, um die Leere auszufüllen, lehnen es ab, sich zu formen. Ich erinnere mich an Ang und Spadrin, sehe meine Brüder an ihrer Stelle, aber ich habe keine Kraft mehr für Schuld oder Schmerz oder sogar Ironie. Meine Erschöpfung ist so groß, daß ich nicht einmal schlafen kann. Ich sehe zu, wie sich das Ödland wiederholt und zurückweicht: die Wüsten, die Berge, die Dschungel . . . die Habgier, das Leiden, die verlorenen Träume. Nur die Aussicht, die Stadt der Gesellschaft wiederzusehen, läßt mich überhaupt etwas fühlen – eine Ungeduld, von der ich nie gedacht hätte, daß ich sie jemals spüren würde, denn diesmal markiert sie das Tor aus der Hölle.

Es ist mitten in der Nacht, als wir auf dem Flugfeld der Gesellschaft landen. Die Agenten durchsuchen uns mit ermüdender Gründlichkeit. Aber sie können nicht beweisen, daß wir nicht das sind, was wir zu sein behaupten, und sogar sie haben einigen Respekt vor Sibyllen. HK und SB beobachten mich angespannt, aber ich werde der Gesellschaft mein Geheimnis nicht anvertrauen. Die Kugel wird als nutzlose Kuriosität zur Seite geworfen. Sobald die Agenten den Rover verlassen, nehme ich sie wieder an mich. Sie beschlagnahmen unser Vehikel, da sie wissen, daß wir nicht zu reklamieren wagen. Wir werden es nie wiedersehen. Aber das spielt keine Rolle. Wir sind frei und sicher.

Ich führe Song, als wir die Sicherheitszone verlassen. Sie folgt mir ergeben, die Augen auf die Kugel gerichtet. Ich halte jenseits der Tore Ausschau nach ihrer Mutter, weil ich irgendwie erwarte, daß sie über unser Kommen Bescheid weiß. Aber dem ist nicht so. Ich will herumfragen, wo sie wohnt, aber SB und HK bestehen darauf, daß wir erst unsere Passage nach Viergatt buchen, bevor ich mit der Suche beginne. Ich gebe nach, da ich ebenso wie sie daran glauben will, daß wir hier wirklich wegkommen.

Die Leute starren uns an, als wir durch die Gebäude der Flughafenbehörde wandern. Ich bin längst darüber hinaus, mich darum zu kümmern, was irgend jemand denkt. Mein Kredit ist immer noch gut genug. Der erste Shuttle, der uns nach Viergatt zurückbringen wird, fliegt erst in anderthalb Tagen.

Wir nehmen im Flughafen eine richtige Mahlzeit zu uns und bestellen genug Essen, um den Tisch knacken zu lassen. Song rührt ihr Essen nicht an. Als ich den endlosen, greinenden Bemühungen meiner Brüder lausche, meine Meinung über ›unseren Schatz‹ zu ändern, vergeht mein mächtiger Appetit und mein Magen schließt sich um einen Klumpen kalter Verachtung. Ich stochere in meinem Essen herum und ignoriere sie, bis sie endlich mit dem Reden aufhören. Ihre Augen beobachten mich mit mürrischem Grübeln. Sie murmeln sich Worte zu, die ich nicht verstehen kann.

Schließlich sagt SB: »Nun, wenn du sie loswerden willst . . .«, er deutet auf Song, » . . . dann laß es uns hinter uns bringen.«

Ich nickte überrascht, und wir bringen sie in die Stadt zurück. Es ist bereits später Vormittag; ein heißer Nebel klebt beim Gehen an uns. Ein unheimliches Gefühl des Déjà-vu hat mich überkommen, als wir durch die weißen, mit Fensterläden versehenen Straßen wandern. *Willkommen in Weltende.* SB läuft ungeduldig vor uns her und fragt nach der Sibylle. Die meisten Leute wollen ihm keine Antwort geben. Ich kann es ihnen kaum übelnehmen. Ich folge langsamer, behindert durch meinen schwer mitgenommenen Körper, durch Songs fehlende Bereitschaft und durch HKs Klagen über sein Bein.

SB kommt wieder um eine Ecke, als ich schon denke, daß wir ihn endgültig verloren haben. »Hier unten!« ruft er. »Sie ist hier unten.«

Wir folgen ihm die Gasse hinunter. Wir befinden uns in einem Teil der Stadt, den ich nicht kenne. Er ist leerer und sogar noch heruntergekommener als der Rest. Krankhaftes Pilzleben wuchert aus Spalten und Ritzen. SB führt uns auf einen abblätternden Hof. Die Gebäude sehen hier verlassen aus. Ich kann mir nicht vorstellen, daß Hahn gezwungen ist, an so einer Örtlichkeit zu wohnen. Die Instinkte langer Erfahrung beginnen sich in mir zu regen, und ich versuche, mein Hirn zum Arbeiten zu bringen. »SB, das sieht nicht . . .«

»Hier drin«, beharrt er und hält eine Tür auf. »Sie will nicht, daß irgend jemand darüber Bescheid weiß.«

Das gibt eine Art schmerzlichen Sinn, und ich führe Song weiter. HK schlurft hinter mir her. Als wir den Raum betreten, überfliege ich ihn mit einem Blick, aber es ist sonst niemand anwesend. »SB, was, zur Hölle . . .«, beginne ich wütend.

Er zuckt die Achseln. »Wir brauchten einen Raum, um noch eine weitere kleine Unterhaltung über unsere Zukunft zu führen. HK, nimm die Kugel und bring sie mir.«

HK reißt mir die Kugel aus der Hand und tritt an SBs Seite. SB sitzt auf der Kante eines zerbrochenen Tischs. »Nun, sollen wir die Gründe, warum du ein Esel bist, nochmals durchgehen?« fragt er mich.

»Ich sagte euch bereits, daß nichts, was ihr mir sagen könnt, irgend etwas ändern wird.« Ich hole tief Luft und versuche, die Beherrschung zu bewahren. »Hör zu, SB, wir haben alle viel durchgemacht. Ich weiß, was ihr gelitten haben müßt. Ihr wart länger da draußen, als ich es war . . .« Die Worte hören sich so überflüssig wie Staub an. »Aber ihr werdet die Dinge wieder klarer sehen, wenn ihr . . .«

»Wenn wir . . . was?« sagt er bitter. »Zu was sollen wir zurückkehren? Zu nichts, es sei denn, wir haben dies.« Er deutet auf die Kugel.

»Hast du mal an anständige Arbeit gedacht? Mir selbst macht sie durchaus Spaß.«

HK verzieht höhnisch das Gesicht. »Du Heuchler. Du wolltest unseren Besitz für dich selbst. Glaubst du, wir wissen das nicht? Du bist nur von zu Hause weggegangen, weil Vater dir gezeigt hat, wo dein Platz ist.«

Ich spüre, wie sich mein Gesicht rötet. »Du meinst, ich hätte bleiben und euch helfen sollen, unseren Ahnen das Blut auszusaugen?« *Vorher hätte ich euch getötet.* Meine Hände ballen sich zu Fäusten. Ich zwinge mich, sie wieder zu öffnen. »Das . . . das spielt jetzt keine Rolle«, sage ich schwach. »Es ist Vergangenheit, es ist vorbei. Was eine Rolle spielt, ist die Tatsache, daß wir die ganze Familie sind, die uns noch geblieben ist. Das hier ist dumm . . .«

»Warum können wir dann nicht wieder zusammen reich sein?« sagt HK. »Warum sollten wir nicht? Gibt es nichts, was du haben willst? Es muß etwas geben – etwas, das du dir mehr wünschst als alles andere. Etwas, das du nie haben könntest, daß du jetzt aber haben kannst . . .

Mond. Ihr Gesicht tritt in mein Bewußtsein. »Mond . . .« Ich begreife, was zu begreifen ich bisher noch keine Zeit hatte – daß das Unmögliche möglich geworden ist . . . daß es möglich ist, sie wiederzusehen, dank dem Feuersee.

»Siehst du?« sagt SB eifrig. »Es gibt etwas! Ich wußte, daß du nicht so verdammt edel bist. Du kannst alles haben, was du willst. Wir teilen es, unter uns allen . . .« Nackte Habgier tritt in sein Gesicht. »Es ist mehr als genug da.«

»Nein«, sagte ich flach. »Niemals.« Mir wird klar, daß es nichts gibt, was mich veranlassen könnte, ihnen so eine Macht zur Verfügung zu stellen. »Ihr verdient es nicht.«

Ihre Gesichter erstarrten. Ich blicke auf Song, die noch immer mit leeren Augen neben mir steht und auf die Kugel starrt.

»Dann laß mich dir noch einen Grund geben, warum du es auf unsere Weise tun solltest, kleiner Bruder«, sagt SB. Er langt in seinen zerlumpten Rock und holt den Strahler hervor. »Weil du am Leben bleiben möchtest!«

»Vater all unserer Großväter!« Wütend gehe ich vorwärts, weil ich nicht für einen Augenblick glauben kann, daß er es meint. »Ich habe jetzt genug von diesem Scheiß. Gib mir die Kugel und die Pistole, verdammt!« Ich strecke die Hand aus.

SB schwankt nicht; die Waffe ruht fest in seiner Hand.

Ich mache halt, blicke von seinem kalten, fremden Gesicht auf das HKs. HK schlägt die Augen nieder, starrt auf die Kugel. Meine leeren Hände verkrampfen sich. »Mach einen Punkt!« Ich lache fast. »Du wirst diese Kanone nicht benutzen. Du wirst keinen Polizeioffizier töten. Du wirst keinen Sibyll töten.« Ich halte das Kleeblatt hoch. »Verflucht, du wirst deinen eigenen Bruder nicht ermorden . . .« Ich mache einen weiteren Schritt nach vorne.

SB feuert.

Gundhalinu fluchte leise und lehnte sich gegen die klare Fensterwand, als der Schock des Verrats die Pein erinnerter Schmerzen verdoppelte. Für einen langen Augenblick stand er da und starrte in die wohlvertrauten Ecken seines Büros, wie jemand, der sein Gedächtnis verloren und plötzlich die Erinnerungen zurückgewonnen hatte. Schließlich stellte er sich steif aufrecht, preßte einen Arm gegen seine Seite und kehrte zu seinem Schreibtisch zurück. »Ossidge?«

»Sir.« Die Stimme seines Sergeanten antwortete in weniger als einem Herzschlag.

»Ich bin bereit, die Gefangenen jetzt zu sehen.«

»Ja, Sir.«

Er setzte sich in seinen Sessel und lauschte dem Pochen seines Herzens. Das Adrenalin floß wieder, mit den Erinnerungen . . .

Die Erinnerung an seine Brüder, die über ihm standen und darüber diskutierten, ob sie noch einmal auf ihn schießen sollten, während er auf dem Boden lag und versuchte, weder zu weinen noch zu stöhnen . . . Die Erinnerung an HK, der die Uhr aus seinem Gürtelbeutel stahl, bevor sie ihn zum Sterben liegenließen . . . Die Erinnerung daran, stundenlang auf dem Boden gelegen zu haben, während namenlose, unaussprechliche Kreaturen ungesehen über sein Gesicht krochen, an zu starke Schmerzen, um sich auch nur zu bewegen, an das hochgradige Bewußtsein jeder einzelnen verstreichenden Sekunde, der Blasen, die sich auf seiner Haut bildeten, des Geruchs von verbranntem Fleisch, seines Lebensbluts, das sich in einem glänzenden See um ihn herum ausbreitete . . . Die Erinnerung an das Verlangen nach seinen Brüdern, nach einem vorübergehenden Fremden, nach irgend jemandem im Universum – mit Ausnahme Songs . . .

Song, die dastand und stumpf auf ihn herabblickte, ein leeres Gefäß. Er hatte sie angefleht, Hilfe zu holen, ihre Mutter zu suchen, sonst jemanden, irgend jemanden. Aber sie ging nicht weiter als bis zur Tür und kehrte dann zurück, um wieder mit bodenlosen Augen auf ihn herabzustarren, während die Stunden wie Jahre vergingen.

Bis er schließlich eine Stimme Songs Namen rufen hörte und ihr Gesicht wie in einem Wunder oder einer Halluzination in das Gesicht ihrer Mutter verwandelt wurde. »Hahn«, hatte er gekeucht, einmal, zweimal, so voller Angst, daß sie ihn für tot halten und dort zurücklassen würde . . .

»Schlitzer!« Hahn zuckte zurück vor ihm, mit betroffenem Gesicht, blickte auf ihre Tochter, wieder auf ihn, mit Händen, die in der Luft flatterten. »Song! *Song* . . .?«

Songs Gesicht erschien wieder, plötzlich lebendig vor Raserei, mit Augen, die vor Tränen überquollen. Sie fing an, auf ihre Mutter einzuschreien, zusammenhanglose Anklagen und Proteste. Ihre Stimme war ein endloser Ausbruch der Verzweiflung, der die Worte aufsteigenden Grams und Ärgers von seiten ihrer Mutter wegwischte. Sie rangen miteinander, fielen sich in die Arme und weinten, während sich seine Sicht langsam mit Blut füllte und sie zu Geisterstimmen wurden, so wie er für sie bereits ein Geist war.

Als er die Augen wieder öffnete, sahen diese das vollkommene Weiß von Schneefeldern, bis sich seine Sicht langsam klärte und er das Weiß als den Traumatank eines Krankenhauses identifizierte. Irgendwie hatte sie ihm doch Hilfe gebracht, obwohl er an dem silbernen Kokon, der ihn umgab, erkennen konnte, wie nahe er daran gewesen war, keine mehr zu brauchen.

Und dann hatte er sich erinnert, *warum*, und hatte gewußt, was er tun mußte. Er hatte sich selbst aus dem Lebenserhaltungssystem befreit, wie ein Toter, der aus dem Sarg stieg, und die Medizintechniker auf Trab gebracht. Er erinnerte sich, wie sie ihn mit lachhafter Ungläubigkeit anstarrten, als er die Tageszeit verlangte – und dann eine Kommunikationsverbindung und eine Identitätsüberprüfung . . .

Er hatte seinen Anspruch nachgewiesen, daß sie ihm gehorchten, im Namen des Sicherheitsdienstes der Hegemonie. Durch einen Nebel aus Schmerzen und Drogen hatte er beobachtet, wie das Personal gehorchte, sich ihm beugte und seine Befehle ausführte, während es dabei verstohlene Blicke auf die Anzeigen über seinem Kopf warf. Der Gesichtsausdruck der Leute sagte ihm, daß sie nicht wußten, wie er überhaupt in der Lage war, zu funktionieren.

Er funktionierte, weil er keine andere Wahl hatte, und ertrug Drogen und Schmerzen genauso, wie er gelernt hatte, den See zu ertragen. Und langsam kam er zu der Erkenntnis, daß sie ihm nicht aus Loyalität zur Hegemonie gehorchten, sondern wegen des Kleeblatts, daß sie an seinem Hals gefunden hatten. Wissen war die einzig wahre und beständige Macht . . .

Gundhalinu befühlte das Kleeblatt, das sich gegen den glatten Stoff seiner Uniform schmiegte. *Wissen.* Er wußte jetzt, wußte wirklich, was ein Sibyll war. Kein Heiliger, kein Gott . . . nur ein Vermittler. *Nur menschlich.* Er umklammerte den Anhänger mit der Faust, erinnerte sich an den Augenblick, in dem er ihn zum erstenmal angelegt hatte. Sein Druck verstärkte sich, bis er spürte, wie die Widerhaken wieder seine Handflächen verwundeten. Blutstropfen krochen über sein Handgelenk in den Ärmel. Es war ganz anders, als er es sich vorgestellt hatte . . .

Auf seinem Terminal blinkte ein Licht auf, und er berührte die Tafel. Die Tür zu seinem Büro öffnete sich. Ossidge führte die beiden Gefangenen in den Raum. Ihre Gesichter wurden noch immer durch Sicherheitsmasken verhüllt. Seit nahezu vier Wochen waren sie isoliert gewesen. Auf seinen Befehl hin waren sie gleich nach ihrem Arrest von jedem Kontakt mit der Außenwelt abgeschnitten worden. Er hatte ihre Sache zur höchsten hegemonialen Sicherheitsstufe erklärt und alle ihre Bürgerrechte außer Kraft gesetzt. Die Maßnahmen waren gerechtfertigt gewesen.

Ossidge wartete.

»Sie können ihre Beschränkungen jetzt aufheben, Ossidge. Ich werde sie außerhalb des Protokolls verhören.«

»Das entspricht nicht der Vorschrift, Inspektor.« Ossidge stand da wie ein Block aus Granit.

»Dies ist eine äußerst . . . heikle Angelegenheit, Ossidge.« Der Inspektor, der früher nicht die geringste Unregelmäßigkeit geduldet haben würde, beugte sich über seinen Schreibtisch und erheischte Ossidges Nachgeben . . .

Ossidge nickte. »In Ordnung, Inspektor. Weil Sie es sind, der darum bittet. Normalerweise würde ich es nicht tun, aber da Sie es sind . . .« Er gab die Gefangenen frei und schickte sich an, zur Tür zu gehen.

»Ich danke Ihnen, Ossidge«, murmelte Gundhalinu überrascht, bis ihm einfiel, warum in der Stimme seines Sergeanten dieser an Ehrfurcht grenzende Unterton mitschwang.

Ossidge drehte sich um. »Ich möchte noch etwas sagen, Inspektor. Ich denke, es ist eine ganz besondere Sache, daß Sie zur Truppe zurückgekehrt sind . . . Ich meine, wenn man bedenkt, daß Sie so ziemlich der größte Held . . .«

»Dies ist der einzige Platz, an dem ich gerade jetzt sein möchte«, sagte Gundhalinu sanft und schnitt ihm das Wort ab. »Diese Uniform fühlt sich besser an, als sie es für lange Zeit getan hat.« Er lächelte, aber es war kein Lächeln, das ihm gefallen würde.

Ossidge lächelte ebenfalls, das erste Mal, soweit sich Gundhalinu erinnern konnte. Er salutierte und verließ den Raum.

Gundhalinu wartete, als die zwei Gefangenen langsam ihre Helme entfernten. Zum erstenmal sah er ihre Gesichter ganz klar, und sie sahen das seine. In ihren Mienen zeigte sich ein so extremes Spiel von Gefühlen, daß er es beinahe als komisch empfand.

»Du . . .?« »BZ!« Die Stimmen seiner Brüder verschmolzen zu einer Kakophonie der Ungläubigkeit.

Er saß bewegungslos hinter seinem Schreibtisch und sagte nichts. Sie sahen wieder wie die Brüder aus, an die er sich erinnerte – sauber, geheilt und zivilisiert, obwohl sie Gefängniscoveralls trugen. Aber er vertraute seinen Augen nicht mehr. »Hallo, HK . . . SB.«

HK fiel vor dem Schreibtisch auf die Knie. »BZ, bei allen unseren Ahnen, ich wollte wirklich nicht, daß es geschah! Dank den Göttern lebst du . . .« Er bedeckte das Gesicht mit den Händen. »Ich verstehe nicht . . . ich verstehe nicht, was geschehen ist.«

»Und ob du es verstehst«, murmelte SB. »Bis zu diesem

Augenblick, in dem uns die Blauen einkassierten, hast du Credits gezählt.«

»Das meinte ich nicht.« HK schüttelte den Kopf und blickte seinen Bruder finster an.

Gundhalinu erhob sich aus seinem Sessel, verzog dabei leicht das Gesicht, da ihn seine Seite schmerzte. Er ging um den Schreibtisch herum und streckte die Hände aus, um HK aufzurichten.

HK mühte sich auf die Füße, sprang mit einem Angstschrei zurück, als er das Blut auf seiner Haut sah – Blut aus der Hand seines Bruders.

Gundbalinu schüttelte den Kopf und lächelte dünn. »Du bist nicht verseucht.«

HK rieb seinen Arm gegen das Bein seines Coveralls, aber der Blutfleck verschwand nicht.

Gundhalinu lehnte sich schwer gegen die Kante des Schreibtischs und versuchte, SBs Blick aufzufangen.

SB schlug die Augen nieder. »Wenn du auf Entschuldigungen wartest – ich habe keine.«

Gundbalinu seufzte. »Nein, Bruder. Darauf habe ich nicht gewartet.«

SBs Kopf hob sich etwas, aber er sagte nur: »Ich habe versucht, dich zu töten. Ich dachte, du wärst tot.«

»Ich war nicht weit davon entfernt.« Seine Hand preßte sich gegen die Seite.

»Was ist geschehen?«

Er dachte beinahe, daß sich sein Bruder gekränkt anhörte. »Die Ladung des Energiepacks war nahezu erschöpft.« Ironie zog seine Mundwinkel nach oben. »Weltende hatte also doch den letzten Lacher . . . Songs Mutter fand mich. Song zeigte ihr, wo ich war.«

»Song?« sagte HK stupide. »Aber ich dachte, sie wäre . . .«

»Sie sind durch den Transfer irgendwie geistig miteinander verbunden. Sie kann ihre Mutter das sehen lassen, was sie selbst sieht . . .« Er brach ab, als die Erinnerung an seine Zeit in dem verlassenen Raum die Gegenwart trübte. »Hahn schaffte mich in ein Krankenhaus. Und ich gab Befehl, euch festzunehmen, bevor ihr nach Viergatt zurückkommen und anfangen konntet, die Hegemonie zu erpressen.« *Es hört sich alles so einfach an. Wie eine Lüge.* Er beobachtete, wie sich die Gesichter seiner Brüder spannten und verschlossen.

»Was hast du mit dem Sternenantrieb gemacht?« fragte SB schließlich.

»Genau das, was ich sagte. Ich habe das Muster dem Obersten Richter zugestellt, zusammen mit einem ausführlichen Bericht.« Er konnte sich kaum noch an die Umstände erinnern. Nach seinem kodierten Anruf beim Chefinspektor waren sie nach Weltende gekommen und hatten ihn nach Viergatt gebracht, in eine Hölle mit Wiederaufbauchirurgie und Fragen, Rehabilitationstherapie und Fragen, Interviews, Vernehmungen und Fragen, Fragen, Fragen . . . »Meine Hypothese ist bestätigt worden.«

Ihre Gesichter wurden so trostlos wie die Einöden Weltendes. »Und was hast du dafür bekommen?« sagte SB bitter und blickte sich im Raum um. »Nichts.«

»Ganz im Gegenteil.« Gundhalinu lächelte. »Du hast den Sergeant nicht gehört – ich bin ein ziemlicher Held. Sie können gar nicht genug für mich tun. Sie werden mich zum Kommandanten befördern. Ich schätze, daß ich in diesem Augenblick so ziemlich alles haben könnte, um was ich bitte.« *Und vielleicht wußte ich auch schon die ganze Zeit über, daß es so kommen würde.* Er beobachtete ihre Gesichter und spürte, wie sein Lächeln zu Eisen wurde. *Und das war der Grund, warum ich euch niemals daran teilhaben lassen konnte.*

»Warum nimmst du es dann nicht?« sagte HK. »Du sagtest, es gibt Dinge, die du haben wolltest. Du bist genauso wie wir!«

»Nein«, sagte Gundhalinu leise. »Das bin ich nicht. Aber du hast recht, es gibt Dinge, die ich möchte. Ein oder zwei davon habe ich schon bekommen. Aber die meisten Dinge, die ich möchte, sind nun mal nicht so einfach. Sie brauchen Zeit.« *Und Planung und Geduld.* Und die Gewißheit, daß er das Manipulationsnetz anderer Leute, das sich bereits um ihn legte, verändern konnte, daß er es in eine Leiter verwandeln konnte, die ihn immer weiter nach oben zu seinem Ziel führte.

»Was ist mit uns?« fragte SB.

Beinahe geistesabwesend blickte Gundhalinu sie wieder an.

Er verschränkte die Arme vor der schmerzenden Brust. »Nun, ich dachte daran, euch des Mordversuchs und vielleicht des Hochverrats zu beschuldigen.«

»Aber wir sind deine Brü . . .!« HK biß sich auf die Lippen, und seine Sommersprossen wurden rot.

»Blut ist dicker als Wasser?« Gundhalinu lächelte wieder, mit einer Grimasse. »Ich weiß. Ich habe in jüngster Zeit eine ganze Menge von meinem eigenen gesehen.«

»Trotzdem schuldest du uns noch etwas.« SB setzte sich auf einen Stuhl; seine Augen glitzerten. »Ohne uns wärst du niemals lebend aus Freistatt rausgekommen . . . Du wärst gar nicht erst hingegangen.«

»Vielleicht nicht.« Gundhalinu verlagerte sein Gewicht gegen die harte Kante des Schreibtischs. »Das ist eine Frage ohne Antwort, SB. Genauso wie die Frage, was für eine Art von Gerechtigkeit ihr wirklich verdient. Ich weiß, was das Gesetz sagen würde. Aber ich weiß auch . . .« Er betrachtete das Blut, das auf seiner Handfläche trocknete. Er hob wieder den Kopf. »Ich weiß, daß niemand unverändert aus Weltende herauskommt. Das einzige, was ihr Böses getan habt, habt ihr mir angetan. Und ich bin nicht derjenige, der euch zu richten hat.« Er starrte durch sie hindurch gegen die Wand. »Ich habe einige Arrangements getroffen.« Er spürte mehr als er es sah, daß sie sich versteiften. »Unsere Familienbesitztümer werden zurückgegeben – an mich.« ›*Wenn es weiter nichts ist*‹, hatten sie zu ihm gesagt; sie wußten ja nicht . . . »Wenn ihr nach Kharemough zurückkehrt, werdet ihr ein Zuhause haben, zu dem ihr zurückkehrt. Ihr werdet eine ausreichende jährliche Rente haben, um euch sehr komfortabel leben zu lassen. Alles wird natürlich von jemandem überwacht werden.«

»Danke, BZ. Es ist mehr, als wir verdienen . . . Wir werden . . . wir werden . . .« HK fummelte an den Verschlüssen seines Coveralls herum. SB sagte nichts. Gundhalinu löste sich von dem Schreibtisch. »Steh auf, SB. Ich sagte nicht, daß du dich setzen könntest.« Er sah zu, wie sich sein Bruder von dem Stuhl erhob. SB starrte ihn für einen langen Augenblick an und nickte dann kaum wahrnehmbar. Sein Mund verzog sich zu einem sardonischen Lächeln. »Ich glaube, du hast dich verändert.«

»Ich nehme das als Kompliment.« Gundhalinu faltete die Arme, hielt seine Seite fest. »Wenn einer von euch jemals versucht, die Arrangements zu ändern, die ich getroffen habe, geht ihr alle beide aller Klassenrechte verlustig und werdet völlig enterbt. Wenn einer von euch jemals versucht, weiterhin von der Entdeckung des Sternenantriebs zu profitieren, wenn einer von euch jemals überhaupt irgendwelche Ansprüche öffentlich erhebt, werde ich euch mit Anschuldigungen vor Gericht stellen, von denen ihr nicht einmal geträumt habt.« Er deutete auf das Schreibtischterminal. »Ich werde euch schnell genug nach Kharemough folgen. Eure Akten werden immer griffbereit sein, wohin ihr auch geht. Denkt niemals, daß ich nicht in der Lage bin, euch zu finden. Oder daß ich jemals vergessen werde, was ihr mir angetan habt.«

SB funkelte mich an. »Das ist Erpressung.«

»Ich ziehe es vor, es als im Geiste des Gesetzes zu betrachten, im Gegensatz zu seinen Buchstaben.« Gundhalinu zuckte die Achseln. Er wandte sich um und griff über den Schreibtisch, um den Wächter zu rufen. Die Tür des Büros öffnete sich, und ein Polizist trat ein. »Sie haben Ihre Anweisungen?«

Der Polizist nickte.

»Und ihr habt die euren.« Zum letztenmal blickte er seine Brüder an. Und dann wandte er ihnen den Rücken zu und starrte hinaus in den Regen, bis sie gegangen waren.

Als er sich wieder umdrehte, war er fast enttäuscht, daß er den Geist seines Vaters nicht wartend vorfand. Feuersee hatte seine Geister nur sichtbar gemacht; sie waren immer real gewesen, und er hatte mit ihnen sein ganzes Leben lang gelebt.

Er ließ sich wieder in seinem Sessel nieder und stützte den Kopf in die Hände. »Nun also, Vater, ist es getan. Habe ich dich endlich zu Grabe getragen?« Die silberhelle Musik der antiken Uhr drang an seine Ohren. Er blickte hoch, schüttelte langsam den Kopf und lehnte sich im Sessel zurück.

Er hielt die Uhr in der Hand. *Die Vergangenheit ist immer bei uns, selbst wenn sie in Trümmern liegt.* Er seufzte. Er hatte den letzten Wunsch seines Vaters erfüllt, und der Geschmack in seinem Mund war gallig. Sein Vater war ein schwacher, starrer . . . Mensch gewesen. Nicht eine Art Gott. Die Handlung selbst war für ihn jetzt so bedeutungslos wie das Wertsystem, das sie erforderlich machte. Er blickte auf seine Handgelenke. Die glatte braune Haut wies noch immer einen schwachen Rosaton auf, den die kosmetische Operation zurückgelassen hatte. Er berührte seine Stirn, eine weitere geglättete Narbe, und stellte sich ruhelos wieder auf die Füße.

Das Fenster wartete auf ihn, bedeckt mit Tränen. Er trat heran und preßte seine pochende Hand gegen ihren lauwarmen Trost. Hinausblickend sah er, daß das Pantheon durch einen seltenen Strahl der nachmittäglichen Sonne illuminiert wurde. Er fragte sich, ob die Menge dies als ein gutes Omen ansehen würde.

Bedeutungslos – die Zeremonie heute nacht, alle übrigen; nur Ornamente der Eitelkeit, die den nackten Körper der Wahrheit verkleideten: Ein übergebildeter Verrückter mit einem Todeswunsch war über das Geheimnis von Feuersee gestolpert. *Es heißt, um etwas zu erkennen, muß man etwas davon wissen.* Er schüttelte den Kopf.

Durch die Entschleierung des Geheimnisses des Sees, dadurch, daß er der Hegemonie den Sternantrieb zurückgab, hatte er alles verändert. In den Wochen, seit es geschehen war, hatte er kaum Zeit gehabt, sich vor Augen zu führen, in welchem Maße.

Aber er hatte genug Zeit gehabt, um sich das Offensichtliche vor Augen zu führen – daß nicht alle Veränderungen positiv sein würden. Kharemough dominierte die Hegemonie bereits, und es würde Kharemough sein, das die Technologie besaß, um den Sternenantrieb voll auszunutzen. Er wußte, daß seine Heimatwelt wohlwollend regierte und ihre Macht mit den anderen Hegemoniewelten teilte – aber nur, weil interstellare Entfernungen sie dazu zwangen. Einst hatte Kharemough Träume von einem neuen Empire gehabt . . . Der Premierminister und seine Repräsentantenversammlung reisten noch immer von Welt zu Welt, eine harmlose Mahnung an diese Vergangenheit . . . Wie lange würde es dauern, bis sich Kharemough mit seiner technokratischen und menschlichen Arroganz dieser Träume erinnerte und damit begann, seine neuen Sternenschiffe in Kriegsschiffe umzuwandeln?

Überhaupt nicht. Er hatte bereits genug hohe Amtsträger der Truppe mit den Hegemonierepräsentanten auf dem Planeten über die Möglichkeit diskutieren hören – und über das Wasser des Lebens und eine Rückkehr nach Tiamat . . .

Tiamat sollte auf jedermanns Liste bedeutsamer Möglichkeiten ganz unten stehen – wenn nicht das Wasser des Lebens gewesen wäre. Diese Rarität, diese kostbare Obszönität – wenige menschliche Wesen konnten davon träumen, die Unsterblichkeitsdroge auch nur ein einziges Mal zu kosten. Aber diejenigen, die sie sich leisten konnten, besaßen genug Macht, um Vorsorge zu treffen, daß sie wieder verfügbar wurde . . . Was bedeutete, daß Tiamat nicht sein Jahrhundert frei von hegemonialer Einmischung haben würde, daß Mond – *seine Mond* – nicht erlaubt sein würde, ihr Leben und ihre Herrschaft in Frieden zu beschließen. Ganz zu schweigen davon, daß ihr nicht die Zeit bleiben würde, ihr Volk einer unabhängigen, planeteneigenen Ökonomie entgegenzuführen.

Wieder berührte er das Kleeblatt, die dunklen Flecken an der Spitze jedes Stachels. Die erste, die einzige Sache, an die er gedacht hatte, als ihn seine Brüder fragten, was er sich am meisten wünschte, war eine Rückkehr nach Tiamat gewesen, um Mond wiederzusehen. Und da hatte er in einem Augenblick der Erleuchtung begriffen, daß ihm durch die Entdeckung des Sternenantriebs die Möglichkeit dazu gegeben worden war.

Wenn die Hegemonie Tiamat verließ und wenn sie wieder zurückkehrte, dann nannten die Menschen dort dies die *Veränderung* – eine Zeit, in der alles möglich wurde. Sein Wunsch würde wieder die Veränderung bringen, eine unzeitige Veränderung, die letzte Veränderung. Und damit das Ende aller Möglichkeiten für das Volk von Tiamat.

Und als ihm dies klar geworden war, hatte er gewußt, was er mit dem Rest seines Lebens anfangen würde. Er würde jede unverdiente Ehrung akzeptieren, die man ihm für seine zufällige Heldentat zuteil werden ließ, würde all das Prestige und den Einfluß, die damit verbunden waren, annehmen und zum Nutzen Tiamats einsetzen. Er würde das zu Ende führen, was er auf dieser Welt vor so vielen Jahren begonnen hatte. Er würde sich selbst zum Helden machen – aber nicht für die Leute, die ihn heute ehrten.

Und vielleicht nicht einmal für die Leute, die er zu retten versuchen würde. Er würde Mond wiedersehen, dessen war er sich jetzt ganz sicher. Aber sie würde nicht mehr die Frau sein, an die er sich erinnerte, ebensowenig wie er der Mann war, den sie gekannt hatte. Ihre Liebe war eine Verirrung gewesen, aus einer Not heraus geboren. Wenn er auf Tiamat geblieben wäre, wäre sie dahingeschmolzen wie der Schnee unter der aufgehenden Sonne des Sommers. Ihre Welten, und ihr Geist, waren zu viele Lichtjahre voneinander entfernt gewesen. Es wäre genauso falsch gewesen, zu bleiben, wie es falsch gewesen war zu gehen . . .

Ein weiterer zu Grabe getragener Geist. Er schnitt eine Grimasse. Wenn er nach Tiamat zurückkehrte – und das würde er eines Tages, sobald es physikalisch möglich war –, würde es aus besseren, vernünftigeren Gründen geschehen, als es die Suche nach einer Sache war, die nie existiert hatte. Mond war jetzt eine Königin, und er war ein Held. Und beide waren sie Sibyllen. *Sibyllen sollten nicht nach Macht streben.* Er dachte an Song und daran, daß er diese Worte zu ihr gesagt hatte, irgendwo in einem Traum. Sie hatte eine Sibylle werden wollen, weil sie Macht gewollt hatte, und sie war durch die Macht zerstört worden, genau wie es die Überlieferung voraussagte. Es gab sehr wenige Sibyllen, die irgendwo in der Hegemonie Positionen mit wirklichem Einfluß bekleideten. Und doch hatte er jetzt Macht, und er wollte sie – ebenso wie Mond.

Aber wir haben nicht darum gebeten. Sie hatte gegen den Verrat ihrer eigenen Mutter gekämpft, um Königin zu werden – und doch wußte er, daß nur ihr Glaube an die Führung, an den vernunftbegabten Willen der Sibyllenmaschinerie, ihr die Einnahme des Throns ermöglicht hatte. Sie hatte geglaubt, daß die Sibyllenmaschinerie die Umstände und ihre eigenen Handlungen zu einem Zweck manipulierte, den nicht einmal sie jemals völlig verstehen mochte. Er fragte sich, ob sie ihn jetzt verstand.

Auch er war auf eine Weise manipuliert worden, wie er es nie erwartet hätte, obwohl er noch immer keine Ahnung hatte, ob dies durch einen verborgenen Willen oder die harte Hand des Schicksals geschehen war. Hatte das Verrücktwerden ihn befähigt, ein Sibyll zu werden? Oder hatte er seine geistige Gesundheit wiedergewonnen, weil er ein Sibyll geworden war? War es möglich, daß er letzten Endes auf Tiamat doch nicht nur eine Fußnote, ein Opfer der Umstände gewesen war? Er würde es niemals genau wissen, wenn er nicht wieder nach Tiamat zurückkehrte und Mond die richtigen Fragen stellte . . .

Er lächelte dann, lächelte wirklich. Aber sein Mund formte eine Linie der Unsicherheit, als er sich an ihren Geist erinnerte, der die Hände nach ihm ausgestreckt hatte, von blauem Nebel umhüllt. *Zu Grabe getragen . . .? Oh, Götter, dachte er, wird jemals etwas, was wir tun, wirklich aus den richtigen Gründen getan?*

Er rieb sich die Augen, blickte wieder hinaus auf das Pantheon, die Heimstatt aller Götter. Niemand, den er wirklich kannte – niemand, der ihn wirklich kannte –, würde heute nacht da sein. Die Menschen, die dort warteten, hielten ihn für einen Helden. Sie hielten ihn für tapfer, brillant und ehrenhaft . . . sie wollten ihm alles geben. Sie priesen seine Bescheidenheit. *Wenn sie nur wüßten.* Seine Mundwinkel zogen sich nach unten. Aber sie würden es nie wissen, sie würden es nie wissen wollen. Sie brauchten den Glauben, daß Tugend belohnt wurde, daß das Böse bestraft wurde, daß die Ordnung regierte. Daß alles einen Zweck hatte.

Und so ging es auch ihm. Einst hatte er diesen Glauben so sehr gebraucht, daß er wahnsinnig geworden war . . . Bis er an seinen eigenen Schuldgefühlen fast gestorben war, weil er nicht akzeptierte, daß es einige Dinge gab, die außerhalb jedermanns Kontrolle lagen. Niemand besaß die geheime Formel, die ihn durch einen Tag brachte, geschweige denn durch ein ganzes Leben. Ordnung und Chaos hielten bestenfalls einen brüchigen Waffenstillstand aufrecht, und das Universum hing in ihrem Gleichgewicht. Eines Tages, in einigen Millionen Jahren von jetzt an, würden alle Sterne vom Nachthimmel in die Dunkelheit fluten. Und dann würde die Hand des Schicksals das Stundenglas umdrehen, und sie würden sich alle wieder zurückwälzen . . . Oder vielleicht auch nicht. *Wenn ich heute stürbe, was würden alle mit meinem Leben anfangen?* Er konnte sein Leben von Tag zu Tag leben, jetzt, weil er wußte, daß es am Ende sein eigenes war, nicht das eines anderen. Und selbst wenn nichts dabei herauskam, dann hatte er wenigstens wissenschaftlich die Wahl getroffen, für die Seite der Ordnung einzutreten.

Als erstes würde er die wissenschaftliche Expedition überwachen, die bereits zusammengestellt wurde, um den Feuersee zu studieren. Für eine Weile würden sie seine einzigartige und merkwürdige Erfahrung brauchen. Wenigstens in dieser Rolle würde er kein Schwindler sein. Und er würde wenigstens in der Lage sein, dafür zu sorgen, daß man sich um Song kümmerte. Er hatte bereits arrangiert, daß Hahn an der Expedition teilnehmen und Song mitbringen würde. Es würde dort für längere Zeit einen Bedarf an Sibyllen geben, bis der See wieder in den Sternenschiffen untergebracht war, in die er gehörte, und seinen Frieden wieder hatte. Soviel schuldete er Song, nahm er an, selbst wenn es keine wirkliche Lösung für sie beide war . . . Sein Bewußtsein wandte sich ab von der Erinnerung an ihr Gesicht, das sein eigenes hätte sein können. Er würde ihr Gesicht bald genug wiedersehen müssen, wieder und wieder, bis es nur ein Gesicht war.

Wenn er sicher war, daß am See annehmbare Fortschritte erzielt wurden, würde er nach Kharemough gehen. Er würde daran arbeiten, seine neue Position zu festigen, Einfluß zu gewinnen, sich zu einem unverzichtbaren Teil der neuen interstellaren Technologie zu machen. Er würde auch seinen Status als Polizeikommandant beibehalten und seine Machtbasis von dort aus aufbauen. Was auch immer gebraucht wurde, was auch immer erforderlich war . . .

Für einen Augenblick blickte er zurück auf das Leben, das ihn an diesen Platz gebracht hatte, und dachte über die Heimsuchungen nach, die ihn auf die nun gewählte Zukunft vorbereitet hatten, die sie unausweichlich gemacht hatten. Sie waren ihm wie das Ende von allem erschienen . . . und doch hatte er sie alle überlebt. Keine von ihnen war mehr als ein Vorspiel gewesen, ein Moment in der Zeit, die es ihm erlaubt hatte, den Rest seines Lebens zu beginnen.

Es würde keine selbst beigebrachten Wunden mehr geben, kein Zögern, kein blindes Festhalten an Regeln, die von menschlichen Wesen aufgestellt wurden, die genauso unvollkommen waren wie er selbst. Er würde alles überleben, was sich ihm in den Weg stellte, weil er wußte, daß er es konnte. Er würde nach Tiamat zurückzukehren und gemeinsam mit Mond dafür sorgen, daß die Macht in die richtigen Hände überging. Gemeinsam würden sie eine andere Zukunft beginnen, sie würden Falsches richtigstellen, sie würden . . . Er ertappte sich dabei, daß er wieder lächelte wie ein liebeskranker Dummkopf. Er seufzte. *Nein . . . niemals aus den richtigen Gründen.*

Sein Interkom piepte laut in das Schweigen. »Inspektor?«

Aufgeschreckt wandte er dem Fenster den Rücken zu. Seine plötzliche Bewegung fegte die antike Uhr von der Fensterbank auf den Fußboden. Seine Ferse senkte sich nach unten, bevor er sie bremsen konnte, und zerstampfte das goldene Gehäuse, das mit Juwelen verzierte Zifferblatt aus Tieren, das zerbrechliche Werk im Inneren.

Er hob den Fuß, hockte sich nieder und sammelte die Teile so vorsichtig auf, als würde er ein verletztes Kind hochnehmen. Er legte die Uhr wieder auf die Fensterbank, beugte sich darüber und blickte auf sie hinunter. Seine Mundwinkel zitterten.

»Inspektor Gundhalinu? Sir, wir sollten uns auf den Weg zu der Zeremonie machen . . .«

Er begann zu lachen und lachte immer weiter, hilflos. *Was für Wunder wir doch sind*, dachte er, *und was für Narren.*

ENDE